Annette Mierswa

Unsere blauen Nächte – Wir trinken, bis die Welt erwacht

Bisher von Annette Mierswa im Loewe Verlag erschienen:

Instagirl
Not your Girl
Wir sind die Flut
Liebe sich, wer kann
Unsere blauen Nächte – Wir trinken, bis die Welt erwacht

Annette Mierswa

UNSERE BLAUEN NÄCHTE

WIR TRINKEN, BIS DIE WELT ERWACHT

Loewe

Gefördert durch ein Hamburger Zukunftsstipendium
der Behörde für Kultur und Medien in Zusammen-
arbeit mit der Hamburgischen Kulturstiftung.

FSC
www.fsc.org
MIX
Papier | Fördert
gute Waldnutzung
FSC® C014496

Klimaneutral
Druckprodukt
ClimatePartner.com/18521-2202-1001

978-3-7432-1454-5
1. Auflage 2023

Vgl. zu den Sofortmaßnahmen bei Suchtdruck auf S. 238
Florian Bredt: *Harmlos oder brandgefährlich?
Suchtmittelkonsum bei Jugendlichen.* Stuttgart: Klett-Cotta 2021, S. 104f.

Umschlagillustration und -gestaltung: Johanna Mühlbauer
Redaktion: Mareike Förster

Printed in the EU

www.loewe-verlag.de

»Eine Illusion, die uns schmeichelt, ist uns lieber als zehntausend Wahrheiten.«

Alexander Sergejewitsch Puschkin

1

»Ich sehe was, was du nicht siehst …« Ich drehte mich im Kreis. »… und das ist blau.« Schneller und schneller. Die Lichter der Straßenlaternen tanzten vor meinen Augen wie Sternschnuppen, ein Wunscherfüllungskabinett, einzig um das eine Ziel kreisend.

»Die Lichter der Tanke?«

»Nein.« Mir wurde schwindelig. Aber ich durfte nicht aufhören. Dieser Wunsch musste in Erfüllung gehen.

»Der Golf dahinten?« Flinte zeigte die Straße hinauf, die langsam von der Nacht verschluckt wurde.

»Nein.« Ich streckte meine Arme aus wie Vogelschwingen.

»Der Hund da.« Julia schaute in Richtung der *Blauen Lagune*. Und während ich mich drehte, sah ich ihn ab und zu durch mein Blickfeld wischen: einen zotteligen blauen Hund, der von der Tanke aus zu uns guckte und die blaue Zunge hechelnd heraushängen ließ.

»Julimaus«, sagte Flinte, »der ist doch nicht wirklich blau.«

»Es zählt, was man sieht.«

Ich propellerte weiter.

»Mann, Alter, sag schon.« Abrupt hielt Flinte meinen Arm fest, sodass ich stolperte und auf den Gehweg sackte. »Also?«

Ich zeigte auf Julia.

»Was ist denn an der bitte schön blau?« Flinte fuchtelte mit seiner Bierflasche in der Luft herum.

»Ihr Zustand.« Dr. Korn lachte über seinen Joke, wobei sein goldener Eckzahn aufblitzte.

Julia musterte mich. Durch ihre blonden Locken schimmerte das Licht der *Blauen Lagune*.

»Jawohlnichihr Höschen?«, spekulierte der Doktor feixend, woraufhin Julia ihm auf den Arm schlug.

»Blödsinn«, meinte Bella ernst, »wer trägt schon blaue Wäsche?«

»Na, was isses dann?« Flinte wurde ärgerlich.

Da drehte Julia sich zu ihm um und sah ihn lange an. Er torkelte vor ihr hin und her, nur noch aufrecht gehalten durch ihren Blick, der ihn immer wieder in die Senkrechte dirigierte, wie der Faden einer Marionette. Und endlich schien Flinte es zu kapieren. Ruckartig fuhr er herum und stürzte sich auf mich. »Du Arsch! Du Oberarsch!«

»Was'n nu' los?« Dr. Korn schluckte den Inhalt eines sehr kleinen Fläschchens herunter und wiederholte seine Frage.

Flinte ließ von mir ab. »Kapierst du's nicht, Doc? Ihre Augen!« Er schwenkte die Flasche gefährlich nah an Julias Kopf vorbei. »Ihre Augen sind blau!«

»Na und? Besser als ihre Nase, oder?« Dr. Korn grinste dämlich.

Da rastete Flinte völlig aus. »Wer achtet denn schon auf die Augenfarbe? Du vielleicht?«

»Äh … nö. Klares Nö.«

»Na eben.« Er drehte sich wieder zu mir und hielt mir seine Faust unters Kinn. »Wenn du sie anfasst, Alter, wenn du sie anfasst, dann bist du tot.«

Ich war nicht Flinte und Julia nicht meine Freundin, sickerte es zäh wie Eierlikör in meine blauen Gedanken. Augenfarbe war tabu, anfassen sowieso. *Hättest du doch wissen müssen, oder? Oscar? Mann, Mann, Mann.* Ergeben hob ich beide Hände, als hätte Flinte eine Waffe in der Hand.

»Klar, Alter, was denkst'n du?«

Und damit war alles gesagt. Von jetzt auf gleich grinste Flinte, reichte mir eine Hand und zog mich hoch. So war das immer mit ihm. Eben noch auf Krawall gebürstet, schien er sich eine Sekunde später schon nicht mehr zu erinnern, was der Grund dafür gewesen war.

»Na dann, lass uns noch was organisieren. Is' ja gleich soweit.«

»Das ist doch mal 'ne Ansage«, fand Dr. Korn. »Auf in die *Blaue Lagune.*«

Also steuerten wir auf den Eingang der Tanke zu, alle nebeneinander, die *Ocean's Five* mit Schlagseite. Vor dem Kühlregal blieben wir stehen und ich suchte einen Mumm Sekt aus. Konnte ich gebrauchen, Mumm.

Dr. Korn schielte auf die Flasche in meiner Hand. »Gibt's was zu feiern?«

»Jep.«

»Aha. Und?« Er zog drei kleine Fläschchen aus einem offenen Karton.

»Na rate mal. Oder hast du dein Hirn schon für die Nachwelt konserviert?« Bella verdrehte die Augen und zeigte auf mich.

»Countdown, Leute.« Flinte hielt sein Handy in die Höhe. »Zehn, neun, acht, ...«

Julia und Bella fielen mit ein.

»Sieben, sechs, fünf, vier, ...«

Ich zog schon mal meinen Ausweis aus der Hosentasche.

»Drei, zwei, eins ...«

Jubelschreie brachten die Tanke zum Beben. Der Vokuhila-Typ hinter der Kasse grinste sich einen.

»Los!«, brüllte Flinte und gab mir einen kleinen Schubs in Richtung Tresen, wo ich nach ein paar Torkelschritten zum Stehen kam und die Flasche abstellte.

»Macht 8,99.« Der Vokuhila-Typ sah nicht mal auf.

Das war's? Nee, so ging das ja nicht.

»Falsch«, kam mir Flinte zur Hilfe. »Du musst nach dem Ausweis fragen. Hey, Mann, aber sowas von!« Er fixierte den Kassierer, so gut er noch konnte.

»Das seh ich doch, dass der über sechzehn ist«, meinte der Typ nüchtern.

Julia und Bella bekamen einen Lachanfall. Dr. Korn kapierte gar nichts und starrte Löcher in die Luft. Flinte riss wütend die Augen auf, wie ein Regisseur, dem die Darsteller nicht gehorchten. Und ich … ich stand da wie ein Depp, dem Papi dabei half, sein erstes Taschengeld auszugeben. Schließlich nahm Flinte mir den Ausweis aus der Hand und hielt ihn dem Typ vor die Nase, so dicht, dass er die Schrift garantiert nicht lesen konnte.

»Hey, Meister«, sagte Flinte, etwas zu großkotzig. »Du bist wohl 'n Oberchecker, was? Der Kunde hier ist genau seit fünfzehn Sekunden sechzehn.«

»Glückwunsch«, sagte der *Checker* unbeeindruckt in meine Richtung. »Macht immer noch 8,99.«

»Oooh Mann!« Flinte drehte sich im Kreis, presste sich eine Hand an die Stirn und fegte fast einen Turm Astra-Dosen um. Dann griff er sich eine davon und stellte sie auf den Tresen. »Ich nehm die hier.« Er betonte jede Silbe, als würde er mit einem Schwerhörigen sprechen.

»Ausweis«, sagte der Checker ungerührt.

»Was? Willst du mich verarschen?« Flinte wandte sich an die Mädels. »Der Kerl will mich verarschen.«

»Lass mal gut sein«, sagte Bella ernst. »Oscar hat Geburtstag. Schon vergessen? Lass uns feiern.«

Flinte wandte sich wieder an den Checker, der belustigt einen Zahnstocher zwischen seine Zähne schob und ihn mit zwei Fingerspitzen drehte.

»Hier.« Flinte legte zwei Euro auf den Tresen und griff nach der Dose.

»Ausweis«, verlangte der Checker erneut, während er meine zehn Euro entgegennahm und mir einen Euro eins rausgab. Dr. Korn stellte seine drei Fläschchen auf den Tresen und legte sechs sechzig passend hin. Auch sein Geld ließ der Checker kommentarlos in die Kasse klimpern. Flinte war inzwischen so angepisst, dass er sich zu einem »Arschloch« hinreißen ließ und anschließend aus der Tanke stob.

Der Checker zog den Zahnstocher aus dem Mund und blickte ihm mitleidig hinterher. »Noch 'n bisschen grün hinter den Ohren, euer Kollege.« Dann steckte er sich das Teil wieder zwischen die Zähne und stellte die Astra-Dose zurück an ihren Platz.

Ich nahm die Sektpulle, Dr. Korn sein Korn und die Mädels. Und so torkelten wir alle dem Ausgang entgegen.

Blau und *blau* konnten sich sehr unterschiedlich anfühlen. Vor null Uhr hatte ich schon einen sitzen, allerdings völlig verboten und illegal erworben. Aber nun, nach null Uhr, war ich gefühlt einen Meter gewachsen. Ich befand mich jetzt für zwei Jahre in einer Zwischenwelt, in der manches legal, manches noch illegal war und die Justiz mir jetzt jederzeit ans Bein pinkeln konnte. Und Dr. Korn würde immer noch die harten Sachen für uns kaufen müssen.

»So«, verkündete Flinte, nachdem er ein paar Schlucke aus der Sektpulle genommen hatte, »jetzt haste es also geschafft.« Mit einem anerkennenden Nicken reichte er die Flasche an mich weiter. »Lasst uns saufen, solange die Tannen grün sind.«

Julia und Dr. Korn lachten sich schlapp über den Witz – bis Julia sich plötzlich zur Seite drehte und ohne Vorwarnung in die Walachei kotzte. Okay, da waren wir also schon. Bedeutete meistens, dass es schon spät war … Ich hätte ihr gerne über den Rücken gestrichen und meinen Arm um sie gelegt. War aber Flintes Job, den er NICHT erledigte. Shit. Ich reichte Julia ein Taschentuch. Sie sah mich dankbar an … aus diesen blauen Zauberdingern, die mich schwindelig machten. *Magic* Julia.

»Okay.« Dr. Korn nahm die Geschehnisse gleichmütig hin und zog ein Schnapsfläschchen aus seiner Manteltasche. »Russisch Roulette.«

Bella stöhnte auf, dennoch kippte Dr. Korn den Schnaps in einen der kleinen Becher und füllte vier weitere mit Wasser. Dann schob er die Becher hin und her, bis niemand mehr wusste, in welchem sich der Fusel befand. »Oscar, du Glückskind, du fängst natürlich an. Ehrensache.« Er klopfte mir gönnerhaft auf die Schulter. »Happy Saufday, Alter.«

Ich mochte Schnaps nicht. Wollt ich aber nicht mit hausieren gehen. Also nahm ich einen der Becher und leerte mir den Inhalt in die Kehle. Verdammt! Es brannte höllisch. Doch kurz darauf wurde ich von einer wohligen Welle der Glückseligkeit geflutet, der ich alles anvertrauen wollte, was mich quälte. All die ungeklärten Fragen und schmerzhaften

Sehnsüchte, den Schulscheiß und Leistungsdruck, die zwanghafte Familienkacke meiner Eltern, die Sassi aus dem Haus getrieben hatte. All das, was nicht cool war, weichte auf in diesem warmen, Sorgen löschenden Meer aus Hochprozentigem.

2

Die Wellen der Glückseligkeit hatten mich wohl nach Hause getragen, denn ich erwachte in meinem Bett. Mühsam drehte ich mich auf den Rücken und spürte dabei etwas Hartes an meiner Stirn. Als ich mit den Fingern darüber strich, ertastete ich eine feste Kruste. Shit. Aus der Küche kam Gebrüll. Papa! Er fand immer etwas, das Mama oder ich falsch machten. Und seit meine Schwester weg war – oder wie er es formulierte: *sich entzogen hatte* –, fehlte seine Hauptangriffsfläche.

»Wer ist Bruno?«, brüllte er.

Mama wimmerte. Mir war nach Kotzen.

»Danielas neuer Freund«, sagte Mama. »Er hat sich gestern einen Bohrer ausgeborgt.«

Papa lachte empört auf. »Einen Bohrer, ha. Wo hat er denn gebohrt?«

Mama weinte. Wie ich das hasste. Daniela war Flintes Mutter und schon seit Jahren alleinerziehend.

Mit dröhnendem Schädel schleppte ich mich ins Bad und betrachtete mich im Spiegel. Himmel. Die Kruste war ein Grind aus getrocknetem Blut. Kurz überlegte ich, ob es auch wirklich mein Blut war. Ich konnte mich an keinen Sturz erinnern. Aber als ich die Stelle vorsichtig mit einem Waschlappen reinigte, kam ein ungefähr vier Zentimeter langer Schnitt zum Vorschein, der an meinem Haaransatz entlang verlief. Und höllisch brannte. Dennoch stellte ich mich unter die Dusche und ließ das warme Wasser über meinen Körper laufen.

Es donnerte an die Tür. »Oscar. Verdammt. Es ist schon acht!«

Papa. Jetzt war also *ich* an der Reihe. Die Schule schien ihm fast noch wichtiger zu sein als mein Leben …

Moment. Acht Uhr! Da war doch was … Die Mathe-Klausur!

Ich sprang aus der Dusche und stand nach fünf Minuten frisch gekleidet an der Haustür.

»Stopp!« Gerade, als ich hinausgehen wollte, hielt Papa mich am Arm fest, ließ aber sofort wieder los. »Was ist das denn?« Er zeigte auf meine Wunde.

»Nix.« Schnell schnappte ich mir Sassis alte Mütze, die rosane, die neben dem Schlüsselbrett hing, und zog sie über die Schnittstelle. Doch sobald ich die Haustür öffnete, griff Papa wieder nach meinem Arm.

Zum Glück kam Mama, schob sich dazwischen und drückte mich fest an sich. »Herzlichen Glückwunsch zum Geburtstag, mein großer Hase.«

»Dein *großer Hase* hat sich letzte Nacht *den Schädel geflutet* und ist anschließend *auf ein Riff aufgelaufen*, was?«

Er schob meine Mütze hoch.

»Ach du lieber Himmel.« Mama stob davon. »Ich hole Desinfektionsmittel.«

Papas Worte kamen mir seltsam vertraut vor … Verdammt. Er konnte doch nicht einfach … »Du liest meine WhatsApps?«

»Ich muss ja sprachlich auf der Höhe bleiben, damit ich meinem Nachwuchs noch folgen kann.«

Ich schob seine Hand weg und trat aus der Tür.

»Stopp. Ich bin noch nicht fertig!«

»Gut!«, brüllte ich vor der Haustür, extra laut, damit es möglichst viele Nachbarn hören konnten. »Die Mathearbeit kann ja auch warten. Ich bin ganz deiner Meinung, dass das Abi überschätzt wird.«

Das haute ihn endlich aus der Spur.

»Na, das ist ja schön, dass so langsam alle eintrudeln«, bemerkte Herr Melzer, als ich kurze Zeit später ins Klassenzimmer trat. »Herr Fontane, auch Ihr klingender Name befreit Sie nicht von den Schulpflichten. Ich hoffe, das wird noch was.« Er legte das Aufgabenblatt auf mein Pult und ich gab ihm mein Handy, bevor ich mich fallen ließ.

Schon 8.20 Uhr. Ich musste den Brain-Turbo einschalten. Sprit war alle. Also trank ich einige Schlucke aus meiner Flasche, in die ich einen Energydrink gefüllt hatte. Nun tat sich was. Der Motor lief an und damit kehrte auch die Erinnerung an die Sinuskurve zurück. Ah, und da war auch was mit Prozenten … Prozentsatz? Hochprozentiges? Bruchzahlen? Brechzahlen? … Mir wurde schwindelig. Noch ein paar Schlucke aus der Pulle. Tief durchatmen. Langsam trennte sich die Spreu vom Weizen, die Fuselsätze von den Formelsätzen. Und dann lief der Motor geschmeidig und alles schien gut. Fast schon schlafwandlerisch glitt ich durch die Aufgaben und schrieb im Expressmodus. Als Herr Melzer die Blätter einsammelte, schaute er mir derart bohrend in die Augen, dass ich den Blick abwenden musste, damit er nicht auf den Granit meiner verhärteten Frustrationen stieß und dabei etwas freilegte, das unbedingt fossilisiert werden sollte. Schnell flüchtete ich nach draußen – und landete direkt im Himmel.

»Hey, Geburtstagskind.« Julia umarmte mich und gab mir einen Kuss auf die Wange. »Ich dachte schon, du kommst nicht mehr.« Sie hatte einen hellblauen Pulli mit tiefem V-Ausschnitt an. »Was ist denn da passiert?« Sie zeigte auf meine Stirn.

»Gute Frage. Ich weiß es selbst nicht so genau.« Ich tastete die Wunde ab und zog dann die Mütze tiefer ins Gesicht.

»Ich dafür umso besser.« Dr. Korn zeigte seinen Goldenen. Er sah genau aus wie am Vorabend, hatte auch dieselben Sachen an, nur die langen Haare klebten etwas fettiger an seinem Nacken. »Da hat jemand ein Schild zu tief montiert. Sollte man anzeigen, den Spacko.« Er grinste sich einen.

Oh Mann. Ich hatte auf eine rühmlichere Story gehofft.

»Mensch, Oscar, wir hätten dich nicht allein lassen sollen.« Bella drängte sich zu uns.

»Habt ihr das?«

Sie riss die Augen auf. »Oscar? Echt jetzt? Wir sind wegen der Mathearbeit gegangen, nach dem dritten bescheuerten Roulette. Flinte hat uns nach Hause gebracht. Du hast verkündet, dass du Freitag noch mal richtig feiern willst, bist dann aber noch geblieben, mit ihm hier.« Sie nickte dem Doktor zu. »Alles vergessen?«

Ihr sorgenschwerer Blick löste einige Erinnerungsfetzen aus meiner geheimen inneren Kammer, die ich eigentlich fest verschlossen halten wollte, Bilder einer ebenfalls alkoholseligen Nacht: ein leeres Kondom auf meinem Laken, mein aufgequollenes Gesicht im Badspiegel und dieser Blick, der mich auch jetzt gerade traf, von Bella.

»Also, Bella«, Dr. Korn sortierte seine Haare, damit er mehr sehen konnte, »das nächste Mal wartest du bitte so lange, bis wir fertig sind, und bringst ihn anschließend nach

Hause ins Bettchen.« Er zwinkerte mir beunruhigend zu und lachte auf eine Weise, die bei mir den Verdacht weckte, er wüsste zu viel. Während ich eindeutig zu wenig wusste. Warum hatte ich mit ihm allein weitergebechert? Das war sonst eher Flintes Part.

Genau in diesem Moment kam Flinte und kloppte mir auf den Rücken wie ein Irrer. »Was geht?«

»Gleich nichts mehr, wenn du meine Organe zertrümmerst.«

»Du meinst die löchrigen Teile, die noch nicht zerfressen sind?« Bella wieder, mit ihrer irgendwie süß hochgezogenen Augenbraue. Schnell sah ich weg.

»Oh Bella, unsere Sittenwächterin«, sagte Flinte gestelzt. »Jetzt hätte ich mich beinah gut gefühlt. Du bist gerade noch rechtzeitig gekommen.« Er pikste ihr mit einem Zeigefinger in die Körperregion, wo ungefähr die Leber beheimatet sein musste. »Deshalb kotzt du die edlen Tropfen also immer aus, damit sie nicht bis zu deinen Organen vordringen.«

Bella verdrehte die Augen.

»Lass sie in Ruhe, Flinn.« Julia hakte sich bei ihr unter. »Wenn sie nicht wäre, dann hättest du sicher keinen Rollerschein mehr oder wärst schon mehrfach im Krankenhaus gelandet.«

»Nix für ungut, Bella.« Flinte legte gnädig einen Arm um sie. »Aber das Leben ist eh schon so kurz. Es sollte also maximal gelebt werden.«

»Ganz meiner Meinung.« Bella hob ihre Wasserflasche. »Cheers.«

»Also, nun zu den wirklich wichtigen Themen«, Flinte wandte sich mir zu, »wann und wo und vor allem womit?« Er grinste.

»Freitag natürlich«, sagte ich und mied weiterhin Bellas Blick. »Treffpunkt *Blaue Lagune*. Acht Uhr?«

»Sagen wir sieben. Dann können wir länger saufen.«

»Nee, acht ist besser.« Bella schob sich vor Flinte. »Wir müssen ja noch einiges für die Schule machen.«

»Am Freitag? Dafür ist doch noch das ganze Wochenende Zeit.«

»Mit Kater am Samstag?«

»Dann Sonntag.«

»Mit Kater *vom* Samstag? Miau.« Julia quetschte sich zwischen die beiden und hielt sich die Hände wie Öhrchen an den Kopf.

»Mensch, Julimaus«, Flintes Stimme wurde butterweich und er nahm Julia in den Arm, »ich helf dir auch mit Mathe.«

Dr. Korn brüllte los vor Lachen und Julia stieß Flinte von sich weg. »Das ist ja mal eine richtig gute Idee. Du meinst, nachdem ich dir geholfen habe?«

»So ungefähr.« Grinsend verzog Flinte die Lippen zu einem Schmollmund. Und damit hatte er Julia wieder eingelullt.

»Also gut, Flinn, *Sohn des rothaarigen Mannes*.« Sie nahm seinen Kopf zwischen ihre Hände und gab ihm einen Kuss. Ich musste, wie immer, weggucken.

»Klingt nach Wikingerzeug.« Dr. Korn strich sich ein paar Strähnen aus dem Gesicht.

»Was bedeutet denn dein Name, Oscar?« Julia entwand sich aus Flintes Armen und drehte sich zu mir.

»Keine Ahnung.« Ich wollte es lieber nicht wissen. Vielleicht war es etwas Beklopptes wie *Der Ausgesetzte* oder *Der Enthaltsame* oder so.

»Götterspeer«, las Bella von ihrem Handy ab. »Und *Os* steht für *Gott* oder *Götter.*« Sie sah mich mit einer Bewunderung an, wie ich sie mir von Julia wünschte.

Bella war toll, keine Frage. Süßes Lächeln, 'ne super Gesprächspartnerin und immer verlässlich an unserer Seite. Aber in ihrer Gegenwart fühlte ich mich ständig beobachtet und noch unvollkommener als ohnehin schon. *Ein* Bierchen über den Durst und sie rollte mit den Augen. *Ein* übler Scherz auf Kosten anderer und sie schaffte es, allein durch ihre Gegenwart, dass ich mich schuldig fühlte. Und dann war da ja noch die Sache mit jener Nacht, die sie nie mit einer Silbe kommentiert hatte … Julia dagegen war die Chill-Queen, hatte immer verrückte Ideen, war bei jedem Gelage mit am Start, sah granatenmäßig aus und gab mir einfach das Gefühl, richtig zu sein.

»Na, dann nennt mich doch fortan bitte einfach Os.« Theatralisch wischte ich mir die rosa Mütze vom Kopf.

»Wie heißt *du* noch mal richtig?« Bella wandte sich an Dr. Korn, der in sich zusammenzufallen schien.

»Dennis … Sag jetzt nichts.« Er klang, als hätte er eine Wette verloren, ließ die Schultern hängen und fixierte einen unbestimmten Punkt auf dem Linoleumboden.

Bella sah wieder auf ihr Handy und lachte plötzlich. »Das glaubst du nie.«

»Dann sag's halt. Es gibt ja eh kein Zurück mehr. Ich werde Freitag einfach ein paar Kurze mehr reinkippen, um die Schmach zu vergessen.«

»Also«, Bella hob das Handy hoch, als wollte sie die Nachricht von einer Schriftrolle ablesen, »Dennis kommt von Dionysos, dem griechischen Gott des Weins, der Fruchtbarkeit, der Ekstase und der Freude.«

»Nein.«

»Doch.«

»Also mit anderen Worten: *Dr. Korn*«, feixte Flinte.

Wir brüllten alle los und Dennis, alias Dr. Korn, schien sehr erleichtert. »Nomen est omen.« Er streckte die Brust raus und tat so, als würde er ein Getränk erheben, um einen Toast auszubringen.

Da bimmelte es und Bella zog Julia sofort Richtung Klassentür. Flinte folgte den beiden.

»Warum hast du eigentlich kein Latein? Da wärst du doch sicher ein Einserkandidat.« Ich versuchte, in Dr. Korns Augen zu sehen, die gerade wieder hinter Haarsträhnen verschwanden.

»Is' 'ne lange Geschichte.« Er sprach so leise, dass ich ihn kaum verstand. »Die willst du nich' hören, glaub mir.«

»Oscarowitsch, Alter,« Flinte winkte von der Klassenzimmertür, »schieb deinen Hintern in die holde Hütte. Puschkin ist schon drin.«

Puschkin war unser Deutschlehrer und hieß eigentlich Herr Meyer. Aber da er eine Vorliebe für den russischen Dichter hatte und offensichtlich auch für den russischen Wodka, wurde er Puschkin genannt. Er roch immer nach Anisbonbons und ging manchmal mitten im Unterricht auf Toilette. Flinte und ich liebten ihn. Er war nicht nur tiefenentspannt, wenn jemand rülpste oder irgendwas durch die Gegend warf, sondern tauchte auch in den einschlägigen Kneipen auf und trank mal einen mit. Verpfiffen hat er noch nie jemanden. Wir ihn aber auch nicht. Er war geschieden und es ging das Gerücht um, dass das Einzige, was er hatte behalten wollen, der Inhalt der Hausbar war. Den Rest hatte er angeblich seiner Frau überlassen.

»Herrrr Fontane.« Puschkin hob seine buschigen Augenbrauen, während sein Bass den Raum erzittern ließ. »*Moralische Maximen sind überraschend nützlich in den Fällen, wo wir wenig anderes erfinden können, um unser Handeln zu rechtfertigen*, sagte …«

»Puschkin!«, riefen alle.

»Genau. Also, Herr Fontane, könnten Sie mir wohl Ihre moralische Maxime nennen, die Ihr Zuspätkommen rechtfertigt?«

»Äh … ja … Den Frauen den Vortritt lassen.« Ich nickte Richtung Bella und Julia und grinste. Ich war selbst beeindruckt von der genialen Notlüge.

»Soso.« Schmunzelnd kraulte sich Puschkin das Kinn. »Gut, gut.« Er schwenkte einen Arm gönnerisch über sein Publikum. »Wohl denn, setze Er sich.«

Flinte zeigte mir anerkennend einen hochgereckten Daumen. Ein paar Mädchen kicherten. Bella legte die Stirn in Falten, als dächte sie noch über meine Erklärung nach. Und Julia? Die saß über den Tisch gebeugt und schrieb etwas. Enttäuscht ließ ich mich auf meinen Stuhl plumpsen.

»Biste jetzt 'n Gentleman, oder was?«, flüsterte Flinte, der natürlich neben mir saß.

»Na klar, bin ja jetzt sechzehn.« Ich zog die rosa Mütze wieder auf.

»Jungfräuliche sechzehn wohlgemerkt.«

»Halt die Klappe, Angeber.«

»Ich würde sagen, das ist dein nächstes Projekt.«

»Hey, du Therapeut, so easy ist das nicht.«

»Doch, mega easy. Hier kommt mein therapeutischer Rat: Besauf dich, bis alle Mädels gleich aussehen, und dann schnapp dir die Erstbeste und bring es hinter dich.«

So ähnlich hatte ich es tatsächlich gemacht. Nur erinnerte ich mich gar nicht daran. Einzig Bellas hervorgewürgte Bitte, ich solle mich an den Kosten der *Pille danach* beteiligen und ein leeres Kondom, das ich in meinem Bett gefunden hatte, mussten mir als Beweise genügen. Ich hätte sie gern mal gefragt, wie es für sie gewesen war, wie *ich* gewesen war, ob ich das Kondom nicht draufgekriegt hatte. Aber was sollte ich schon sagen? *Hey, Bella, sag mal, wie war ich so? Hat's dir Spaß gemacht?* Riesenscheiße das. Also fragte ich sie nicht. Und so blieb mein *erstes Mal* ein fucking Mystery Thriller mit Open End, bei dem die Bombe immer noch hochgehen konnte. Es war so beschämend, dass ich es nicht einmal Flinte erzählt hatte. Ob Julia es wusste, war nicht eindeutig festzustellen. Wenn ja, dann hatte sie sich jedenfalls nichts anmerken lassen.

»Hey, Penner.« Flinte stieß mich an. »Hast du mir überhaupt zugehört? Normalerweise lasse ich mir die Sitzungen bezahlen.« Er schrieb *50 €* auf den Rand meines Collegeblocks und malte einen Smiley daneben.

»Hast *du* es denn so gemacht, Doc? Besaufen und dann ...« Ich musste dringend den gereizten Unterton wegkriegen.

Flinte plumpste aus seiner Coolness, als hätte ich ihn beim Klauen erwischt. Eine Weile schwieg er und Puschkins sonore Zusammenfassung von *Kabale und Liebe*, die er zu seinem Leidwesen mit uns bearbeiten musste, waberte durch den Raum.

»*Ich* bin der Doc und stelle die Fragen«, sagte Flinte irgendwann. Und damit war das Thema abgehakt.

Warum war Flinte eigentlich mein bester Kumpel? Mal abgesehen von unserer gemeinsamen Vergangenheit, die schon mit dem Kindergarten begonnen hatte, damals, als er mein Nachbar gewesen war und seine Eltern noch eine Wohnung geteilt hatten, wusste er einfach immer, das Leben zu feiern. Aber wir konnten uns auch so gemeinsam schlapplachen, halfen uns gegenseitig, wenn es uns schlecht ging, und waren schon zusammen durch Frankreich getrampt, während unsere Eltern dachten, wir wären auf einem Campingplatz an der Ostsee. Außerdem hielten wir dicht über Dinge, die wir uns anvertrauten, und teilten ein cooles Hobby, nämlich das Saufen … nein, *Surfen*. Und wir hatten gemeinsam den Rollerführerschein gemacht. Allerdings hatte nur ich danach auch einen Roller bekommen. Den konnte sich Flinte aber leihen, wann er wollte. Es gab auch noch etwas anderes, das uns verband, etwas Unrühmliches …

Wir hüteten nämlich ein Geheimnis, das wir ganz real verbuddelt hatten. In einer alkoholseligen Nacht waren wir noch über einen Parkplatz getorkelt und hatten acht Seitenspiegel von parkenden Autos abgerissen. Wir hatten die Dinger wie Trophäen mitgenommen und auf Flintes Regalbrettern aufgereiht. Am nächsten Morgen dann das böse Erwachen. Ich konnte mich nur noch daran erinnern, dass wir uns bei jeder Karre vorgestellt hatten, dass es die von Bruno war, dem neuen Freund von Flintes Mutter, den er hasste. Aber das machte die Sache auch nicht besser. War so eine richtig beschissene Aktion gewesen. Und wie sich später herausstellte, hatte Brunos Klitsche noch alle Spiegel. Dafür trafen wir auf der Straße die weinende Frau Bronner aus der Fünfzehn, die als Altenpflegerin auf ihren Wagen angewiesen war … dem nun »irgend so ein Schwachsinniger« den Außenspiegel abgerissen hatte. Kleinlaut verbuddelten wir die Trophäen in unserem Garten hinter der

Biomülltonne und leisteten einen lebenslangen Schweigeschwur. Ich zweigte ein halbes Jahr lang jeden Monat circa fünfzehn Euro von meinem Taschengeld ab und steckte Frau Bronner anschließend einen Umschlag mit hundert Euro in den Briefkasten, kommentarlos. Flinte erzählte ich nichts. Er bekam kaum Taschengeld und hätte sich sonst bestimmt mies gefühlt.

Eigentlich hatte ich mir nach der Sache vorgenommen, nie wieder so viel zu trinken, dass ich Dinge tat, die ich hinterher bereuen würde. War mir dann doch nicht gelungen. Ich wollte ja meine Freunde nicht verlieren. Abstinenzler waren für Flinte und Dr. Korn die Provokation Nummer eins. Und die meisten Mädels schienen trinkfeste Kerle auch attraktiver zu finden als enthaltsame. War vielleicht so etwas Biologisches: Wer mehr vertragen konnte, war standfester und somit besser für die Paarung geeignet. Und *paaren* wollte ich mich ja dringend. Dazu kam noch Flintes *Mantra*, dass nur Menschen zu trauen war, die besoffen genauso zu einem standen wie nüchtern. Denn nüchtern könnte man es ja vorspielen. Außerdem ließ sich der ganze Schulscheiß mit Alk ein Weilchen vergessen und ich konnte entspannen. Die Gegenargumente hatte ich also kurzerhand verdrängt und nach ein paarmal *Bier-Pong* und *Russisch Roulette* war es wieder so weit gewesen. Wie auch gestern, als *das Schild zu tief hing* und die *Latte* meiner Willenskraft zu hoch.

»Hey, Flinte«, Bella schob sich in der Pause zu uns beiden, »Julia sagt, ihr geht Freitag doch schon früher. Könnt ihr da einen kleinen Umweg machen und mich begleiten? Ist eine düstere Gegend.«

»Oscar«, Flinte sprach meinen Namen mit sehr scharfem S, »hast du nicht gerade gesagt, dass du dem heiligen Dionysos so richtig feist huldigen und mit mir durchmachen willst? Ein Geburtstagswunsch sozusagen?« Er sah mich bedeutungsvoll an, dabei hatte ich keine Ahnung, wovon er sprach.

Julia kam nun auch dazu und drückte sich an Flinte. »Was?« Über ihre strahlenden Augen zog sich ein Schleier.

»Ich meine«, legte Flinte nach, »es ist sein Geburtstag. Und er ist mein bester Kumpel.« Er zwinkerte mir zu und schien sehr zufrieden mit sich. Da begriff ich langsam, was für ein mieses Spiel er spielte.

Julia und Bella starrten mich an, als hätte ich ihnen gerade die Freundschaft gekündigt. Flinte war so ein Arsch.

»Äh«, brachte ich hervor. »Also eigentlich …«

»Hey.« Flinte grätschte in meinen Erklärungsversuch. »Du könntest den Mädels zur Feier des Tages ja mal ein Taxi spendieren, oder?«

Julia ließ Flintes Arm los und ging einfach weg. Ich hätte brüllen können.

»Es reicht, Flinte.« Endlich hatte ich meine Stimme wiedergefunden. Nun wandte sich auch Bella um und lief Julia nach. »Was soll der Scheiß, Mann.« Ich boxte Flinte auf die Brust. »Sag doch einfach, wenn du länger saufen willst, und lass mich da raus.«

»Hey, ich dachte, wir sind Freunde. Wollte dir einen Gefallen tun.« Er wich vor mir zurück.

»Einen Gefallen? Das nennst du einen Gefallen?« Ich riss mir die rosa Mütze vom Kopf und knüllte sie zusammen, um meine Hände davon abzuhalten, Schlimmeres zu tun. »Du kriegst es nicht auf die Reihe, mit deiner Freundin Klartext zu reden, und benutzt mich dafür. Das ist kein Gefallen. Das ist feige Scheiße.«

Ich ließ ihn stehen und wollte den Mädchen hinterher. Aber Flinte hielt mich fest.

»Soll ich dir mal was sagen.« Er sprach gedämpft, aber seine Hand umklammerte mein Handgelenk wie eine Eisenzange. Ein dumpfer Schmerz zog meinen Arm hinauf. »Ich hab Augen im Kopf. Und ich bin nicht blöd. Wäre es nur um Bella gegangen, hättest du dich bei mir bedankt.« Er funkelte mich an. »Also komm mal wieder runter, ja? Wenn hier einer 'nen Grund zum Ausrasten hat, dann ich.« Und damit öffnete er seine *Eisenzange* und gab meinen Arm frei, der sich ein wenig taub anfühlte. Flinte griff in seine Hosentasche und zog einen zerknüllten Zettel heraus, den er mir in die Hand drückte. Dann ging er weg.

Ich faltete das Papier auseinander und las: *Das Wasser, das du nicht trinken kannst, lass fließen. Puschkin.*

3

Um den Hauseingang herum hingen lauter Luftballons und dazwischen ein besonders großer, mit einer Sechzehn darauf. Als ich die Tür öffnete, duftete es nach meinem Lieblingsessen, Kartoffelgratin.

»Mama?«

Niemand reagierte.

Auf dem Esstisch war ein Platz für mich dekoriert. Eine Linzer Torte von *König & König*, mit sechzehn Kerzen. Und daneben eine Nachricht von Mama, mit dem Hinweis auf das Essen in der Mikrowelle und der Info, dass Papa noch eine dringende geschäftliche Verabredung hätte und sie zu ihrer Freundin Rachel müsse, der es gerade sehr schlecht ginge. Ich hatte ja leider nur Geburtstag, konnte keinen Megadeal anbieten oder mit Selbstmordabsichten aufwarten.

Ich zündete die Kerzen an, sang mir selbst ein Ständchen und pustete die Kerzen wieder aus. Dabei dachte ich an Julia. Und Bella. Dann an Flinte und Puschkin, *das Wasser, das ich nicht trinken konnte*. Shit.

Ich öffnete den Kühlschrank und blickte auf die *Moët & Chandon*-Schampusflasche, die mit tausend Flüchen belegt war, sollte ich es wagen, sie anzurühren. Ha. Eine lag da immer, für *besondere Anlässe*. Wenn Papa einen Moët köpfte, dann war gute Laune angesagt, irgendwas war supi gelaufen und der Tag versprach entspannt zu werden. Warum sollte ich dieses Recht nicht auch haben? Schließlich war mein Geburtstag ja wohl verdammt noch mal auch ein besonderer Anlass. Selbst wenn Papa es bevorzugte, mit irgendwelchen wahnsinnig wichtigen Leuten essen zu gehen. Scheiß drauf!

Ich ließ den Korken knallen und füllte ein langstieliges Glas aus der Vitrine, eines von den edlen. Weil da auch Papas Whisky stand, trank ich einen Schluck aus der Flasche. Papa liebte den Whisky nämlich mehr als den Moët, vielleicht sogar mehr als Mama ... Von Mama war er besessen und oft grob, wenn er ihr nicht traute. Aber mit dem Whisky – der ja logischerweise immer zu ihm hielt – pflegte er eine absurd zärtliche Beziehung. Ich fand den Geschmack ekelhaft. Dennoch nahm ich einen zweiten Schluck, als könnte ich meinem Erzeuger damit voodoomäßig Schmerzen zufügen.

»Lieber Oscar«, ich nahm das Schampusglas und ließ es an die Whiskyflasche klirren, »wir erheben das Glas auf dich, du verdammter Idiot.« Damit kippte ich das Zeug auf ex herunter. Eine viel zu große Luftblase quälte sich durch meine Speiseröhre, trotzdem schenkte ich nach. Diesmal trank ich etwas langsamer. Was an dem teuren Gesöff nun besser war als an dem billigen Fusel von der *Blauen Lagune*, war mir ein Rätsel. Ich stand eh nicht so auf das Prickelzeug. Bier war mir lieber. Aber hier ging es ums Prinzip. Für meinen Vater war der Schampus ein Symbol seiner Potenz, sprich Kohle. Ein Moët im Kühlschrank, das fand er cool.

Das dritte Glas trank ich zur Linzer. Und dann öffnete ich einen crèmefarbenen Umschlag, der neben dem Teller lag. Fünfhundert Euro in Hunderterscheinen! Wow! *Nicht kleckern, klotzen.* Auch so ein Spruch von meinem Vater, der nicht müde wurde zu erzählen, aus was für einfachen

Verhältnissen er kam und welches Glück ich hätte, so leben zu können und so weiter und so fort. Ich nahm hundert Euro und steckte sie in den Umschlag zurück, den ich später bei Frau Bronner einwerfen wollte. War so ein Sozialprojekt von mir geworden, die Bronner. Jedenfalls hatte ihr Auto wieder einen neuen Außenspiegel.

Flinte brachte manchmal den Spruch, dass Kohle ja nicht alles sei. Dann fuhr er sich durch die perfekt gelockten Haare und stellte sich adonismäßig in Pose. Ich lachte immer über seinen *Witz* und ließ mir nicht anmerken, dass ich ihn gar nicht witzig fand, denn Fakt war: Flinte war vielleicht nicht reich, sah aber verdammt gut aus. Und irgendwie schaffte er es immer, dass andere für ihn bezahlten, allen voran sein bester Kumpel Oscarowitsch. Zwar war ich selbst nicht gerade hässlich, würde eher sagen, durchschnittlich gutaussehend, aber wenn eine Gruppe Mädchen an uns vorbeilief, dann beachteten alle – wirklich ALLE – nur Flinte. Das war schon deprimierend. Er hatte sogar mal gemodelt. War einfach auf der Straße angesprochen worden. Wem passierte denn so was, bitte schön?

Bing. Eine Nachricht von Julia.

War das mit dem Durchmachen Flintes Idee?

Ja, war es!, brüllte mein Herz. Aber die Freude darüber, dass sie auf der richtigen Spur war, verflog sofort, als mir klar wurde, dass ich das so nicht schreiben konnte, ohne Flinte in den Rücken zu fallen. Warum klärten die beiden ihren Scheiß nicht einfach allein?

In meinem Kopf hämmerte eine Mördermaschine und forderte Taten, Entscheidungen, Stellungnahmen. Ich nahm noch ein paar Schlucke aus dem Glas. Die Maschine drosselte ihre Geschwindigkeit. Dann schaute ich wieder auf das

Display. Die Buchstaben waren verschwommen. So verschwommen wie alles gerade, meine Probleme, mein Leben, alles. Und das tat gut. Ich entspannte mich in diesen diffusen Raum des wohligen Nichts. Versank in seligem Selbstmitleid und dachte daran, melancholische Liebesgedichte zu schreiben, die ich anschließend verbrennen würde. Schließlich nahm ich die Schampusflasche und torkelte in mein Zimmer, wo ich die Tür von innen schloss und mir gepflegt einen runterholen wollte. Aber ich bekam keinen hoch. *Happy Birthday, Meister des Selbstmitleids.*

»Wo ist der Moët?« Papa rüttelte an meinem Arm und schreckte mich aus Pfirsichträumen. Seine Augen wurden immer größer, während sein Blick an etwas außerhalb meines Gesichtsfelds hängen blieb. Er griff danach und starrte eine fast leere Flasche an. Die Farbe seines Gesichts änderte sich so schnell wie in einer Zeitrafferaufnahme. Großes Kino. »Das findest du auch noch lustig?« Au! Der Ton war eindeutig zu laut eingestellt. »Oscar. Verdammt. Jetzt hör mir mal zu.« Er schwenkte die Flasche viel zu nah vor meinen Augen hin und her. Ich wollte danach greifen, verfehlte sie aber. »Wir hatten eine Abmachung, Freundchen.«

»Eine? Ohohoh … da war doch noch was?«

»Wie konntest du es wagen, diese Flasche zu öffnen?«

»Is' 'n besonnerer Anlass, nä?«

Mama kam hereingestürzt, meine schöne Mama, die sich vor Verehrern kaum retten konnte und die Papa regelmäßig in Eifersuchtsanfälle trieb, wenn sie nur einen Handwerker in seiner Abwesenheit in die Wohnung ließ.

»Um Gottes willen, Oscar.« Sie drängte sich an Papa vorbei und umarmte mich. »Was ist passiert?«

»Gebursdag. Sechsehnder.«

Plötzlich wurde mir schlecht. Ich sprang auf, stürzte an ihr vorbei und schaffte es gerade noch zur Toilette, bevor ich mich übergeben musste. Mama quiekte panisch. Als ich mir den Mund ausspülte, stand sie mit dem Handy neben mir.

»Ich ruf den Notarzt.«

»Blödsinn.« Papa nahm ihr das Smartphone aus der Hand und legte es auf die Kommode. »Das ist ein stinknormaler Rausch. Da hat dein Sohn ja schon Erfahrungen drin.«

»Mir gehs schon wieda gud, Mama.«

»Wirklich?«

»Ja. War niemand sum Ansdosen da. Hab mit mir selbs…«

»Auf deine Mathearbeit?« Papa wollte mich unter die Dusche dirigieren, aber darauf hatte ich nun gar keine Lust und hielt mich am Waschbecken fest. »Weißt du, was du gerade tust? Du fährst dein Leben an die Wand. Du verspielst alles, was wir dir ermöglichen. Wenn du so weitermachst, Freundchen, dann landest du in der Gosse.« Endlich ließ er mich los. »Und ich werde dich da nicht rausholen.«

»Holger, hör auf.« Mama legte einen Arm um mich. »Wegen zwei Gläsern Champagner geht die Welt nicht unter.«

»Drei Gläser«, verbesserte ich sie grinsend.

»Wisst ihr eigentlich, dass ich uns heute einen neuen Auftrag verschafft habe, der die Portokasse ordentlich aufbessert?« Papa schwenkte einen Zeigefinger hin und her und mir wurde schwindlig dabei, ihm zu folgen. »Das sollte eine Überraschung werden. Darauf wollte ich anstoßen.«

»Ich wollt auch nur anstosn.«

»Er hat recht, Holger.« Mama stellte sich neben mir auf. »Du hast ihm beigebracht, dass der Moët für besondere Anlässe ist. Und heute ist immerhin …«

»So ist das also.« Papa unterbrach sie laut bellend. »Jetzt bin ich auch noch schuld an seinem Besäufnis, ja? Na dann feiert doch grad allein.« Sein rotes Gesicht kam ganz nah an meines heran. »Aber lass dir eins gesagt sein: Wenn ich dich noch einmal mit Moët erwische, dann kannst du das hier alles vergessen.« Er ließ seinen ausgestreckten Arm durch die Luft gleiten wie über riesige Ländereien. »Surfurlaube und Taschengeld und … alles.« Damit wandte er sich ab, durchschritt den Flur wie der Champion eines Wettkampfs und knallte die Haustür von außen zu.

Einen Moment standen wir stumm da und ich spürte Mamas Anspannung. Ich berührte sie am Arm, darauf gefasst, einen Stromschlag zu kriegen. Aber nichts passierte.

»Ich mach dir jetzt erst mal das Essen warm.« Mama tat einfach so, als wäre nichts gewesen, und ging in die Küche. »Was ist eigentlich mit deinen Freunden?«

»Wir breiern Freidag.« Ich wollte ihr hinterher, musste mich aber ständig irgendwo festhalten, weil die Wohnung sich bewegte. »Is' wie aufm Dom«, kicherte ich.

»Und Flinn? Warum ist der nicht da?«

Ich zog die Schultern hoch, die plötzlich Tonnen wogen. Es war unerträglich, wie Mama sich bemühte, den Anschein zu erwecken, alles wäre in bester Ordnung.

Sie drehte sich zu mir. »Oh, hast du eigentlich diesen streunenden Hund gesehen? So einen dunklen, langhaarigen. Ist hier in der Gegend unterwegs. Der wäre mir vorhin beinah vors Auto gerannt.«

»Nee … ah, doch. Gesdern habich auch ein gesehn.« Der *blaue Hund* an der Tanke, der uns beim Saufen zugeschaut hatte.

»Ein unheimliches Vieh.« Mama stellte das Gratin auf den Esstisch. »Ich habe übrigens auch noch etwas für dich.« Sie nahm ein Päckchen aus dem Regal daneben. »Hier.«

Unendlich mühsam, als hätte das Geschenkband ein Eigenleben, zog ich die Schleife auf und riss das Papier herunter. Ein dünnes gebundenes Buch kam zum Vorschein, auf dem in goldgeprägten Lettern *16 Jahre* stand. Ich schlug es auf und blickte auf mich, als Baby.

»Jede Doppelseite ein Lebensjahr.« Sie strich liebevoll über das Babybild.

Irgendwo rührte sich was in mir. Ich blätterte das Büchlein durch. Oscar in Sassis Armen. Oscar auf Papas Surfbrett sitzend. Oscar im Tigerkostüm. Oscar an Papas Weinglas nippend. Oscar mit Flinte auf dem Roller. Oscar surfend. Und das letzte Bild war erst vor einem Monat entstanden: Oscar mit Julia, Flinte und Bella im Garten auf vier Liegestühlen nebeneinander und jeder mit einer Flasche Cola in der Hand, die Flinte heimlich mit Rum *verdünnt* hatte.

»Sie ist nett«, sagte Mama.

»Ja.« Ich betrachtete Julia, die zwischen Flinte und mir lag und bezaubernd in die Kamera lachte. »Stimmt.«

»Ich seh ihre Mutter immer beim Yoga.«

»Ach.« Moment mal. »Ihre Mudder macht Yoga?« Ich war verwirrt. Julias Mutter hatte doch gerade eine Reha hinter sich, wegen eines Skiunfalls.

»Ja, Isabelle hat sogar auch mal mitgemacht.«

»Isabelle?« Jetzt fiel der Groschen. »Oh, Bella. Du sprichsd von Bella.« Wieder erschien das leere Kondom vor meinen inneren Augen wie ein böser Geist.

»Natürlich. Von Julia ja bestimmt nicht.« Sie zog die Augenbrauen hoch.

»Aso, wär das so abwejig?«, fragte ich scheinheilig.

Mama lachte kurz auf. »Also erstens ist sie ja mit Flinte zusammen und zweitens …« Plötzlich riss sie die Augen auf. »Oscar, du hast doch hoffentlich nichts mit ihr, oder?«

»Son Quadsch. Jeds fang nich' so an wie Papa.«

»Wie meinst du das?«

»Ach vergiss es.«

Ich schlug das Buch zu und verschwand damit in meinem Zimmer. Was für eine Scheiße. Der ganze Tag, von vorne bis hinten, eine einzige große Scheiße.

Ich warf mich aufs Bett und starrte an die Wand. Da hingen ein paar Postkarten, von Flinte, ein Bierdeckel mit zwölf Strichen drauf, für die Biere, die Flinte und ich eines Abends bei Olli getrunken hatten, mit dreizehn. Olli war der Wirt vom *Blauen Elefanten*, unserer Lieblingskneipe, in der nie nach dem Alter gefragt wurde und die es deshalb jetzt auch nicht mehr gab. Fünf Gerstenhalme baumelten kopfüber von einem Nagel. Die hatte mir Flinte zum Vierzehnten als Gutscheine geschenkt, jeder Halm ein Bier. Das war, bevor Dr. Korn unser *Lieferant* geworden war. Und daneben hing ein Foto: Flinte und ich, von hinten, wie wir auf einer Düne am Atlantik saßen, und am Horizont ging gerade blutrot die Sonne unter. Das war der schönste Urlaub meines Lebens gewesen. So eine Surfreise, ohne Eltern. Als wir dagesessen hatten, auf dieser Düne, da war das Leben so pur gewesen, so groß und bewegend. Wir hatten darüber geredet, wie wohl alles weitergehen würde. Und

Flinte hatte gesagt, dass er mit mir eine Surfschule hier am Atlantik aufmachen wollte. Wir hatten uns Namen überlegt wie *Surf & Swag*. Und wir hatten stundenlang auf dem Rücken im Sand gelegen, die Sterne angestarrt und geschwiegen.

Ich nahm das Handy und öffnete Julias Nachricht.

War das mit dem Durchmachen Flintes Idee?

Nein, schrieb ich.

4

Freitag traf ich mich abends schon um sieben mit Flinte bei Aldi, zwecks Großeinkaufs. Er war wieder ganz der Alte, während meine eigene Fahne noch auf Halbmast hing, weil Papa so ausgerastet war, wegen dieses scheiß Moëts, und mich seitdem mied wie einen Aussätzigen. Dass auch Julia mich nun für einen hoffnungslosen Säufer hielt, machte die Sache nicht gerade besser. Aber vielleicht ging ja auch sie auf Abstand und half mir damit, die rote Linie nicht zu überschreiten.

Flinte war jedenfalls bestens gelaunt; er schritt durch die automatische Eingangstür von Aldi wie über den roten Teppich zur Oscar-Verleihung (die übrigens für meinen Namen verantwortlich war, da Papa damals den großartigen Einfall hatte, der Name würde einen Sieger aus mir machen – also einen, der immer einen Moët im Kühlschrank hatte, haha. Daran ließ sich ja arbeiten).

Jedenfalls machten Flinte und ich zum ersten Mal einen alkoholischen Großeinkauf, ohne Dr. Korn oder sonst wen zu brauchen. War ein bedeutender Tag.

Die *Blaue Lagune* nutzten wir nur für Nachschub oder wenn alles andere zuhatte. Dr. Korn wollte für Hochprozentiges sorgen, wahrscheinlich Wodka. Der war Usus. Vor allem für *Russisch Roulette* und für die Mische. Und Pfirsichlikör, für *Sex on the beach*. Den Cocktail liebten die Mädels. Wir holten ein paar Flaschen Prosecco, zwei Kisten

Bier, Cola, Säfte und Knabberkram, Chips und Erdnüsse. Ein bisschen Basis musste sein.

Als wir in der Schlange an der Kasse standen, fiel mein Blick auf eine Flasche im Regal neben mir: Moët & Chandon. Schon die Flasche machte mich wütend, als wäre sie allein schuld an meiner Misere. Ich zog sie heraus und legte sie in unseren Wagen. Vielleicht würde ich sie später an eine Wand knallen.

»Bist du irre? Weißt du, was der kostet?« Flinte brüllte den halben Laden zusammen.

»Ja, vierzig Euro.« Ich freute mich grimmig darüber, dass ich die Flasche mit Papas Geld bezahlte. Und noch dazu ganz legal. Yesss!

Flinte schlug sich auf die Stirn. »Davon können wir einen Haufen anderer Sachen kaufen.«

»Für den besonderen Anlass.«

»Hä?«

»Find ich cool. Ist ein besonderer Anlass.«

»Mann, Oscar.« Flinte rieb sich die Schläfen, als litt er unter einer akuten Migräne-Attacke. »Das ist doch wie Perlen vor die Säue.«

Ich dachte sofort an Julia. »Säue?«

»Na, du weißt schon. Die kennen das Zeug doch nicht mal. Wird weggeschlotzt wie die andere Plörre.«

»Darum geht's nicht.« Ich fühlte eine Härte in meiner Brust, die ich sonst eher von Gesprächen mit meinem Vater kannte, wenn der mich einfach nicht verstand oder verstehen wollte. Da war so ein unerbittlicher Klumpen in mir, der sich dagegen wehrte, das Spiel um des lieben Friedens willen mitzuspielen.

»Worum dann?«

»Dass ich es mache, für mich.«

»Ach so, ist also ein Ego-Ding.«

Uh, jetzt wurde das harte Ding in meiner Brust lebendig und randalierte.

»Mann, Flinte. Warum willst du mir immer alles kaputt machen?«

Alle Gestalten in dem Laden drehten sich nach mir um. War wohl laut gewesen. Flinte sah mich entsetzt an. Er schien mein Gesicht nach etwas Vertrautem abzusuchen und runzelte übertrieben die Stirn. Dann kickte er gegen den Einkaufswagen, dass es nur so schepperte, und ließ mich einfach stehen. Schöne Scheiße. Schon wieder Stress. Auf diesem Event schien ein Fluch zu liegen. Ich wollte Flinte nachlaufen und mich entschuldigen, konnte aber den vollen Wagen nicht einfach stehen lassen. Also wartete ich ungeduldig darauf, an die Reihe zu kommen.

Der alte Mann vor mir drehte sich um und musterte erst meinen Wagen, dann mich. Schließlich nickte er, als wüsste er jetzt Bescheid.

»Was?«, motzte ich ihn an.

»Is' wohl bald Vollmond«, sagte er ruhig.

»Wie?«

»Da haben Quartalstrinker Hochsaison.«

Das zog mir den Stecker.

Ich schob den gefüllten Wagen die Straße entlang und kam mir dabei vor wie ein obdachloser Alki. Die Leute schauten mir kopfschüttelnd nach. Fühlte sich richtig kacke an. Erst recht nach dem Eklat mit Flinte. Der hockte zum Glück auf unserer Bank bei der *Blauen Lagune*. Er hatte ein Bier in der Hand und schwenkte trübsinnig die Flasche hin und her.

Der ratternde Wagen machte einen irren Lärm, aber Flinte sah nicht auf, sondern wartete, bis ich die Fuhre direkt vor ihm geparkt und mich neben ihn gesetzt hatte.

»Wann bist du eigentlich so ein Arschloch geworden?«, fragte er, ohne den Blick zu heben.

»Das muss so vor drei Wochen passiert sein, als ich vor der Mutter meines besten Freundes behauptet habe, er wäre über Nacht bei mir gewesen, was gar nicht stimmte. War wohl die Initialzündung.«

Er zog einen Mundwinkel hoch, reichte mir ein Bier aus dem Wagen und stieß mit mir an. Damit war mal wieder alles geklärt.

»Also«, sagte er, »etwas fehlt noch.« Er zerrte aus dem Gebüsch hinter der Bank ein quadratisches Brett und legte es mir auf den Schoß. »Glückwunsch, Alter.« Auf das Brett waren krakelige Spielfelder gezeichnet. Flinte kramte etwas aus der Hosentasche und öffnete die Hand. Acht Kronkorken verschiedener Biermarken klimperten laut auf die Spielfläche. Dazu ein Würfel. »*Schluckspecht.* Ist selbst gemacht.«

»Cool, danke.« Ich las, was in den Feldern stand: *Shots für alle* oder *Ich hab noch nie …* oder *Verteile 3.* »Verteile 3?«

»Na, du verteilst drei Drinks an Mitspieler.«

»Und *Snakeeyes*?«

»Wer auf das Feld kommt, dem darf nicht mehr in die Augen geschaut werden. Wer's trotzdem tut, muss trinken.«

Mir schien das Spiel eher ein Partykiller zu sein. Bei den Aufgaben waren ja alle nach einer halben Stunde sturzbesoffen. Aber hey, ein selbst gemachtes Geschenk von Flinte!

Ich schlug mit ihm ein. »Bekommt einen Ehrenplatz.«

»Na hoffentlich gleich heute.«

»Ist eine Überlegung wert.«

Flinte nickte in Richtung der Tischtennisplatte neben uns, dem traditionellen Bartisch, an dem zwei sportliche Typen ziemlich gut Tischtennis spielten. »Ich hoffe, die sind bis acht fertig. Wie kann man diese Kultstätte nur so entweihen. Tss.«

Da nahte Dr. Korn und fuhr schwere Geschütze auf. Mein lieber Scholli. Eine Flasche Korn, klar. Zwei Flaschen Wodka und – *tadaa* – eine Flasche mit einer blauen Flüssigkeit, die er mit sichtlichem Stolz präsentierte.

»Schlumpfenpisse, auch liebevoll Schlumpfenwichse genannt.« Sein Goldener glänzte im Abendlicht, als er grinste. »Mein besonderes Geschenk für dich.« Er reichte mir die Flasche.

»Äh, danke.« Ich hatte selten etwas Ekligeres bekommen.

»Hab ich schon vor drei Tagen angesetzt.« Er wirkte sehr zufrieden mit sich. Mir wurde ein bisschen übel bei dem Gedanken, dass an der Bezeichnung dieser blauen Widerlichkeit etwas dran sein könnte.

»Sag mal, Alter.« Flinte nahm mir die Pulle aus der Hand und hielt sie gegen das Licht. »Was denn nu, Pisse oder …«

»Das ist Korn mit aufgelösten Wick Blau Bonbons. Eine Spezialität des Hauses. Knallt gut rein und schmeckt geil.«

Flinte und ich sahen einander an. Das war auch so was mit Flinte. Es gab diese Momente, in denen wir einfach wussten, dass wir dasselbe dachten. Und das gerade war so ein Moment. Dr. Korn hatte einen an der Klatsche und wir würden auf keinen Fall von diesem abartigen Gesöff trinken.

»Schlümpfe also«, sagte ich.

»Ja, diese kleinen blauen Zwerge mit den Zipfelmützen.«

»Ist schon klar. Ich war mal Schlumpfspezialist und hatte wegen Gargamel schlaflose Nächte. Ist aber schon 'ne Weile her.«

»Cool.«

Und jetzt fiel mir auf, dass Dr. Dionysos Korn schon einen in der Krone hatte. Seine Fahne wehte herüber wie die Abgase aus einer Destillerie.

»Komm, wir holen noch Eis für die Drinks. Geb ich aus.« Flinte zog mich von der Bank. »Doktor, Sie passen solange auf die medizinischen Vorräte auf.«

»Aye, aye.« Dr. Korn machte einen militärischen Gruß und zog den gefüllten Einkaufswagen zu sich heran.

Der Checker in der *Blauen Lagune* musterte belustigt die beiden Beutel mit Eiswürfeln. Flinte zog sein Portemonnaie aus der Tasche und hielt ihm seinen Ausweis dicht vor die Nase.

»Hey, hey.« Der Checker hob beide Hände. »Du setzt mir die Pistole auf die Brust. Dann bleibt mir wohl nichts anderes übrig, als die Ware freizugeben. Aber lass dich nicht erwischen!« Er lachte sich einen.

Wortlos schnappte sich Flinte die Beutel und ging hinaus. Ich hinterher. Inzwischen waren die zwei Tischtennisgenies verschwunden und Dr. Korn stellte gerade eine Batterie Flaschen auf die Platte.

»Sind die von selbst abgezogen?« Ich schaute mich um, konnte die Jungs aber nirgends mehr entdecken.

»So gut wie.« Dr. Korn grinste. »Die haben ihren Ball verloren und nicht wiedergefunden.« Er öffnete eine Hand und darin lag ein Tischtennisball. »Können wir gut gebrauchen, für Bier-Pong.«

Fand ich kacke, wollte aber kein Spielverderber sein und schwieg.

»Gibt's hier etwa was zu feiern?« Julia stand plötzlich neben mir, Arm in Arm mit Bella, und war dermaßen aufgebrezelt, dass ich völlig die Kontrolle über meinen Gesichtsausdruck verlor und sie mit offenem Mund anstarrte. Sie trug einen knallengen kurzen Rock und ein ebenso enges Top, mit einem Ausschnitt bis fast zum Bauchnabel. Der Spitzen-BH, der überall herausguckte, war tatsächlich blau. Ihre Augen funkelten provokativ. Schnell nahm ich einen Schluck aus der Bierpulle.

»Uiuiui«, zwitscherte Dr. Korn, »Schlumpfine höchstpersönlich.«

Flinte drückte sie pfeifend an sich und gab ihr einen Kuss.

Dabei fixierte sie mich jedoch weiterhin, wie eine Raubkatze ihre Beute. Zum Glück bemerkte Flinte es nicht, da er mehr damit beschäftigt war, was sie in der Hand hatte.

»Wo habt ihr *den* denn mitgehen lassen?« Er nahm Julia eine Weinflasche aus der Hand und inspizierte das Etikett, das mit einem Graffito verziert war. »Sieht krass aus.«

Julia ließ mich immer noch nicht aus den Augen. »Ist ein italienischer Rotwein.«

»Aus einer richtigen Weinhandlung«, ergänzte Bella, die sich ebenfalls auffällig herausgeputzt hatte. Bei ihr sah das Outfit süß aus, obwohl – oder vielleicht gerade weil – es nicht zu ihr passte. Wahrscheinlich hatte sie die Sachen von Julia geliehen. Ich wollte eigentlich nicht so genau hinsehen. Was mir aber schwerfiel, da der Rand ihres BHs, zwar wesentlich dezenter als bei Julia, aber ebenfalls aus dem Top herausstand und genauso blau war.

Julia zog kaum merklich einen Mundwinkel hoch. Und ich

wusste sofort, dass der ganze Sinn dieser Aktion sich damit erfüllt hatte.

»Happy Birthday, Blödmann«, sagte sie grinsend, nahm Flinte die Weinflasche aus der Hand und reichte sie mir. »Die ist für dich.« Sie riss eine Art Etikett ab, das um den Flaschenhals hing, und steckte es in die Brusttasche meines Hemds.

»Genau«, fügte Bella hinzu. »Wir haben uns beraten lassen. Julia wollte … aua.« Sie schaute nach unten und dann zu Julia, die ihr offensichtlich gerade auf den Fuß getreten war. »Er war jedenfalls so mit dem Beraten beschäftigt, dass er gar nicht nach den Ausweisen gefragt hat.«

»Das ist meine Braut.« Flinte küsste Julia, so richtig. Ich untersuchte derweil minutiös das Etikett, tatsächlich ein Ausschnitt eines chaotischen Graffito aus Buchstaben.

Plötzlich nahm Dr. Korn mir die Flasche aus der Hand und hielt sie in die Höhe. »*Oh Wein! Oh Wein!*«, hob er salbungsvoll an. »*Mir ist so wohl wie nie! Schenkt ein! Schenkt ein! Das nenn ich Therapie!*«

Wir klatschten anerkennend.

»Du bist ja ein echter Promille-Poet.« Flinte machte eine kleine Verbeugung.

»Das wär was«, lallte Dr. Korn. »Is' leider nich' von mir.«

»Von wem dann? Puschkin?« Bella zog ihren BH hoch, der wohl ein wenig zu groß war. Ich versuchte angestrengt, mich auf den Doktor zu konzentrieren.

»Irgendein Hoffmann oder so.«

»Der Schauspieler Hoffmann? Der Anführer der Revolution aus *Die Tribute von Panem*?« Julias Augen funkelten. Ich notierte auf meiner inneren Festplatte »*Tribute von Panem* gucken«, schüttelte aber gleich darüber den Kopf, weil es einfach unglaublicher Blödsinn war, ihr gefallen zu wollen.

»Nee«, lachte Dr. Korn und kippte sich etwas Schlumpfenpisse rein. »Irgendein Dichter.«

»Ach so.« Sie war sichtlich enttäuscht. Der Rang von Dichtern konnte in ihrer Welt offenbar nicht sehr hoch sein. Der von Revolutionsführern schon eher. Oder von Schauspielern.

»Hey.« Flinte kloppte mir auf den Arm. »Schau mal, ich hab noch eine Überraschung für dich!« Er nickte Richtung Parkplatz, wo dieser streunende, zottelige Hund, angestrahlt vom orangenen Licht der untergehenden Sonne, gerade sein Bein an einem Porsche hob. Er war tatsächlich ziemlich groß und eines seiner Ohren hing schlapp herunter, während das andere, ein wenig ausgefranste in die Höhe stand. Eine goldene Pfütze breitete sich auf dem Asphalt aus. Die Autotür ging auf und ein kleiner Mann ohne Haare stieg aus und brüllte los wie ein Irrer. Er trat sogar nach dem schwarzen Ungetüm, was ich eher dumm als mutig fand, denn Zottel hatte eindeutig die längeren und spitzeren Zähne. Das konnte ich sehen, weil er sie knurrend bleckte.

Aber dann verzog sich der Köter und ich erkannte, wen Flinte eigentlich ankündigen wollte: Gwen und Keil, genannt *der Keiler*. Verdammt. Gwen war eigentlich ein cooles Mädel. Ging in dieselbe Klasse wie Dr. Korn und war ab und zu dabei, wenn wir uns trafen. Vor Kurzem war sie aber aus unerfindlichen Gründen mit diesem Keil zusammengekommen, der immer ausrastete, wenn er zu viel getrunken hatte und auch sonst ein grobschlächtiger Typ war. Die beiden steuerten auf uns zu, wobei Keil Gwen an der Hand hielt und es so aussah, als würde er sie hinter sich herziehen.

Dennoch lächelte Gwen fröhlich und war offensichtlich damit einverstanden. Sie winkte uns zu.

»Verdammt. Sobald der was trinkt, hau ich ab«, verkündete Julia.

»Und guck mal, was der dabeihat.« Bella stupste sie an.

Jetzt bemerkte ich es auch. Keils freie Hand schwenkte eine edle eckige Flasche, an die ein … was war das denn? Ein Schnuller? Tatsächlich. An der Flasche baumelte eine Kette mit Schnuller. Bei mir blinkten sämtliche Alarmlämpchen.

Als die beiden nah herangekommen waren, befreite Gwen sich von Keils Pranke und fiel mir um den Hals. »Alles Gute, Oscarowitsch. Und danke für die Einladung.«

Ich sah zu Flinte, der eine Augenbraue anhob. Der Arsch.

Keil blickte mich missbilligend an. »Jo«, sagte er einsilbig.

Gwen nahm ihm die Flasche aus der Hand, die er nur widerwillig losließ, und legte sie mir in den Arm. »Hier, unser Partybeitrag. Keili hat einen feinen Whisky aus dem elterlichen Vorrat generiert, jeden Tag ein bisschen. Hat 'ne Weile gedauert, bis die Flasche voll war. Probier mal!« Sie hielt mir einen Pappbecher hin und ich goss wohl oder übel ein.

»Muss auch nicht leer werden«, fügte Keil hinzu. »Und die Flasche brauch ich noch.«

»Alles klar.« Ich stellte sie auf unsere Platte zu den anderen Getränken und überlegte kurz, Flinte eine reinzuhauen. Ging aber nicht. Alle glotzten mich an. Also setzte ich diesen scheiß Whisky an den Mund und kippte das Zeug hinunter. War nicht meins, dennoch nickte ich anerkennend in die Runde. Scheiß Nummer.

»Und der Schnuller?« Flinte zupfte belustigt an der Kette.

»Der ist für ein Trinkspiel, stimmt's, Keili?« Gwen schien begeistert vom Einfallsreichtum ihres Freundes.

»Korrekt.« Keils Mundwinkel zuckte irgendwie genüsslich. Mir war gar nicht wohl, trotzdem machte ich gute Miene zum hoffentlich nicht allzu bösen Spiel. Dabei wusste ich schon in diesem Moment, dass der Abend nicht gut enden würde.

5

Dabei fing er so schön an …

»Seht mal!« Bella zeigte Richtung *Blaue Lagune*, hinter der die Sonne gerade verschwand. Das war meine Lieblingsstunde. Wenn dieses lodernde Orangerot die blauen Neonlichter der Tanke umgab wie eine Flammenkrone. »Besser als jede Festbeleuchtung.«

»Infernalisch.« Flinte.

»Die Stunde der Götterdämmerung.« Gwen lächelte versonnen. »Eine schönere Welt naht«, fuhr sie pathetisch fort. »Alles beginnt von vorn und kann nur besser werden.« Sie blinzelte Keil verliebt an, der sie ausdruckslos ansah. Tat richtig weh, diese Hackfresse und unsere schillernde Gwen, die in ihre Haare kunstvoll ein Band geflochten hatte, das so rot schimmerte wie ihr Lippenstift.

»Okaaay.« Flinte köpfte ein Bier und reichte es Gwen. »Dann lasst uns mal anstoßen.« Sie drückte die Flasche gegen Flintes, der für alles dieselbe Lösung hatte: volllaufen lassen.

»Wie wäre es denn, wenn's besser wäre?«, fragte Bella und ich dachte sofort wieder an diese eine Nacht, die ich am liebsten ungeschehen machen wollte.

»Friedlicher«, entgegnete Gwen und schaute dabei betreten zu Boden. Keiner sagte etwas. Wir wussten alle, dass ihrem Vater manchmal die Pranke locker saß, wenn er zu viel Alk intus hatte, und ihre Mutter ihn immer noch verteidigte, sogar mit blauen Flecken. War 'ne richtige Scheiße. Und es war niemandem entgangen, dass Keil ähnliche Anlagen hatte. Wer ließ sich schon eine Wildsau auf den Bizeps tätowieren, die immer fetter wurde, je mehr die Muskeln anschwollen?

»Bier? Schampus? Wodka? Schlumpfenpipi?« Flinte hob ein paar Pullen hoch. Er hatte nicht gerade ein gutes Gefühl fürs Timing. Aber ich wusste, dass er keine Depri-Stimmung ertrug. Davon hatte er zu Hause selbst genug.

»Pisse«, verbesserte ihn Dr. Korn. »Schlumpfenpisse.«

In diesem Moment zog Julia kreischend die Schampusflasche aus dem Einkaufswagen. »Moët?« Sie untersuchte das Etikett genau. »Ist der echt?«

»Klar.«

Sie strahlte mich aus ihren Zauberdingern an, dass mir schwindelig wurde.

»Wow«, sagte sie anerkennend.

Flinte warf mir einen vernichtenden Blick zu. Ich hatte das Gefühl, über ein Minenfeld zu tapsen. Es war unmöglich, diese Nacht unbeschadet zu überstehen. Überall lauerte Gefahr. Und die einzige Möglichkeit, da einigermaßen hindurchzuschlingern, lieferte mir ausgerechnet Dr. Korn, als er mal wieder einen seiner Sprüche abließ, vielleicht auch extra für mich.

»Das Leben ist an manchen Tagen halt nur im Vollrausch zu ertragen. Na zdrowie.« Er lüpfte einen Plastikbecher und leerte ihn schwungvoll. Ausnahmsweise schien mir das eine verdammt gute Idee zu sein.

»Whisky«, sagte ich und hielt Dr. Korn meinen Becher hin, der ihn pfeifend randvoll füllte, während Keil die Kackflasche anschmachtete wie eine Geliebte, die fremdging. Ich fragte mich, was er von Gwen dafür bekam, dass er den Whisky opferte. Ihre Jungfräulichkeit konnte es nicht mehr sein.

»Auf euer Wohl, ihr Schluckspechte und Schnapsdrosseln.« Ich stieß mit dem Doktor an, der sich ebenfalls einen Becher gefüllt hatte. »Cin cin.« Ich trank die Brühe auf ex und spürte dem *Heilmittel* nach, das mich wenigstens heute von meinen Leiden befreien sollte. Es brannte. Von Geschmack war gar nicht zu reden. Ich spürte einzig das Feuer, das sich in meiner Kehle ausbreitete wie durch die Funken einer Zündschnur. Und es dauerte nicht lange, bis mein Hirn in Gelee abtauchte, in seliger süßer Götterspeise, die meine Welt mit einem Guss überzog und die quälenden Gedanken eindickte. Sorgen in Aspik. Starrten mich wirklich alle an oder war das ein Trugbild im Whisky-Wahn?

»Oscar?« Bellas Augen quollen merkwürdig hervor. »Oscar? Bist du irre?«

»Mensch, Alter.« Flinte gab mir einen Klaps und ich kippte gegen Keil, der zurückwich. »Mach langsam. Es geht doch gerade erst los.«

»Was?«

»Deine Party, Mann.«

»Los«, wiederholte ich und es hallte in mir nach wie in einer Kathedrale. »Dann kriegt Julia jetzt Moët.« Ich griff nach der Flasche, verpasste sie aber um Haaresbreite. Bewegte sich das Ding?

»Mach ich schon.« Dr. Korn hatte die Flasche eingefangen und köpfte sie. Recht so. Er schenkte Julia ein.

»Edel«, sagte Gwen und hielt auch einen Becher hin.

Ich saß plötzlich auf der Bank. Irgendjemand hatte mich da hingedrückt.

»Auf dein Wohl, du irrer Süffel«, rief Gwen.

»Süffel«, kicherte ich. Oder war das Julia? Die saß jetzt neben mir, mit ihrer wonnigen Hügellandschaft. Doch nicht. War Bella, die mich besorgt ansah. Uff! Schnell noch einen Kleinen heben.

»Eigentlich idiotisch«, sagte Bella, »auf das Wohl mit Alkohol anzustoßen.«

Alle machten *Ohh* und *Uhh* und verdrehten die Augen. Ich kicherte. Und dann wollte in mir was von unten nach oben. Ich schob mich in die Aufrechte und schaffte es gerade noch zum Busch hinter der Bank. Die ganze *Götterspeise* spritzte heraus. Ich wäre beinah hinterhergekippt, aber jemand hielt mich am Arm.

»Hier, du Depp.« Julia gab mir ein Taschentuch und schob mich, mit Bellas Hilfe, zurück auf die Bank.

»Okeee«, sagte Flinte. »Das war das. Dann geht ja jetzt wieder was rein.« Mit einem Grinsen köpfte er noch ein Bier und trank. »Seid ihr bereit für ein Spielchen?« Er schob ein paar Flaschen zur Seite und legte das Spielbrett auf die Tischtennisplatte.

Keil schenkte sich Whisky ein und legte einen der Kronkorken auf das erste Spielfeld. »Klaro.«

Nachdem Flinte die übrigen Kronkorken neben dem Feld platziert hatte, zog er einen Würfel aus der Hosentasche. »Wer fängt an?«

»Was bedeutet das Fragezeichen?« Gwen lief um die Platte herum und las, was in den Feldern stand.

»Da darf man sich was ausdenken.«

»Das ist gut.« Keil grinste. Ich war wieder klar genug, um zu spüren, dass sich in seinem Hirn etwas Bedrohliches zusammenbraute.

»Ich fang an«, sagte Julia und zog ihr Top über den frei liegenden Bauchnabel, den ein Piercing verzierte. Sie würfelte eine Drei und legte ihren Korken auf ein Feld mit der Aufschrift *Wasserfall*. »Was bedeutet das?«

»Geht gut los«, feixte Flinte. »Alle saufen, bis du absetzt.«

»Sehr einfallsreich.« Bella zog eine Augenbraue hoch. Irgendwie mochte ich das an ihr, diesen ironischen Ausdruck.

Derweil füllte Dr. Korn, unser inoffizieller Barmann, sechs Becher halbvoll mit Whisky und verteilte sie. »Geht's wieder?«, fragte er mich.

»Klar.« Ich nahm einen der Becher.

»Das war die richtige Antwort.«

Alle hoben ihre Drinks und tranken. Zum Glück setzte Julia schnell wieder ab. Dann würfelte Flinte.

»Trinkpartner aussuchen. Yess.« Er zeigte auf Dr. Korn, der am meisten von uns vertrug. Der füllte auch sofort schwer begeistert die Becher wieder auf.

Keil murrte vor sich hin und ich dachte daran, wie er mühsam die Whiskyrationen von seinem Alten abgezweigt hatte und dass wir diesen Schatz nun in Lichtgeschwindigkeit niedermachten.

»Jetzt ich«, sagte er und würfelte. »*Ich hab noch nie* … Mist.« Das war eines der Felder, auf denen man selbst nichts trinken musste, beziehungsweise durfte. »Ich hab noch nie ein Trinkspiel ausgelassen.« Er grinste.

Flinte und Julia schauten Bella an. Dr. Korn reichte ihr schon einen Becher.

»Och nö.« Sie nahm den Becher und trank einen Minischluck. Dann würfelte sie selbst.

»*Dein linker Nachbar muss einen heben.*« Flinte prostete mir zu.

»Ich?«

»Wenn da nicht noch ein Schlumpf zwischen euch sitzt.«

Ich rutschte auf der Bank ein wenig von Bella weg und untersuchte die Lücke zwischen uns. Flinte kriegte sich gar nicht mehr ein. Da war tatsächlich etwas Blaues. Ich beugte mich herunter, um besser erkennen zu können, was es war. Dabei kippte ich von der Bank und fiel Bella vor die Füße. Was stimmte denn mit dieser Bank nicht? War da was locker?

Flinte lachte wie verrückt. »Muss wohl eine sexy Schlumpfine sein. Hat ihn glatt umgehauen.«

Ich zog mich an der Bank und Bellas Beinen hoch und hievte mich wieder auf die Sitzfläche. Irgendjemand schob von hinten.

Flinte hielt mir einen Becher hin. »Also Kumpel. It's your turn.«

»Der hat genug«, sagte Bella und wollte ihm den Becher abnehmen. Aber ich war schneller und trank sofort einen Schluck. Mir war zwar immer noch übel, aber ich würde mich sicher nicht von Bella bevormunden lassen. »Ihr seid doch verrückt«, sagte sie und sah mich besorgt an.

»Mensch Bella«, säuselte Julia. »Der ist doch schon groß.« Sie tätschelte mir den Kopf. »Der kann das schon allein entscheiden.«

Ich nickte und konnte gar nicht mehr damit aufhören. Julia stand direkt vor mir. Ihre blau dekorierten Möpse wippten durch mein Blickfeld. Blau, blau, blau.

»Ich sehe was, was du nich siehs…« Die Worte quollen mühsam aus meiner Gelee-Birne. Julia kicherte. Oder war es Gwen? Jemand haute mir auf den Hinterkopf. Ich ließ den noch halb gefüllten Becher fallen. Da schrie wer herum. Keil?

»Hey, das ist bester schottischer Whisky, du Flasche.«

»Dasis besder schoddischer Whisky«, plapperte ich die Worte nach, die völlig sinnlos klangen. Ich hob den Kopf. Keils rotes Gesicht sah lustig aus neben Julias blauem Dekolleté. Ich kicherte. Keil zog mich an meinem Hemd in die Höhe. Dabei schwoll die Wildsau auf seinem Bizeps an.

»Ganz schön fettes Schwein«, sagte ich.

»Was hast du gesagt?!«, schrie Keil.

»Keil«, mischte Gwen sich ein, »lass ihn los. Der ist doch total dicht.«

»Niemand sagt *fettes Schwein* zu mir, verstanden?!«

Ich drückte seinen Bizeps, da, wo der Keiler seine Wampe aufblähte. »Is aba fett, das Schweinchen.«

»Er meint dein Tattoo!«, brüllte Gwen, dass es in meinen Ohren rasselte wie bei einem kaputten Lautsprecher.

»Nich so laut, Wenni.« Waren heute alle schwerhörig?

Keil ließ mich auf den Boden plumpsen. Flinte und Dr. Korn zogen mich wieder hoch und als sie mich losließen, schwankte ich zur Tischtennisplatte und krallte mich daran fest.

»So. Ich würfle jetzt«, verkündete Keil, setzte seinen Kronkorken allerdings einfach auf das nächste Fragezeichen. »Okay, du endmadiger Asphaltcowboy.« Er zeigte auf mich. »Du schnappst dir den Schnuller und holst ein Bier in der Tanke. Du darfst ihn aber nicht rausnehmen. Und du darfst auch nicht bezahlen.« Er grinste.

»Das ist doch bescheuert.« Bella stand von der Bank auf. »Die Aufgaben dürfen nicht kriminell sein.«

»Kriminell«, wiederholte ich, zog den Schnuller vom Hals der Whiskyflasche und klemmte die Kette an meinen Ausschnitt.

»Ach, Bella«, Flinte hakte sich bei ihr unter. »Das ist doch harmlos. Der Checker kennt uns ja. Wenn was ist, dann regelt er das mit uns persönlich.«

Sie schüttelte Flintes Arm ab und hakte sich bei mir unter. »Okay. Aber ich geh mit«, sagte sie und drückte mich sanft vorwärts.

Dr. Korn pfiff durch die Zähne. Mann, wie das im Hirn zwirbelte.

In der *Blauen Lagune* war schwer was los. Bella schob mich vor ein Regal mit Bierdosen. »Nimm eine«, befahl sie. Mir gefiel ihr Ton aber ganz und gar nicht.

Ich schüttelte ihren Arm ab und schob sie zur Seite. »Nee, bella Bella«, nuschelte ich unter dem Schnuller hervor. »Du bisnich meine Muddi.« Ich griff nach einer Bierflasche und wollte sie unter meinem Hemd in die Hose stecken. Neben mir stand ein Mann und schüttelte den Kopf.

»Ach dann leck mich doch.« Da ließ Bella mich endlich in Ruhe und zog ab. Also weiter.

Ich schob die Flasche unter den Hosenbund und grinste den Mann an, der mich an so einen Wackeldackel erinnerte, weil er die ganze Zeit seinen Kopf schüttelte. Dann schepperte es plötzlich irre laut und in meinem einen Schuh wurde es feucht.

»Was ist denn da los?«, rief der Checker.

»Der Penner hier wollte ein Bier klauen.« Der Wackeldackel grinste. »Hat sich aber selten dämlich angestellt.«

Auf einmal stand der Checker neben mir und zog an der Kette, bis der Schnuller herausploppte. »Ach du bist das.« Er schaute zu meinen Füßen und riss die Augen auf. Ich tat es ihm gleich. Shit. Auf dem Boden lagen lauter Scherben in einer schäumenden Pfütze.

»Der hat doch tatsächlich die Flasche in seine Hose gesteckt. Die ist einfach durch sein Hosenbein gerutscht.« Der Wackeldackel lachte.

»Dann hol ich wohl mal die Polizei.« Der Checker lief Richtung Theke.

Ich konnte nicht mehr stehen und ließ mich auf eine Bierkiste sinken. Eine lähmende Dunkelheit zog mich plötzlich an, die nach mir griff wie ein eisiges Schattenwesen. Das zähe Zeug in meinem Kopf gefror und legte die Welt still. So einen Frieden hatte ich noch nie gefühlt. Da war nichts mehr, das getan oder gedacht werden musste. Ich war die Dunkelheit und die Dunkelheit war ich.

Bis ich abrupt aus diesem seligen Zustand gerissen wurde, zurück in die Hölle aus Licht, Lärm und Gedankenbrei.

»Los!«, drängte Bella und zog mich hoch. »Wir gehen.« Sie dirigierte mich nach draußen, gegen meinen Willen. Aber ich konnte nichts tun.

»Hey, das Bier.« Irgendetwas war doch mit Bier. Ich erinnerte mich nur nicht daran, was es war.

»Vergiss das Bier«, fauchte Bella. »Ich hab dir gerade den Arsch gerettet.«

Arsch gerettet, Arsch gerettet, dachte ich. Und dann war eine Weile Sense und alles wieder wunderbar dunkel.

»Ah, willkommen zurück«, sagte Flinte und blickte von oben auf mich herab. »Hast du den Rausch ausgeschlafen? … Du bist dann auch gleich dran.« Er gab mir den Würfel.

»Womit?« Ich lag auf der Bank. Warum lag ich denn? Ich raffte mich auf und schaute in die Runde. Alle standen um mich herum. Bella weinte. War was?

»Mit Würfeln natürlich.« Also warf ich einfach den

Würfel. »Fragezeichen!« Flinte schien begeistert. »Cool. Du kannst dir was ausdenken.«

Mein Hirn war leer wie ein Schwimmbad ohne Wasser. Ich hatte nicht den Schimmer einer Idee.

»Irgendwas mit Trinken«, lallte Dr. Korn, dem die Haare im Gesicht klebten.

Da sah ich den zotteligen Hund um die Autos schleichen und aus einer Pfütze schlabbern. Der sollte auch mal was Gutes bekommen.

»Idee«, sagte ich. »Wir füllen den Köter ab, den *blauen Hund.*«

Bella sprang von der Bank auf. »Bist du verrückt? Hunde vertragen gar keinen Alkohol. Noch weniger als wir.«

»Ach Bella, ist doch Quatsch«, sagte Julia.

»Eben. Auch ein armer Köter soll doch ein bisschen Spaß haben, oder?« Keil schien begeistert.

»Spaß?« Bella stemmte wütend die Fäuste in die Seiten. »Das ist ein Hund, Keil. Der hat Spaß, wenn du ein Stöckchen wirfst, aber sicher nicht, wenn du ihn abfüllst.«

»Warten wir's ab. Vielleich dreht er ja dann 'n paar Pirouetten?« Flinte lachte.

»Ihr seid heute wirklich ekelhaft.« Bella nahm ihre Jacke. »Das seh ich mir nicht an.« Sie wandte sich Julia zu. »Kommst du mit?«

»Nee, ich geh gleich mit Flinty.«

»Aber du wolltest doch nicht …«

»Komm schon, Bella, bleib einfach noch ein bisschen.«

Doch Bella zog die Jacke über den Ausschnitt, in dem ein verrutschter blauer Spitzen-BH einen absurden Bergkamm beschrieb. »Ich hoffe, ich les morgen nicht von euch in der Zeitung.« Mann, war die heute anstrengend.

»Also, wer macht mit?« Ich wankte an unsere *Bar* und schnappte mir eine Flasche Wodka.

»Bin dabei.« Keil trat einen Schritt auf mich zu.

»Sons niemand?«

»Nee«, sagte Dr. Korn mit Blick auf die Flasche in meiner Hand. »Das ist doch Perlen vor die Säue.« Mir war, als hätte ich das schon einmal gehört, konnte mich aber nicht erinnern, wo.

»Hey!«, rief Flinte. »Ich dokumentier das für *@Schluckspecht*. Sowas gab es da bestimmt noch nich.« Er zückte sein Handy.

»Lass das!« Julia wollte es ihm wegnehmen, als Bella plötzlich brüllend auf den Streuner zurannte. Schien den aber nicht zu beeindrucken. Er kam ihr stattdessen schwanzwedelnd entgegen.

»Nein. Geh weg!«, rief sie. Da blieb der Köter stehen und blickte Bella einfach an.

»Danke dir«, sagte Keil, dem das Ganze sehr zu gefallen schien. »Jetzt können wir loslegen.« Er winkte mir zu und wir näherten uns dem schwarzen Zottel, der sich inzwischen auf den Hintern gesetzt hatte und Bella weiterhin anstarrte, obwohl die immer verzweifelter schrie, er solle abhauen.

»Na komm her, du Schluckspecht.« Keil schüttete sich eine Ladung Wodka in die gehöhlte Hand und hielt sie ihm entgegen. Ich tat es ihm gleich, tunkte aber zuvor den Schnuller in die Brühe und steckte ihn mir in den Mund. Schien mir irgendwie eine echt gute Idee. Keil war plötzlich mein bester Kumpel, strahlte mich an wie 'n Scheinwerfer. Und dann stand tatsächlich der dumme Köter auf, kam schwanzwedelnd heran und schnüffelte an unseren Händen. Weinte da irgendwo wer?

»Lecker, lecker«, sagte Keil und nickte dem Hund zu. Da begann der tatsächlich, aus seiner Hand zu schlabbern. Ab und zu wechselte er zu meiner Hand, dann wieder zu der von Keil. Zwischendurch hob er seine großen, dunkelbraunen Augen, die so treudoof dreinblickten, dass ich wegsehen musste, weil sie mich an irgendetwas erinnerten und tief in mir ein Unbehagen heraufbeschworen. Die ganze Zeit zeterte Bella herum. Ach, *die* weinte! Und Julia zeterte mit Bella, während Flinte und Dr. Korn sich schlapplachten. Nur Gwen war still.

Plötzlich knickte der Hund hinten ein und kippte auf den Asphalt. Bella schrie auf, aber Keil pfiff anerkennend. Der Zottel versuchte, sich aufzurichten, verlor jedoch immer wieder das Gleichgewicht und klappte zusammen. Da schlug Bella abwechselnd auf Keil und mich ein. Ich fühlte so eine angenehme Taubheit in mir drin. Mir machte das alles nichts aus. Überhaupt machte mir nichts mehr was aus. Ich lachte, weil es so guttat, nichts zu fühlen.

Keil wehrte Bellas Schläge kichernd ab, während Gwen versuchte, ihn von der Stelle wegzuziehen. Daraufhin brüllte er sie an und schubste sie so doll, dass sie gegen ein Auto knallte. »Lass das, verdammt! Du bist nicht mein Kindermädchen!«

Gwen weinte und rannte davon. Bella lief ihr nach.

»Was für ein Kindergarten! Stimmt's?«, rief Keil.

Ich nickte und nickte, bis ich gar nicht mehr wusste, was eigentlich stimmen sollte. War aber auch egal. Nicken war genial. Und noch besser war Nicken und Sich-dabei-Drehen. In meinem Kopf schwappte es, wogte und wiegte. Die Lichter der Tanke zogen blaue Streifen. Der schwarze Fellhaufen da – mit blauen Streifen. Flinte und sein Handy – mit blauen

Streifen. Keil, eine Flasche schwingend – mit blauen Streifen. Und Julia, *magic* Julia, die mich ansah, aus ihren Zauberdingern. Sie war ganz nah. Die blauen Streifen wie Laserschwerter, die unsere Nacht erhellten. Ihr Mund, der auf und zu ging, Töne ausspuckte, die keinen Sinn ergaben. Blaue Tropfen, die über ihre Wangen liefen und glitzerten wie kleine Edelsteine. Ich musste ihr unbedingt sagen, wie schön sie war …

6

Ein schriller Schrei. Mein Hirn zog sich zusammen wie die Blätter einer Mimose, wenn man sie berührt. Ein bohrender Schmerz folgte.

»Ruhe!«, brüllte ich.

»Ruhe?« Die Stimme meiner Mutter. Was wollte die denn hier?

Ich öffnete ein Auge. Blaue Kacheln. Kalt war es auf diesen Kacheln. Wo war ich?

»Oscar?« Mama zupfte an mir rum.

Ich stemmte mich in die Seitenlage und blickte auf eine Kloschüssel, von unten … unsere Kloschüssel.

Mama zog an meinem Arm. »Oscar … was …?«

Ich kam in die Aufrechte. Mein anderes Auge ließ sich nicht öffnen. Ich drückte gegen den Widerstand an. Ging aber nicht. Mama sank vor mir in die Hocke. Sie hielt sich die Hände an die Wangen, starrte mich mit offenem Mund an.

»Oscar, um Himmels willen. Hast du … hast du schon wieder getrunken? *Was* hast du alles getrunken? Oh Gott. Was ist denn bloß passiert? Wie es hier stinkt! Hast du im Bad geschlafen?«

Viel zu viele Fragen. Ich schwieg. Aber das Wort *getrunken* schmirgelte meinen Schlund entlang wie Sandpapier und mir wurde schlagartig klar, dass ich am Verdursten war. Meine Kehle glich einer staubigen Wüste. Ich wollte mich aufrichten, kam jedoch nicht hoch. In meinem Kopf tanzte jemand mit schweren Stiefeln Polka. Es donnerte höllisch.

»Wasser«, krächzte ich.

Mama füllte hektisch einen Zahnputzbecher und gab ihn mir. Ich stürzte die Flüssigkeit herunter und bat um mehr. Stattdessen nahm sie einen Spiegel in die Hand und hielt ihn mir vors Gesicht.

»Sieh dich an«, jammerte sie.

Aber das war nicht mein Gesicht. Das gehörte jemandem mit blutiger Beulenpest oder so. Ich schob den Spiegel zur Seite, doch da war niemand sonst.

»Oscar.« Mama weinte. Ich hasste es, wenn sie weinte.

»Was hat Papa gemacht?«

Sie runzelte die Stirn. »Papa? Warum Papa?«

»Du weinst.«

»Oscar!« Sie schrie spitz. Der Polkatänzer legte noch einen Zahn zu. »Was ist passiert?«

»Erst noch mehr Wasser.« Ich streckte eine Hand aus.

»Großer Gott.« Nun auch noch Papa. »Du siehst aus wie ein versoffener Penner. Wird ja immer schlimmer mit dir.« Er zog mich hoch und ließ mich auf den Klodeckel plumpsen. »Wer hat dich so zugerichtet?« Er zeigte auf das Auge, das ich nicht öffnen konnte.

»Wasser bitte«, jammerte ich kläglich.

»Das ist Nachdurst«, analysierte Papa trocken. »Es muss sehr viel Alkohol gewesen sein.«

Es klingelte an der Tür und Papa verschwand kurz. Als er zurückkam, sah er merkwürdig blass aus, trotz seiner immer gebräunten Haut.

»Da ist Polizei … Die wollen Oscar sprechen.«

»Ich geh schon.« Ich versuchte aufzustehen, sank aber wieder auf den Klodeckel.

»Nein«, sagte Papa streng. »Du bleibst hier. Ich regle das.«

Diesmal schloss er die Badezimmertür, als er hinausging. Mama hielt sich die Hände an den Kopf. Ich musste an den *Schrei* denken, so ein Gemälde, das wir im Kunstunterricht durchgenommen hatten. Mama sah genau aus wie die Gestalt auf dem Bild. Sie schien in der Haltung eingefroren. Es machte mir richtig Angst.

Schließlich hörte ich die Haustür zuschlagen und Papas schwere Schritte auf dem Flur. »So. Ich hab ihnen gesagt, dass du erst mal einen Arzt brauchst. Sie kommen in einer Stunde wieder. Also, was ist passiert?«

Ich überlegte. Da war diese Feier gewesen, an der *Blauen Lagune*. Gwen und Keil waren auch dabei. Es gab Whisky. Ein Trinkspiel. Ich sollte Bier holen. Bella war sauer. Der blaue Hund. Keil hatte rumgebrüllt … Das war's. Mehr wusste ich nicht. Also schwieg ich lieber.

Mein Vater presste seine Lippen zusammen, kaute auf etwas herum, blickte Mama an, dann wieder mich. »Weißt du es nicht mehr?« Er klang kühl, enttäuscht. Unendlich enttäuscht. Es traf mich wie ein kalter nasser Waschlappen. Schlagartig war ich voll da.

»Hm«, machte ich. »Fällt mir bestimmt gleich wieder ein.«

»Nein«, fuhr er mich scharf an. »Das fällt einem nicht mehr ein. Weggesoffen ist weggesoffen. Was du im Blackout vergisst, ist für immer gelöscht.« Er schien aus eigener Erfahrung zu sprechen. Sein Gesicht kam nah an meines heran. »Für immer, hast du gehört?« Er wandte sich an Mama, die langsam aus ihrer Starre erwachte. »Er muss was angestellt haben, im Suff. Die Polizei hat Andeutungen gemacht.«

Plötzlich zog er etwas Hartes unter meinem T-Shirt hervor und japste nach Luft. »Woher hast du den?« Er öffnete die Hand und darin lag ein Schnuller.

»Oh Gott.« Mamas Stimme war hoch, schien sich fast aufzulösen in den Fisteltönen.

Was hatte Papa gesagt? Ich musste etwas angestellt haben? Aber was denn nur, verdammt? Auf einmal stieg Angst in mir auf, überbordend wie eine Flutwelle. Alles an mir zitterte. Ich konnte nichts dagegen tun. Gleich würde die Polizei mich holen und ich wusste nicht einmal, warum. Ich musste dringend Flinte anrufen. Der wusste es bestimmt. Instinktiv griff ich in meine Hosentasche. Aber das Handy war da nicht. Ich sah Papa ratlos an.

»Was ist? Fehlt etwas? Dein Geldbeutel?« Plötzlich riss er die Augen auf. »Wo sind die fünfhundert Euro, die du zum Geburtstag bekommen hast?« Ich schwieg ihn weiter an. »Sag schon!«

»Jetzt lass ihn doch erst mal zu sich kommen.« Mama reichte mir noch einen Becher Wasser, den ich dankbar nahm und sofort leerte.

»Der Geldbeutel ist in der Jacke«, erinnerte ich mich. »Zweihundert sind weg, für Getränke und so.« Das mit Frau Bronner war mein Geheimprojekt. Ging niemanden etwas an.

»Zweihundert?« Papa flippte völlig aus, lief rot an und schlug gegen die Badezimmertür. »Und die Jacke? Wo ist die?«

Das scheiß Geld. Schien ihm das Wichtigste zu sein. Dabei würde die Polizei gleich kommen und mich vielleicht abholen. Ich wollte ihm die dreihundert am liebsten vor die Füße knallen und abhauen. Aber ich hatte verdammt noch mal keine Ahnung, wo die Jacke war. Beiläufig zog ich den Duschvorhang ein wenig zur Seite. Und was dahinter lag, war ein einziger Albtraum. Ich hatte das Gefühl, dass mein Atem aussetzte und mein Herz aufhörte zu pumpen. Mama folgte meinem Blick und zog den Vorhang komplett zur Seite. Sie schrie. Papa schrie auch. Wir starrten alle auf einen blutgetränkten Stofffetzen, neben dem ein Knäuel schwarzer Haare lag.

Nachdem meine Mutter ausgiebig geweint, mein Vater ebenso ausgiebig geschrien und ich noch ausgiebiger geschwiegen hatte, unfähig zu irgendeinem sinnvollen Gedanken, beschloss Papa, dass es nun an der Zeit sei, zu handeln.

»Du rufst Daniela an«, sagte er zu Mama. »Aus dem Alki hier ist ja nichts rauszukriegen.«

»Holger, das ist unser Sohn!« Nun schrie sogar Mama. »Du sprichst von ihm wie von einem Fremden.« Sie beugte sich zu mir herunter und nahm mich in den Arm. »Egal, was passiert ist, ich hab dich lieb.«

»Dann rufe *ich* eben Daniela an.« Papa ging trotzig davon.

Ich bezweifelte stark, dass Flintes Mutter wusste, was gestern Nacht passiert war. Wenn Flinte überhaupt nach Hause gegangen und nicht mit Julia sonst wohin verschwunden war. Ich konnte immer noch kaum denken und mein Kopf stand kurz vor einer Explosion. Eines wurde mir allerdings schlagartig klar: Papa durfte auf keinen Fall Daniela anrufen. Wenn sie nichts wusste, durfte sie auch nichts erfahren. Das war oberstes Gebot bei uns: Was auch immer geschah – Eltern raushalten! Keiner verriet den anderen. Alte Musketier-Regel.

»Papa!«, rief ich mühsam. »Nein.«

Er kam sofort ins Bad, wo ich immer noch auf dem Klodeckel saß und versuchte, mir verkrustete Blutreste von der Jeans abzupulen. »Was nein?«

»Ich mach das.« Ich zog mich am Heizungsrohr hoch und wankte ihm entgegen.

Papa streckte mir das Telefon hin. »Na dann.«

Mit zittrigen Fingern rief ich Flinte im Telefonbuch auf und drückte den Hörer so fest an mein Ohr, wie ich konnte. Daniela nahm ab und rief dreimal fröhlich »Hallo«. Ich reagierte nicht. Schließlich legte sie auf.

»Niemand da«, behauptete ich.

»Dann Isabelle.«

»Die Nummer ist in meinem Handy«, sagte ich wahrheitsgemäß.

Papa wandte sich an Mama. »Du hast doch die von ihrer Mutter, aus dem Yoga.«

»Ja«, sagte sie, »ist eingespeichert. Lydia.«

Shit. Ich rief Lydia auf und drückte die Wähltaste.

»Ja?« Bella war dran. Ich schwieg wieder. »Bist du das, Oscar?« Bella flüsterte. Woher wusste sie, dass ich es war?

»Hm«, machte ich und nahm das Telefon mit in mein Zimmer. Papa lief mir hinterher, doch ich schloss die Tür vor ihm und drehte den Schlüssel herum.

Bella seufzte. Sie klang erleichtert. »Zum Glück bist du wieder ansprechbar. Ich wollte einen Notarzt holen, aber Flinte und Julia … Wie geht's dir denn jetzt?«

»Geht so. Mein Handy ist weg. Und meine Jacke …«

»Die Jacke ist bei mir, mit Geldbeutel.«

»Bei dir? Warum?«

»Du hast sie mir gegeben, nachdem ich …« Sie verstummte.

»Bella, was ist passiert? Ich hab … hier liegt … Ich kann mich nicht gut erinnern.«

»Schon wieder?«

Ich schwieg betreten.

»Der Whisky und der Wodka … Du hast viel zu viel getrunken.«

»Ja, ich weiß. Jetzt sag bitte, was passiert ist. Mein Auge ist zugeschwollen und ich hab eine Wunde auf der Stirn.« Ich hätte ihr gerne auch von dem blutigen Stofffetzen erzählt, aber ich brachte es nicht über die Lippen. »Gleich kommt die Polizei und ich weiß nicht mal warum.«

Bella atmete schnell. »Scheiße. Ist eskaliert, der Abend. Warum müsst ihr auch immer so viel saufen?« Sie wimmerte.

»Bella«, mahnte ich. »Bitte.«

»Du hast Julia angebaggert«, sagte sie unvermittelt. »Dann hat Flinte dir eine geknallt. Du bist umgekippt, genau auf den Hund. Der hat nach dir geschnappt … zu Recht.« Sie weinte. »Der arme Hund.«

»Oh Mann.« Das klang richtig beschissen.

»Ich muss dir was sagen.« Bella sagte jedoch nichts. Ich wartete. Papa bollerte an die Tür. »Ich hab das Tierheim angerufen. Ich hab ihnen nichts von euch erzählt, auch nicht davon, was ihr gemacht habt. Aber ich hab gesagt, dass da ein Hund ist, der Hilfe braucht.«

»Was haben wir denn gemacht?«

»Keil und du, ihr hattet die bescheuerte Idee, dem Hund Wodka zu geben. Das ist für Hunde Gift. Für Menschen zwar auch, aber der Hund kann ja nichts dafür. Und es ging ihm richtig schlecht. Der ist immer wieder umgekippt. Und du dann noch auf ihn drauf.« Ihre Stimme überschlug sich. »Vielleicht hat das Tierheim die Polizei informiert.«

»Wegen ’nem Hund?«

»Na klar. Das ist strafbar. Ist doch logisch. Man kann ja nicht einfach ’nen Hund vergiften.«

Das leuchtete mir ein. Auch wenn ich kein Freund von Hunden war, seit der Sache mit Polly … Während ich Bella weiter zuhörte, begannen meine Gedanken um Julia zu kreisen. Ich hatte sie angebaggert? Verdammt. Ich dachte an Flinte … Oh shit.

»Oscar?«

»Hm.«

»Noch was … Die dreihundert Euro in deinem Geldbeutel; ich war so sauer … Ich hab sie dem Tierheim gespendet.«

»Was? Bist du wahnsinnig?«

»Nein.« Sie blieb ganz ruhig. »Ich fürchte, ich bin die Einzige, die gestern klar bei Sinnen war … Oh … Ich muss Schluss machen. Bei uns ist auch gerade die Polizei.« Damit legte sie auf.

Papa bollerte an die Tür und es hallte in meinem Kopf hundertfach wider. Alles drehte sich. Die Polizei war bei Bella. Papa schrie. Ich setzte mich auf mein Bett, ließ mich nach hinten kippen und machte die Augen zu. Vielleicht war alles nur ein schrecklicher Albtraum. Bis auf diese eine Nacht, in der ich meine *Unschuld* verloren hatte, war mein Leben doch ganz normal verlaufen. Was war das überhaupt für eine blödsinnige Bezeichnung: *Unschuld verlieren?* Im Umkehrschluss hieß das: *Schuld gewinnen.* War man auf ewig schuldig, wenn man einmal Sex gehabt hatte? Verdammt.

Mir wurde übel. Ich raffte mich hoch und schaffte es gerade noch zum Papierkorb. Papa verstummte auf der anderen Seite der Tür. Nach dem Kotzen überfiel mich wieder ein heftiges Verlangen nach Flüssigkeit. Ich fand eine alte Flasche Sprite in meinem Rucksack und trank sie aus. Schmeckte widerlich. Aber in der Wüste war wieder Leben.

»Oscar.« Papas Stimme klang merkwürdig blechern. »Mama hat ein Video geschickt bekommen, von Lindas Mutter.« Seine Stimme brach und ich hörte ihn zum ersten Mal in meinem Leben schluchzen. Es war grauenhaft. »Es wurde im Klassenchat gepostet, von Flinn.«

Ruckartig stand ich auf und ging zur Tür. Linda war ein Mädchen aus meiner Klasse, mit der ich nicht das Geringste zu tun hatte. Warum schickte ihre Mutter Mama ein Video? Ich lehnte mich an das kühle Holz und wartete.

»Oscar? Warum?« Papas Stimme kiekste ungewohnt.

»Warum was?«, schrie ich und schlug meine flache Hand gegen die Tür. »Jetzt sag schon.«

»Warum hast du diesen Hund gequält?«

Den Hund? Er sprach von dem Hund? Ich atmete erleichtert aus. Es hatte also nichts damit zu tun, dass ich mich an Julia rangeworfen hatte oder etwas ähnlich Peinliches.

»Ist doch nur ein Hund«, sagte ich. »Dem wir ein bisschen Wodka gegeben haben. Mehr nicht.«

»Nur ein Hund? Im Video nennst du ihn Polly.«

Ups. Polly war der Pudel meiner Eltern gewesen. Eigentlich hatten sie ihn vor allem für mich gekauft. Sollte gut sein für Kinder, so ein Hund. Pah. Aber als Polly da war, ging es nur noch um sie. Sie war irre gut erzogen und hörte aufs Wort. »Brave Polly, gutes Hündchen«, hieß es von morgens bis abends. Und als sie starb, da war meine Mutter eine Woche lang in tiefer Trauer versunken und hatte darüber meinen Geburtstag und für lange Zeit auch ihre Freude vergessen. Meine Schwester Sassi hatte eine Weile versucht, ihr den

Hund zu ersetzen und war brav gewesen wie nie. Hatte jedoch nichts gebracht. Als Mama dann irgendwann über einen neuen Hund nachgedacht hatte, war ich komplett ausgerastet und hatte angedroht auszuziehen. So war das gewesen, mit Polly.

»Vielleicht heißt der Hund ja so«, versuchte ich, meinen Vater zu beruhigen.

»Sicher nicht. Es ist ein Rüde, Oscar.« Er kam ganz nah an die Tür. Ich konnte ihn atmen hören. »Lass uns beten, dass er das überlebt hat.«

Es klingelte.

»Die Polizei ist zurück.«

7

Am Sonntag war mein Leben vorüber. Das Leben, das ich bisher gelebt hatte und das mir halbwegs glücklich vorgekommen war. Folgende Ereignisse krempelten mein Inneres nach außen, wo es den Witterungen ausgesetzt war wie ein zartes Pflänzchen einem Hagelsturm.

Das Tierheim hatte Anzeige gegen Unbekannt erstattet. Lindas Mutter hatte das Video an die Polizei weitergeleitet, die sofort eins und eins zusammenzählte. Bella hatte meine Jacke vor der Tür abgelegt, in der auch mein Handy war. Und ich hatte die Nachrichten gecheckt, 87 Nachrichten! Es war tatsächlich Flinte gewesen, der das Video von mir in den Klassenchat gestellt hatte, und zwar um 23.24 Uhr. Die folgenden 86 Nachrichten waren die der Klassencommunity. Nur drei davon hatten Lachsmileys gepostet, alle anderen ihr Entsetzen geäußert oder auf diese entsetzten Posts mit noch mehr Entsetzen reagiert. In der Gänze konnte man es einen Shitstorm nennen. Ich hatte den gesamten Sonntag jede Stunde einmal versucht, Flinte zu erreichen. Aber er ging nie ran. Auf meine Nachrichten reagierte er nicht. Julia antwortete zwar, allerdings lediglich mit einem »Ach Oscar« und einem traurigen Smiley. Bei Bella nahm ihre Mutter das Telefon ab und teilte mir mit, dass es besser wäre, ich würde mich eine Weile nicht melden, nach allem, was ich getan hätte. What? Was hatte ich denn nun alles getan? Verdammt. Und Dr. Korns Handy war ausgeschaltet. Bei Gwen versuchte ich es gar nicht erst. Bellas Mutter hatte Mama berichtet, dass sie sich einen Finger gebrochen hatte, als sie auf das Auto gestürzt war. Zudem hatte der Besitzer des Wagens Anzeige gegen Keil erstattet.

Ich sah mir das Video mindestens zwanzig Mal an, suchte nach Details, stoppte, wenn im Hintergrund Bella, Julia oder Gwen auftauchten, vergrößerte Bellas verweintes Gesicht, das mich schockiert anblickte, hörte Flintes Lachen und Dr. Korns Lallen, der schwerfällig *Ergo bibamus!* brüllte. Ich verfolgte Keil und mich, wie wir abwechselnd aus der Wodkapulle tranken, lauter dämliches Zeug lallten und dann dem Zottel das hochprozentige Gesöff kichernd einflößten, bis dieser immer häufiger einknickte. Einmal sah er dabei direkt in die Kamera, genau als ich ihn Polly nannte, wie unseren verstorbenen Pudel. Und immer, wenn diese Stelle im Video kam, wurde mir übel und ich begann zu zittern. Dann wanderte der Kamerablick über die parkenden Autos zur *Blauen Lagune* und man hörte Julia kichern. Sie musste ganz nah bei Flinte stehen. Es wirkte so, als hätte er kurz vergessen, dass er filmte. Gwen schrie, etwas knallte und die Kamera kehrte ruckartig wieder zum Geschehen zurück. Zu Bella, die ebenfalls schrie, Keil, der brüllte, Gwen, die weinte und sich die Hand hielt. Und mir, wie ich mich lachend im Kreis drehte, mit dem verdammten Schnuller im Mund, als ginge mich das alles nichts an, als würde ich durch diese blaue Nacht kreiseln wie ein unschuldiges Kind – bis ich auf Julia zulief, mit verträumtem Ausdruck, zu ihr hingetrieben, ein Fremder, für den ich mich schrecklich schämte. In dem Moment, als ich sie fast erreichte, brach das Video ab.

Meine Hoffnung, irgendetwas zu finden, das mich entlastete oder mir weitere Informationen über das Geschehene lieferte, zerbröselten. Genau wie der Bierdeckel in meinen Händen, den ich wütend von der Wand gerissen hatte, weil ich zu feige gewesen war, einfach Nein zu sagen, Keil zum Teufel zu jagen und das scheiß Trinkspiel abzulehnen. Und weil mir die Freundschaft mit Flinte plötzlich wie eine jahrelange Lüge vorkam, so, als hätte schon damals mit dreizehn im *Blauen Elefanten* der Verrat in der Luft gelegen, den Flinte später begehen würde, indem er mich vor allen bloßstellte. Als wäre alles eine Vorbereitung darauf gewesen, vielleicht auch eine Rache dafür, dass ich es besser hatte als er, eine Rache dafür, dass meine Eltern ihn damit gedemütigt hatten, die Reise für ihn mit zu bezahlen. Und die Rache dafür, dass ich in Julia verknallt war und er die ganze Zeit einen Beweis suchte, mit dem er Anklage erheben könnte. Hatte er mich absichtlich abgefüllt? Warum hatte er Gwen mit diesem Hornochsen Keil eingeladen, ohne mich zu fragen? Es war nur ein einziger Satz von Flinte auf dem Video zu hören, den er leise zu sich selbst gesprochen hatte, der aber dennoch eigenartig klar klang und mich schmerzhaft peitschte wie Nesselarme einer Giftqualle: *Das dürfte reichen.*

8

Ich betrat das graue Gebäude mit zittrigen Knien. *Bloß das Richtige sagen*, dachte ich. *Es schnell hinter mich bringen.*

Die Tür war angelehnt und öffnete sich zu einem kleinen Raum mit Topfpflanzen und Korbstühlen. In der Ecke stand ein Wasserspender. Mehr war da nicht.

»Hallo, Oscar. Setz dich.« Ein kleiner drahtiger Mann trat ein und lächelte mich freundlich an. »Du weißt, warum du hier bist?«

»Hm.«

»Gut. Ich bin Wolf, von der Jugendgerichtshilfe. Wir werden uns in den nächsten Wochen ein paarmal sehen.«

»Das ist doch nicht nötig. Ich weiß ja, dass ich Mist gebaut habe. Ich besauf mich bestimmt nie mehr.«

Wolf lehnte sich im Stuhl zurück. »Nie mehr! Große Worte, Oscar. Große Worte. Erwartet das wer von dir, nie mehr Alkohol zu trinken?«

»Erwarten? Na klar. Nach dem ganzen Scheiß ist das doch die Lösung, oder?«

»Ist das so?«

»Äh, ja, ich glaub schon.« Der Kerl verunsicherte mich. Was wollte der denn? Ich war doch hier, damit mir so etwas wie an jenem Abend, als alles aus dem Ruder lief, nicht mehr passieren würde.

»Sagen das deine Eltern? Freunde? Lehrer? Oder ist das deine persönliche Wahrheit?«

Ich schwieg. War kompliziert. Eigentlich wollte ich das hier so schnell wie möglich hinter mich bringen, aber dieser Typ würde dem Gericht nach unserem Gespräch eine Empfehlung schicken, wie viele Sozialstunden ich ableisten sollte. Ich musste also mitspielen. Und alles wegen einer einzigen beschissenen Nacht, an die ich mich nicht mal richtig erinnerte.

»Nun, Oscar, dafür bist du hier. Du bist sechzehn, also bald erwachsen. Wir versuchen, *deine* Wahrheit herauszufinden. Ich möchte, dass du deine eigenen Schlussfolgerungen ziehst und dich nicht davon beeinflussen lässt, was andere möglicherweise von dir hören wollen. Okay?«

»Hm.«

»Fangen wir damit an, dass du mir alles von dieser Nacht erzählst, an das du dich erinnerst. Und zwar der Reihe nach.«

»Puh. Muss das sein? Es gibt doch einen Bericht.«

»Ja, das muss sein.«

Also erzählte ich, was ich wusste, angefangen bei der Partyplanung, dem Einkauf der Getränke bis hin zu dem Moment, an dem meine Erinnerung aussetzte. »Bella hat mir dann erzählt, was ich gemacht habe, mit Julia und so.« Ich musste tatsächlich gegen Tränen ankämpfen.

»Und so?«

»Na, mit dem Köter.«

»Okay. Wir schauen uns jetzt mal das Video an, das dein Freund Flinn hochgeladen hat.«

Ich musste es also doch noch einmal ansehen. Zum x-ten Mal verfolgte ich diese abstoßende Version von mir bei ihren Untaten, einen besoffenen, bösen Oscar-Alien von einem anderen Stern, mit dem ich nichts zu tun und der mir mein Leben gestohlen hatte. Dieser lallende Alien füllte lachend einen zotteligen schwarzen Hund ab, der ihn die ganze Zeit ansah, ihm vertraute, nicht ahnte, dass er Gift bekam. Nicht einmal, als er einknickte, wankte und umfiel. Und dann dieser Satz, den meine Eltern mir niemals verzeihen würden: *Das geschieht dir recht, Polly!*

Wolf zeigte auf eine Box mit Taschentüchern. Ich zog mir eines heraus und knetete es in der Hand.

»Polly?«

»War 'n Versprecher.«

»Und wer ist Polly dann?«

»So hieß unser Hund. Ist aber schon Asche.«

»Aha. Du kennst dich also mit Hunden aus?«

Ich schwieg. Wolf wartete. Mir wurde zunehmend unbehaglicher. Also nicht, dass mir vorher *behaglich* gewesen wäre, aber jetzt wurde es langsam unerträglich. Ich zog noch ein Taschentuch aus der Box und knetete nun in jeder Hand eines. Als Wolf auf meine Hände blickte, ließ ich sie sofort in der Bewegung einfrieren.

»Okay, Oscar. Machen wir mit den Berichten deiner Freunde weiter.« Wolf nahm ein Blatt aus einer Mappe und las einzelne Sätze vor. »Oscar war sehr betrunken … wollte mit Julia flirten … Flinn schlug ihm ins Gesicht. Daraufhin fiel er auf den Hund und schlug sich die Stirn am Randstein auf … Isabell riss sich einen Fetzen vom T-Shirt ab, presste ihn auf die Wunde. Sie sagte aus, dass alle sehr betrunken gewesen waren. Du hast zweimal das Bewusstsein verloren.«

»Bella hat was?«

»Dich verarztet.«

»Sie hat ihr eigenes T-Shirt zerrissen?«

Wolf schaute wieder auf das Blatt. »Sieht so aus.« Er lächelte. »Ziemlich pfiffig, die Dame.«

Ich dachte daran, dass ich den Fetzen heimlich unter den Hausmüll geschoben hatte, wie das Beweisstück für einen Mord. Eine Welle der Erleichterung schwemmte einen Teil meiner Anspannung davon. Bella!

»Keil stieß Gwendolin an ein Auto«, fuhr Wolf fort. »Sie, Isabell und Julia weinten. Julia allerdings, weil sie Flinn davon abhalten wollte, das Video zu posten, es ihr aber nicht gelang.«

»Wirklich? Hat sie das gesagt?«

Wolf schob die Lesebrille zur Nasenspitze und blickte darüber hinweg. »Ja, das hat sie.«

»Oh.« Ich versuchte, die Freude zu verbergen, die sich durch meinen inneren Schlamm kämpfte, doch Wolf hatte sie schon entdeckt.

»Julia ist Flinns Freundin, richtig?«

»Hm.« Ich sinnierte aus dem Fenster, gab mein Bestes, gelangweilt auszusehen.

Wolf wartete einen Moment, ob ich noch etwas hinzufügen würde, und legte dann den Bericht zurück in die Mappe. »Okay. Klingt das nach einer coolen Geburtstagsfeier?«

»Nein.«

»Wie hättest du sie dir gewünscht?«

»Na, ohne das mit dem Hund, mit Keil, mit Julia, mit Flinn ...«

»Also ganz anders.«

»Ja. Einen chilligen Abend, nur mit Freunden.«

»Wer sind denn deine Freunde?«

»Flinn natürlich ... also, bis zu dem Abend. Julia, die jetzt aber nicht mehr mit mir spricht. Bella. Und Gwen ohne Keil. Es gibt sie aber nicht mehr einzeln, seit die beiden zusammen sind.«

»Da war doch noch einer dabei. Dennis.«

»Ach ja, Dr. Korn.« Ich grinste.

»Dr. Korn? Aha.«

»Ja, der war auch dabei. Hat bestimmt ’nen Riesenärger mit seinem Vater gekriegt, weil er im Video mit der Schlumpfen… mit ’ner Flasche Korn zu sehen ist und schwer angeschlagen rumtorkelt. Völlig übertrieben.« Ich lachte bitter auf.

»Das findest du übertrieben?«

»Na klar. Der trinkt doch nur am Wochenende.«

Wolf notierte etwas. »Das kann auch süchtig machen, Oscar … Okay. Wenn ich das richtig verstehe, bleibt im Grunde nur Bella übrig, stimmt's?«

»Na ja, sie liebt Hunde. Sieht mich jetzt immer so düster an.«

»Mit wem bist du sonst in der Schule und in deiner Freizeit zusammen? Hat die Nacht dein Ansehen in der Klasse verbessert oder dir eher geschadet?«

Ich schwieg. Die Oscar-als-Alien-Nacht war inzwischen zwei Wochen her. Tatsächlich hatte ich mit niemandem mehr Kontakt. Sogar meine Eltern wichen mir nach wie vor aus, wegen der Sache mit Polly. Nur mit Bella sprach ich hin und wieder. Aber die Enttäuschung, die in ihren Worten mitschwang, ließ die Luft zwischen uns erkalten und rüttelte an meinem unbestimmten Schuldgefühl. Ich spürte, dass sie mit mir reden wollte, *richtig* reden wollte, wich ihr jedoch aus, wenn sie einen Vorstoß wagte. Julia blickte mich bloß an, wenn Flinte nicht in der Nähe war. Und Flinte ignorierte mich völlig, bis auf die wenigen Male, in denen er mich wie einen Sexualstraftäter musterte. Es war kein Ponyhof.

»Ist da niemand mehr? Und was machst du dann?«

»Nichts.«

»Hm. Denkst du viel nach?«

»Ja.«

»Und was denkst du über die Nacht?«

»War scheiße. Hat alles kaputt gemacht.«

»Wer genau hat es kaputt gemacht? Der Alkohol? Die Gäste?«

»Alle.«

»Okay, fangen wir vorne an, beim Trinkspiel. Du hast gesagt, dass du das gar nicht spielen wolltest. Warum hast du trotzdem mitgemacht?«

»Hat Flinte mir geschenkt, das Spiel. Wollte ihn nicht enttäuschen.«

Wolf notierte wieder etwas. »Und warum hast du Keil mit eingeladen? Du wusstest doch, dass er gewalttätig wird, wenn er trinkt.«

»Ich hab ihn gar nicht eingeladen. War Flinte. Wahrscheinlich wegen des beschissenen Whiskys.«

»Von dem du gleich ein ganzes Glas auf einmal getrunken hast.«

»Ja, weil …« Ich dachte an Julia. Wie sie sich über den Moët gefreut und wie vernichtend Flinte mich daraufhin angesehen hatte. Und an meinen Vater, dem es egal war, wie es mir ging. Hauptsache die Bilanzen stimmten. Und daran, dass Flinte diesen Keiler eingeladen hatte, ohne mich zu fragen. Ich dachte daran, dass ich das alles nicht mehr hatte spüren wollen. »Das Spiel«, sagte ich. »War eine Aufgabe im Spiel.«

Wolf wirkte wenig überzeugt. »Was könnte passieren, wenn du jemanden enttäuschst?« In seinem Mundwinkel hing ein kleiner weißer Taschentuchfetzen, der auf seiner schwarzen Haut leuchtete wie ein Glühwürmchen. Ich musste da die ganze Zeit hinstarren. Er bemerkte meinen Blick und wischte sich mit der Hand über die Lippen. Der Fetzen segelte hinab und ich folgte seiner Flugbahn. »Oscar?«

»Hm … Weiß nicht.«

Wieder notierte Wolf etwas und diesmal machte es mich wütend. Was schrieb er denn da?

»Also, stell dir mal vor, du wärst wieder in derselben Situation wie in dieser Nacht. Was könntest du anders machen?«

»Weniger saufen halt.« Mann, wie der Typ mich nervte. Konnte er mir nicht einfach sagen, wohin er mich schicken und wie viele Stunden ich wahrscheinlich abarbeiten musste und fertig? Diese endlose Stocherei in meinem Leben ging mir höllisch auf den Sack.

»Hm«, machte Wolf und schrieb. *Na klar. Schreib deinen verdammten Roman, du Nervensäge.* »Wie stehen denn deine Eltern zu Alkohol?«

»Pff.« Auch das noch. Ich schaute aus dem Fenster. Eine Taube kackte gerade von einer Straßenlaterne. »Mein Vater hat eine Hausbar. Der Whisky ist ihm heilig. Und im Kühlschrank ist immer ein Moët für *besondere Anlässe.*« Ich rollte mit den Augen. An meinen Vater zu denken, machte mich noch zorniger.

»Das ist interessant. Gab es ja beides auch auf deiner Party: Moët und Whisky.«

Ich nickte bemüht.

»Deine Eltern sollten wir auch mal einladen.«

»Was? Nein. Bloß nicht. Die sind schon gestresst genug.« Wütend sprang ich auf und pfefferte die Taschentuchklumpen auf den Boden.

Wolf sah mich einfach nur an. Konnte er nicht wenigstens zurückbrüllen? Oder irgendwas kaputt machen? Oder mich rausschmeißen? Was auch immer? Dieses Gestarre und Gekritzel machte mich irre. Was wollte der bloß von mir? Ich ging zum Fenster, vor dem eine zweite Taube landete und die erste gurrend umwarb, dachte an Julia und setzte mich anschließend wieder.

»Hm«, machte Wolf. »Habt ihr eigentlich wieder einen Hund?«

Ich schüttelte den Kopf und verfolgte Wolfs Kugelschreiber, der schnell über das Blatt tanzte, viel länger, als nötig gewesen wäre, um meine paar Worte zu konservieren. Und ich fragte mich, ob diese Kritzeleien nun über meine Zukunft entschieden, darüber, ob ich ein guter oder schlechter Mensch werden würde.

Dann zeigte Wolf auf die Uhr. »Wir müssen leider Schluss machen. Aber ich weiß jetzt, wo du deine Sozialstunden ableisten könntest.« Er lächelte. »Und ich komme dich dort besuchen.«

Das klang ja nach Jackpot.

9

Villa Sonnenschein stand auf einem Holzschild über dem Eingang. Dahinter wucherte ein wild bewachsener Garten, durch den ein kurviger Weg zu einem Haus führte. Und mitten auf dem Weg standen ein paar Hühner, die gackerten und pickten. Alles sah ein wenig heruntergekommen aus: Das Dach des Hauses war dick bemoost, ein paar Ziegel fehlten und an einer Stelle wuchsen Gräser aus der Dachrinne. Von den Fensterläden blätterte die Farbe ab und eine Scheibe war gesprungen und geklebt worden. Vor der Tür stand unter einem Vordach ein kleines Regal voller dreckiger Gummistiefel in sämtlichen Größen. Irgendwo grunzte ein Schwein.

Und dafür war ich fast eine Stunde mit den Öffis unterwegs gewesen; um zu diesem runtergerockten Ort zu gelangen, an dem ich nun nach der Schule arbeiten musste. Insgesamt zwanzig Sozialstunden hatten sie mir aufgebrummt und fünf Termine bei einer Suchtberatung. Wütend knallte ich das kleine Gatter in die Angeln. Eine Latte splitterte.

»Du musst Oscar sein.« Eine große, kräftige Frau mit blonden Haaren, die sie wild hochgesteckt hatte, kam auf mich zu. Sie trug eine verdreckte Jeans und Gummistiefel. Und in einem Nasenflügel steckte ein kleiner goldener Stecker. »Da haben wir ja gleich eine weitere Aufgabe für dich.« Sie zeigte auf das Gatter. »Das reparierst du. Aber zusätzlich zu deiner Arbeitszeit.« Sie streckte mir eine Faust entgegen. »Ich bin Hanna.« In der Nähe iahte es. »Ah, Tempo begrüßt dich auch. Das ist einer unserer beiden Esel.«

Widerwillig drückte ich meine Faust gegen ihre, die auch mit Erde verschmiert war.

»Dann komm mal mit.« Während Hanna sich in Bewegung setzte, musterte sie mich schwer belustigt von oben bis unten. »Ab morgen bringst du dir lieber Arbeitskleidung mit. Du siehst aus, als wolltest du zu einem Date.« Sie blieb stehen und hielt mich am Arm fest. »Oscar, nur damit das gleich klar ist: Du bist hier vor allem, um Scheiße wegzumachen.«

»Was?«

»Das ist ein Gnadenhof. Hier leben lauter Tiere, die einen schönen Lebensabend verbringen möchten, verstehst du? Sie wollen gutes Futter, saubere Ställe und viel Liebe. Manche brauchen auch medizinische Versorgung. Alle haben schlimme Dinge erlebt. Und wir wollen ihnen wenigstens am Lebensende noch eine schöne Zeit bescheren, damit sie in Würde sterben können.« Hanna winkte mich zu einem Zaun und zeigte auf zwei Esel, die sich aneinander rieben. »Du hilfst ihnen dabei, indem du ihre Scheiße wegmachst und damit auch hoffentlich deine eigene.« Sie zwinkerte mir zu, was mir unverschämt vertraut vorkam, als würden wir uns schon lange kennen und Geheimnisse miteinander teilen. Ich musste mich zusammenreißen, um nicht auf der Stelle wieder umzudrehen und beim Hinausgehen das splitternde Gatter weiter zu zerlegen. Aber nüchtern betrachtet war das keine Alternative.

»Wie viele Tiere leben denn hier?« Ich wollte mir ein Bild

von dem Berg aus Scheiße machen, der mich nun täglich erwartete.

»Hm. Zusammen mit den Hühnern sind es ungefähr sechzigtausend.« Als Hanna meinen schockierten Blick bemerkte, lachte sie schon wieder. Blöde Kuh. »Wir haben auch ein Bienenvolk. Aber ohne die Bienen müssten es circa hundert sein. Allein vierzig Hühner. Also, du … Es muss schon ein bisschen wehtun. Und gleich noch was: Wenn ich dich mit einer Bierflasche oder Ähnlichem erwische, dann wird's eng, klar? Wird dir dein Jugendgerichtshelfer auch schon gesagt haben, nehme ich an.«

Hatte er nicht. Und gerade dachte ich, meine Laune wäre damit an ihrem Tiefpunkt angekommen, da klappte das Gatter auf und Keil kam durch die Pforte. Seine Jacke beulte auf einer Seite über der Brust aus und ich wusste genau, was er dort versteckte.

»Ah, da ist ja auch dein Kollege. Geteilte Scheiße ist halbe Scheiße.« Hanna begrüßte meinen *Kollegen* mit ihrer verdreckten Faust, ehe sie ihm erklärte, was sie mir bereits verkündet hatte. Und Keil sah aus, wie ich mich fühlte. Beschissen. Ausgerechnet mit diesem Hornochsen musste ich jetzt meine Nachmittage verbringen. Halleluja!

Hanna zeigte auf die Beule in Keils Jacke. »Wenn das ist, was ich vermute, dann kannst du es gleich in den Abfluss entleeren und in unserem Altglascontainer versenken, verstanden?«

Ihre Stimme zerschnitt scharf wie ein japanisches Kochmesser die Luft zwischen uns.

Keil blickte fahrig in Richtung der Esel und brummelte etwas, das man mit viel Fantasie als Zustimmung deuten konnte.

»Verstanden?«, wiederholte Hanna.

»Ja«, sagte er und sah mich strafend an, als hätte ich ihm die Flasche in die Jacke geschmuggelt.

»Dann kommt mal mit, ihr beiden.« Hanna ging fröhlich voraus, während Keil und ich hinterherschlappten, wie zum Schafott.

»Du hast mir den ganzen Mist eingebrockt«, knurrte Keil. »Ist ja wohl klar, wer hier die Scheiße wegmacht.«

Wir liefen am Eselszaun entlang hinter das Haus, wo zugewachsene Wege in ein unübersichtliches, von Brombeerhecken und Gestrüpp gesäumtes Gelände führten. Weit und breit war kein weiteres Haus zu sehen, nur ein paar Schuppen am Wegesrand. Eine gefühlte Ewigkeit dirigierte Hanna uns von Gehege zu Gehege, von Tier zu Tier, von Koppel zu Stall und wieder zu Koppel und erklärte uns genau, was wo zu tun sei. Ich schaltete schon nach fünf Minuten ab und nutzte die Zeit, um mit meinem Schicksal zu hadern. Zwanzig Stunden mit Keil Scheiße wegmachen. Schlimmer konnte es nicht werden.

»Und das ist Marielena.« Hanna zeigte an mir vorbei. »Sie hilft hier freiwillig.«

Ich drehte mich um.

»Hi.« Marielena hatte offensichtlich Hannas Look kopiert. Sie trug die gleichen grünen Gummistiefel mit Erde, die gleichen umgeschlagenen Jeans mit Erde und hatte genau das gleiche Nasenpiercing. Sogar ihre Haare hatte sie ebenso verwuschelt hochgesteckt. Nur ihre Haut war dunkler und ihre Haare schwarz. Dadurch wirkte sie wie das Negativ zu Hanna.

Keil schien dasselbe zu denken, denn er starrte Marielena mit offensichtlicher Verblüffung an.

»Hey«, sagte sie, »so was wie mich habt ihr wohl noch nie gesehen?«

»Äh, klar. Sorry. Das ist es nicht.« Ich blickte zwischen Hanna und Marielena hin und her. »Aber ihr seid so ... ihr seht euch so unglaublich ähnlich.«

Da schauten die beiden sich an und lachten. »Das war die dämlichste Ausrede, die ich je gehört habe«, sagte Marielena.

»Nein«, beharrte ich. »Ich meine das ernst.«

Marielena scannte meine Konturen ab, auf der Suche nach Lügenpartikeln, die ihr Laserblick sichtbar machen würde. Dann nickte sie kaum merklich und stellte den Laser ab. »Wir sehen uns.« Mit einer verwegenen Drehung auf ihren quietschenden Gummistiefeln verschwand sie in einem Bretterverschlag.

Hannas Handy gackerte und sie trat ein paar Schritte zur Seite. »Sorry.«

Sofort drehte Keil sich zu mir und fletschte die Zähne. »Wie kommt der Idiot von der Gerichtshilfe darauf, uns in diese Abbruchbude mit lauter altersschwachen Viechern zu schicken? Hast du das etwa vorgeschlagen?«

»Blödsinn. Ich find's auch kacke.«

»Weißt du eigentlich überhaupt, was du mir eingebrockt hast?« Er knüllte mit einer Hand mein Shirt zusammen und der Keiler auf seinem Arm blähte sich bedrohlich auf. »Hier die Zusammenfassung: Gwens Eltern haben sie eingesperrt und mir den Kontakt zu ihr verboten. Mein Alter hat auf dem Video von deinem Busenfreund seine Whiskyflasche identifiziert und macht mir die Hölle heiß. Und dann auch noch diese Anzeige wegen 'nem räudigen Straßenköter.« Er war so nah, dass ich seinen fauligen Atem riechen konnte.

»Okay …?« Ich hatte keine Ahnung, was er von mir wollte. Mir eine reinhauen?

»DU bringst das in Ordnung, verstanden?«

»Ich? Und was überhaupt?«

»ALLES.« Damit ließ er mich los und lächelte Hanna gequält an, die ihr Telefonat beendet hatte.

10

Nach einem weiteren ereignislosen Schultag, an dem auch noch Julia nicht erschienen war, schob sich Bella beim Hinausgehen im Treppenhaus neben mich.

»Wie geht es deinem Kopf?«

»Meinst du innendrin oder außendrauf?«

»Ich meine deine Verletzung. Tut sie noch weh?«

»Nö. War wohl nicht so schlimm.«

»Ach so.« Bella schien gekränkt. Ich dachte daran, dass sie extra ihr T-Shirt zerrissen hatte, um mich zu verarzten. Ich war ein Vollidiot.

»Ich mein, ist zum Glück schnell verheilt. Hatte eine gute Ärztin.«

Bella blieb stehen und hielt mich fest. »Oscar, hör mal. Ich muss mal mit dir reden.«

»Äh.« Jetzt kam hundertpro wieder die Kötergeschichte. Ich sehnte mich sofort nach Bier, nach Abtauchen in den seligen Zustand des Vergessens. »Klar. Aber leider hab ich gerade …« Ich schaute auf mein Handy. »Machen wir, Bella, aber …«

Ruckartig zog sie ihre Hand zurück. Dann beschleunigte sie ihren Schritt und drehte sich nicht mehr um. Shit. Was war ich doch für ein feiger Idiot.

Da schlurfte Flinte plötzlich neben mir in Richtung der Fahrradständer. Schweigend liefen wir nebeneinanderher und ich fürchtete schon den nächsten Dämpfer. Doch als wir an meinem Rad angekommen waren, zog Flinte nur etwas aus seiner Jackentasche und drückte es mir in die Hand.

»Bis denne.« Ehe ich reagieren konnte, drehte er ab und verschwand Richtung Schultor.

Ich öffnete langsam die Hand, als könnte der Inhalt sonst explodieren, und grinste erleichtert. Ein Schlumpf lag darin, der seinen schäumenden Bierkrug in die Höhe reckte. Nach all der Zeit des Schweigens, der stillen Vorwürfe und ungesagten Beleidigungen war dieser kleine Schlumpf hier der erste Lichtblick. Schlumpfhausen war die *Blaue Lagune* unserer frühen Kindheit gewesen. Und wir hatten einst sehnsüchtig dem Blutmond entgegengefiebert, weil die Sage ging, dass nur dann Schlümpfe geboren wurden. Flinte hatte bei mir übernachtet und wir hatten stundenlang am Fenster gestanden und auf die Niederkunft der Schlumpfbabys gewartet. Mama hatte ein Einsehen mit uns gehabt. Und als wir morgens aufgewacht waren, hatten tatsächlich zwei Babyschlümpfe in unseren Schlumpfhäusern gelegen. Ein Bierschlumpf war in unserer Welt allerdings nicht vorgekommen.

Mama war da. In letzter Zeit war sie häufiger zu Hause, wenn ich von der Schule kam. Es roch so offensichtlich nach Sorge, dass ich mich über die plötzliche Aufmerksamkeit nicht im Geringsten freuen konnte. Im Gegenteil. Es nervte. Ständig fragte sie mich, wie es in der Schule war, wie es mit meinen Freunden lief, und schaute mich derart bemüht fröhlich an, dass ich hätte kotzen können. Im Kühlschrank lag kein Moët mehr und Papa hatte seine Bar aufgelöst und dafür ein Schachbrett an der Stelle aufgebaut. Am Wochenende wollten sie etwas mit mir *unternehmen*, und wenn ich abends meine Jacke von der Garderobe nahm und rausging, verfolgten mich ihre besorgten Blicke.

»Ich geh mich jetzt besaufen!«, hatte ich ihnen einmal entgegengeschrien, woraufhin Mama sofort angefangen hatte zu weinen. Papa hatte seine schützenden Arme um sie ausgebreitet und mich strafend angesehen.

Als ich jetzt in die Küche trat, wischte Mama sich schnell Tränen aus den Augen. Ich warf meinen Rucksack in die Ecke und wollte gerade in meinem Zimmer verschwinden, da bemerkte ich die Blumen, die vor ihren Füßen auf dem Boden lagen, lauter rosa Rosen. »Was ist passiert?«

Sie schüttelte den Kopf, hockte sich hin und begann, die Blumen aufzusammeln. »Nichts.«

Auf der Arbeitsfläche lag ein Zettel und während sie noch die dornigen Stiele zurück in ihre Vase steckte, überflog ich die Zeilen darauf.

Wo warst du? Hatte zwischen zwei Terminen kurz Zeit, aber du warst nicht da!!!

Mama knüllte das Papier zusammen und warf es in den Müll. Dann drehte sie sich mit einem verrutschten Lächeln wieder mir zu. »Wie war's in der Schule?«

»Mama. Das ist doch krank, was Papa da macht.«

»Ist schon gut. Ich hätte ihm eine Nachricht schicken sollen.« Sie bückte sich, um einen Blick in den Ofen zu werfen. »Das Essen ist gleich fertig.«

Da klingelte ihr Handy und auf dem Display erschien ein Foto meiner Eltern, Wange an Wange. Mama hielt erschrocken inne und rührte das Telefon nicht an. Ich dachte nicht lange nach und schnappte es mir.

»Papa, verdammt!«, schrie ich. »Kannst du Mama nicht mal in Ruhe lassen?« Dann legte ich auf.

Sie sah mich an. Sekundenlang verharrten wir bewegungslos. Bis sie schließlich wieder ihre Heile-Welt-Maske aufsetzte, die Ofenhandschuhe überzog und die Klappe öffnete.

Das Handy klingelte erneut. Mama warf blitzschnell die Handschuhe ab und schnappte es sich. »Ja?«

Ich konnte Papa zetern hören. Die Worte verstand ich nicht, aber die Wut quoll aus Mamas Handy wie zäher Teig aus einer Backform.

»Nein«, sagte sie. »Ja.« Sie wandte sich ab, sprach leise. »Ich war bei Rachel. Ihr ging's nicht gut … Ach Holger … Na gut … Bis später.« Sie legte das Handy weg, zog die Handschuhe wieder an und nahm den Auflauf aus dem Ofen. »Essen ist fertig.«

Als ich in meinem Zimmer auf dem Bett saß und den Bierschlumpf betrachtete, hatte ich plötzlich eine Riesenlust auf diese kühle, prickelnde Flüssigkeit und stellte mir vor, wie sie meine Kehle hinunterrann und im Magen kribbelte. Wie langsam die Welt ein wenig schöner wurde und ich wieder glauben konnte, dass doch noch irgendwie alles gut werden würde. Ich schlich mich in den Keller und durchsuchte unseren Vorratsraum. Tatsächlich fand ich hinter einem Korb leerer Flaschen eine fast volle Kiste Flens. Triumphierend zog ich vier Pullen heraus und schloss mich damit in meinem Zimmer ein.

Was genau hast du in dem Moment gedacht, als du die Flasche an den Mund gesetzt hast?, hatte Wolf mich gefragt, als ich schon fast aus der Tür gewesen war. Ich hatte mit den Schultern gezuckt, aber die Antwort war mir sofort durch den Kopf geschossen. *Scheiß drauf*, hatte ich gedacht, *Scheiß auf alles.* Und genau das brüllte auch jetzt wieder in mir, brüllte so presslufthammerlaut, dass es sich anfühlte, als würde mein Hirn von fremden Mächten heimgesucht, durchgeschüttelt und langsam filetiert.

Nach der zweiten Pulle zog ich eine Schachtel unter dem Kleiderschrank hervor, öffnete den Deckel und wühlte darin herum, bis ich ihn gefunden hatte, den schwarzen Alienschlumpf mit silberner Haube. Den hatte mir Papa mal mitgebracht, als ich noch klein gewesen war. Damals war ich furchtbar enttäuscht gewesen, weil es kein *echter* Schlumpf war, sondern irgend so eine Fake-Edition. Aber da ich nicht genug *Böse* hatte, bekam er dann doch eine Chance und avancierte zum echten Schlumpfkiller, der alles Blaue niedermetzelte, was ihm in den Weg kam. Das ging so weit, dass Mama ihn mal versteckte, weil sie sich Sorgen machte. Wegen eines Schlumpfgemetzels! Mann, Mann, Mann.

Ich öffnete die nächste Flens-Flasche mit einem Fingerschnips und der Deckel ploppte wie in der Werbung. Die war genial. Die Typen darin blieben gelassen, egal welcher Spacko vorbeikam. Und das in so einer piefigen Hollywoodschaukel. Die machten einfach ihr Ding. Ich stellte mir vor, selbst in so einer Hollywoodschaukel im Nirgendwo zu sitzen und den Wahnsinn der Welt einfach vorbeiziehen zu lassen, während ich mir genüsslich die Birne betäubte. Yess. Der erste Schluck war immer der beste, kühl und prickelnd, und weckte die Vorfreude auf mehr. *Rattazong!*, brüllte der Alienschlumpf und stieß den Pokal vom Nachttisch, der scheppernd auf dem Boden auftraf und unter das Bett rollte. Auch so ein Geschenk von Papa. Weil ich ihn EIN Mal im Schach besiegt hatte, hatte er *Schachcham-*

pion in einen Pokal gravieren lassen und ihn mir auf den Tisch gestellt. Bei Papa war immer alles groß: Geschenke, Erwartungen und Enttäuschung. Der Alienschlumpf hatte da eine absolute Sonderrolle. Oder …? Mir kam ein Verdacht und ich suchte den Schlumpf bei Google. Und tatsächlich. War eine limitierte Auflage gewesen. Also doch etwas Besonderes.

Krawusch! Der Alienschlumpf jagte durch Raum und Zeit und krachte gegen die Schreibtischlampe, die er vom Tisch fegte. Verdammt, die dritte Flasche war schon leer. *Ossy vom Planeten Flensis köpfte die nächste Pulle. Das sprudelnde Elixier verlieh ihm Superkräfte. Würde das reichen? Er hatte sie alle gewarnt, die blassen Erdlinge. Scheiß drauf! Er stieg hinab ins Erdreich und sorgte für Nachschub, musste dringend den Tank auffüllen.*

»Oscar?« *Ein Eindringling kündigte sich an. Er rüttelte am Raumschiff.* »Oscar, mach auf.« *Gargamel wollte Ossy vernichten. Aber er hatte keine Chance …*

Die Tür flog aus den Angeln. Es krachte ohrenbetäubend. Da stand er, direkt in Ossys Schaltzentrale.

»Verdammt, Oscar.« *Gargamel rüttelte ihn durch.* »Wach auf.«

»Binich.«

»Jetzt reiß dich mal zusammen.«

»Gude Idee.« *Ossy der Blaue fügte seine versprengten Teile gekonnt zusammen. Aber es fehlte Sprit im Motor. Er nahm eine Flasche vom Armaturenbrett, in der noch ein paar Tropfen drin waren, und verleibte sich diese ein. Aber der fiese Fremdling riss ihm die Flasche aus der Hand.*

»Verdammt, Oscar, kann man dich gar nicht mehr allein lassen?«

Ossy der Blaue schüttelte energisch den Kopf. »Neeee … wie Mama. Die vögelt ja sons' 'n Yogalehrer …« *Ossy grinste so verschmitzt wie möglich.*

Der Fremdling knallte ihm seine haarige Pranke mitten ins Gesicht. Selige Dunkelheit.

11

»So geht das nicht weiter«, sagte Papa, als wir am nächsten Mittag – nach einem äußerst betrüblichen Elternsprechtag in der Schule – ausnahmsweise zusammen am Tisch saßen. Er blickte kurz Mama an und ich wusste sofort, dass sie dieses Gespräch gemeinsam vorbereitet hatten. »Ich dachte, ich höre nicht recht, als Frau Knopp uns mitteilte, dass deine Aufnahme in die Studienstufe auf der Kippe steht. Oscar, es geht um dein Leben, deine Zukunft. Verdammt. Du verbaust dir gerade alles mit deinen … nennen wir es *Eskapaden.*«

Ich drehte Nudeln mit der Gabel auf, wieder und wieder. »Was verbaue ich mir?«, konterte ich. »So ein Leben wie deines? Mit einer Frau, die mich kaum sieht, weil ich so wahnsinnig wichtig unterwegs bin, und die ich notorisch kontrolliere, weil Vertrauen in meiner Welt ein Fremdwort ist? Ein Leben mit Moët im Kühlschrank und Kindern, die sich besaufen müssen, um das alles auszuhalten? Diesen Scheiß-Druck? Na vielen Dank.«

Ich stand auf, verzog mich in mein Zimmer und knallte die Tür zu. Aus dem Wohnzimmer war kein Laut zu hören. Ich musste hier raus, zog ein Hemd aus einem Klamottenhaufen und streifte es über. Ein Zettel flatterte aus der Brusttasche und landete auf meinem Bett. *Passione & Sentimento* stand darauf in einem Herz. *Romeo und Julia. Eine unvergängliche Leidenschaft.* Plötzlich erinnerte ich mich an den

Moment, als Julia mir die Weinflasche geschenkt, diesen Zettel, der am Flaschenhals hing, abgenommen und mir in die Hemdtasche gesteckt hatte. Ich las den Text, in dem es um *Romeo und Julia* ging und die Wände des berühmten Innenhofs in Verona unter Julias Balkon, die von Touristen mit *Liebesschwüren der Leidenschaft* vollgekritzelt wurden. Ein Ausschnitt dieser Kritzeleien war auf dem Etikett der Weinflasche abgebildet worden. Und so eine Flasche hatte Julia mir geschenkt?! Wahnsinn. Ich wusste nicht viel über das Drama von Romeo und Julia, aber eines wusste ich sicher: Die beiden konnten nicht zusammenkommen, weil Julia einem anderen versprochen war.

Mein Herz klopfte plötzlich wie irre, während ich mein Handy nahm und WhatsApp öffnete. Ich fotografierte den Zettel und schickte ihn Julia. Gerademal ein paar Sekunden später war sie online und die beiden Häkchen neben dem Foto blau. Atemlos starrte ich auf das Display, das anzeigte, dass Julia schrieb, wieder absetzte, wieder schrieb. Aber mehr passierte nicht.

Ich explodierte fast vor Anspannung. Da leuchtete eine Nachricht auf, die ich sofort anklickte … war aber von Bella.

Oscar, es gibt welche, denen geht es schlechter als dir. Komm bitte vorbei, wenn du Zeit *hast.*

Wem sollte es denn gerade schlechter gehen als mir? Sie hatte keine Ahnung, was bei mir los war. Und Julia war wieder offline. Ich lief im Zimmer hin und her und haute vor jeder Wende an die Wand. Was für ein endmadiger Tag.

Bier würde ich im Keller wohl nicht mehr finden, also kletterte ich aus meinem Fenster in unseren Garten und lief Richtung *Blaue Lagune*. Seit jener Nacht des Grauens hatte ich diese Gegend gemieden wie ein Minenfeld. Die Bank war unbesetzt. An der Tischtennisplatte spielten ein paar Kinder *Runde*. Ich brauchte jetzt unbedingt ein Bier.

Der Checker in der Tanke hob den Kopf, als ich hereinkam. »Ach sieh mal an. Du traust dich noch her?«

»Warum nicht?«

Er lachte. Warum lachte der denn? »Na, wenn deine Freundin nicht ihre Hand für dich ins Feuer gelegt hätte, dann hätten deine Eltern dich bei der Polizei abholen können.«

»Was?«

Er legte die Zeitungen weg, die er gerade ins Regal einräumen wollte, und fixierte mich. »Hast du ’nen Filmriss, Junge?«

»Äh.« Stimmt, da war irgendwas mit der Tanke gewesen. Nur was?

»Menschenskinder. Weißt du wirklich nicht mehr, dass du hier Bier klauen wolltest, oder verarschst du mich gerade?«

Ich runzelte die Stirn. Bier klauen? Verwechselte der mich?

»Du hattest einen Schnuller im Mund.« Er grinste.

Oh Gott. Er verwechselte mich nicht. »Welche Freundin?«

»Wa?«

»Welche Freundin hat … mir geholfen?«

»Hast du mehrere?«

Ich blickte ihn flehend an.

»Hm. Die hängt doch oft mit euch ab. Hatte, glaub ich, ’nen blauen BH an.« Er zwinkerte mir zu. »Wo wir Kerle halt so hinsehen, wa?« Er stupste mir kumpelhaft an die Schulter.

Ich stellte eine Flasche Bier auf den Tresen.

Der Checker musterte mich, als hätte er sich mit meinen Eltern verbündet. Er zog eine Augenbraue hoch. »Dein Ernst jetzt?« Dann beugte er sich vor und sprach etwas leiser: »Mal unter uns Narkosespezialisten: Nachmittags allein trinken in deinem Alter ist doch wie 'ne Party, zu der keiner kommt. Und kotzen musst du trotzdem.«

Ich stellte eine zweite Flasche daneben.

Sofort wechselte er den vertraulichen Ton. »Alles klar. Macht 4,80.«

Als ich mich umdrehte, stand Puschkin in der Schlange genau hinter mir. Er hatte ebenfalls zwei Flaschen Bier in der Hand … und eine Flasche Wodka. Er sah völlig fertig aus, hatte eine rot geäderte Nase, fusselige Haare, die an seiner verschwitzten Stirn klebten, und einen fahrigen Blick, der umherschwirrte wie der einer Amsel, wenn man ihr zu nahe kam und sie überlegte, ob sie nun davonfliegen oder lieber erstarren sollte. Hätte mir ja alles am Arsch vorbeigehen können, aber wie wir da so standen, gab es einen völlig irren Moment, in dem sich eine magische Verbindung zwischen uns aufbaute. Wie in einem Marvel-Film. Es schien, als könnte ich eine Sekunde lang in seine Hirnwindungen eindringen und er in meine. Und was ich da entdeckte, war niederschmetternd. Synaptische Fehlzündungen und schwarze Löcher.

Er lächelte angestrengt und auf seiner Oberlippe bildeten sich feine Schweißtröpfchen. »Fontane. Sechzehn geworden?«

Ich nickte.

»Glückwunsch.« Er schwenkte die Flaschen vor meinen Augen und räusperte sich. Da fiel mir auf, dass er eine

Jogginghose anhatte. Der Puschkin! Im Unterricht trug er zu Markenjeans immer ein lockeres Jackett und so einen Künstlerschal mit Fransen an den Enden. Jetzt wäre er auch als versoffener Penner durchgegangen.

Er bemerkte meinen Blick und räusperte sich immer lauter, als hätte er was im Hals stecken. Dabei wandte er den Kopf zur Seite. »'tschuldigung«, hüstelte er, stellte die Flaschen auf ein Bord und verließ fluchtartig die Tanke.

Meine Fresse.

Als ich mich allein auf die Bank setzte, fühlte sich das wirklich deprimierend an. Ich kam mir vor wie ein Opi, der auf sein Leben zurückschaute und den *guten alten Zeiten* nachtrauerte. Ich zerfloss in Selbstmitleid. Als die Kiddys an der Tischtennisplatte mich auch noch siezten, war endgültig Schicht im Schacht. Wie üblich öffnete ich die erste Flasche an der abgewetzten Kante der Platte und prostete den Kiddys zu, die sofort die Flucht ergriffen.

»Oscar der Kinderschreck.« Flinte ließ sich lachend neben mich plumpsen. »Wusst ich's doch, dass du hier bist.« Er nahm die zweite Bierflasche und öffnete sie ebenfalls an der Kante. »Cheaper than therapy, nä?« Grinsend stieß er die Pulle an meine.

Wenn der wüsste! Ich dachte an die Stunden bei der Suchttherapeutin, zu denen ich verdonnert worden war. Das war so entwürdigend. Ich wollte auf keinen Fall, dass es in der Schule die Runde machte. *Der Oscar is'n Psycho* oder so. Scheiße. Dabei war klar: Wenn einer von uns ein Suchti war, dann ja wohl Flinte.

»Na, du Schwerenöter, dicke Luft zu Hause?«

»Hm.« Der *Schwerenöter* ging mir zwar auf den Sack, aber

Flinte zu sehen, katapultierte mich endlich wieder in die Gegenwart und verhieß ein wenig gute alte Normalität.

»Dito. Meine Mum meint plötzlich, mich erziehen zu müssen. Ha. Fällt ihr etwas spät ein. Da halt ich mich lieber an meinen besten Freund.« Er hob das Bier hoch. »Den Alkohol.« Er lachte. »Komm, wir holen uns noch zwei.«

»Nee, ich muss los.«

»Was? Jetzt, wo wir gerade die Friedenspfeife rauchen?« Er zog einen Joint aus der Jackentasche und drehte ihn zwischen den Fingern. »Komm schon.« Er zündete die Tüte an, zog daran und reichte sie mir.

Ich zögerte. Gleich musste ich zur *Villa Hühnerdreck*. Und Joints waren nicht mein Ding. Aber nun die *Friedenspfeife* abzulehnen, kam einem Affront gleich. Ich wollte nicht riskieren, Flinte gleich wieder zu verlieren.

»Na gut. Her damit.« Ich nahm einen Zug.

Flinte klopfte mir zufrieden auf die Schulter. »Ich wechsle übrigens nach'm Sommer auf die Stadtteilschule.«

»Echt?«

»Jep. Die Lehrer am Gym kapieren nicht, worauf es ankommt im Leben. Stimmt's?« Er hob den Joint in die Höhe.

»Weiß nich'.« Ich dachte an Puschkin.

»Is' so.« Er zog wieder am Joint. »Mathe is' doch für'n Arsch.« Er sah mich an. »Komm doch mit. Is' viel cooler. Und es gibt dort heiße Bitches.«

»Weiß nich'.« Ich dachte an Julia. Und dann dachte ich an meinen Vater und hatte sofort Lust, ihm seine großen Pläne für mein Leben zu versauen. »Ich denk mal drüber nach.« Ich setzte die Tüte wieder an die Lippen. Danach die Pulle. Geil alles. »Ich hab's übrigens schon mal gemacht.«

»Was gemacht?«

Aus unerfindlichen Gründen kicherte ich.

»Waas? Echt? Mit wem?«

»Du kennst sie.«

Flintes Gesichtszüge verhärteten sich und er schien kurz davor, sich auf mich zu stürzen.

»Nich' Julia, du Depp. Bella.«

»Niemals.« Flinte schlug mir auf den Rücken, sodass ich fast vorneüberkippte. »Die wird in hundert Jahren noch nicht geknackt.«

»Großes Säufer-Ehrenwort.« Ich hielt drei Finger in die Höhe.

Flintes Gesichtsausdruck wechselte von ungläubig über belustigt bis zum finalen größtmöglichen Erstaunen. Zack! Seine Pranke knallte erneut auf meinen Rücken und er nickte anerkennend. »Krass.«

Ich kippte den Rest Bier hinunter und zog noch einmal kräftig am Joint.

Flinte nahm ihn mir aus der Hand. »Hey, ma langsam.«

Irgendwie wurde der Tag doch noch schön. Ich fühlte mich leicht und beschwingt, sah zwei Kaninchen beim Kopulieren zu und stellte mir Julia mit langen Öhrchen vor. Oder Bella? In meiner *Götterspeise* verschmolzen die beiden gerade auf gespenstisch antörnende Weise. Es war ein Fest.

Der Checker glotzte uns herrlich fassungslos an, als wir versuchten, eine Flasche Wodka zu kaufen, sie kichernd zurückstellten und stattdessen ein Sixpack Bier präsentierten. *Von wegen Party, zu der keiner kommt*, dachte ich und bewarf ihn mit so viel Spott, wie durch meine grinsende Fassade hindurchdrang.

Als ich die zweite Flasche Bier gekippt hatte, fiel mir der verkackte Tierhof wieder ein. »Muss jetzt los. Sehn uns.«

»Hugh«, machte Flinte. »Du hast gesprochen.« Er steckte sich eine siffige Taubenfeder ins Haar. Das Leben war plötzlich wieder ein einziges endloses Grinsen.

Für Hanna offensichtlich nicht. Sie musste einen richtig beschissenen Tag haben, so wie sie mich anbrüllte. Keil dagegen schien auf meiner Seite zu sein. Er klopfte mir ständig auf die Schulter, während Hanna mit Wolf telefonierte und vor meinen Augen viel zu hektisch herumfuchtelte.

»Sag mal, Oscar. Kapierst du es nicht?« Hatte sie da Schaum am Mund? »Es geht hier nicht um eine Klassenfahrt, von der du nach Hause geschickt wirst. Hier geht es um deine Zukunft, verstehst du?« Schon wieder faselte jemand von meiner Zukunft. Konnten die sich nicht einfach um ihre eigenen Leben kümmern?

»Hab kein'n Alkohol dabei.« Ich zeigte ihr meine leeren Hände.

»Und ob du welchen dabei hast.« Sie klopfte auf meinen Magen. »So lasse ich dich jedenfalls nicht zu unseren Gästen, die Respekt verdienen. Ich habe mit Herrn Bohlmann besprochen, dass wir morgen überlegen, wie es mit dir weitergeht. Deine Eltern werden dich gleich abholen.« Sie drehte sich um und verschwand im Haus.

»Du bist echt ein Loser.« Keil spuckte vor mir auf den Boden. Dann nahm er eine Mistgabel, die an der Hauswand lehnte, und legte sie in eine Schubkarre. Gleich darauf bog er um die Hausecke.

Ein paar Meter daneben, bei den Eseln, entdeckte ich Marielena. Sie streichelte den Kopf von Tempo und blickte mich dabei finster an. Und für diese ganze Scheiße hatte ich nun einen vielversprechenden Nachmittag mit Flinte in den Wind geschossen. Ich schickte ihm sofort eine Nachricht.

Bist du noch bei der Lagune?

Nee, hab Damenbesuch. Mit Zwinkersmiley.

Papa legte vor dem gesplitterten Gatter eine Vollbremsung hin, dirigierte mich heran und jagte, nachdem ich eingestiegen war, die enge Straße hinauf wie ein Bekloppter. Die ganze Fahrt über sagte er kein Wort. Erst als wir im Haus waren, pfefferte er seine Jacke auf den Boden und legte los. Hatte er alles schon mal gesagt. Jetzt nur noch lauter. Ich hörte *Zukunft* und *deine Mutter* und *Enttäuschung*. Als ich gähnte, hob er drohend die Hand, aber Mama schrie und er ließ sie sinken. Da schlappte ich in mein Zimmer und verriegelte die Tür. Sollten mir doch alle den Buckel runterrutschen.

Aufwachen, noch dazu an einem Schultag, fühlte sich nie gut an, aber heute steigerte sich dieses Unbehagen ins Unermessliche. Hatte ich tatsächlich getan, was mir meine innere Schaltzentrale mitteilte? Ich schnappte sofort mein Handy und suchte nach Beweisen. Da waren drei verpasste Anrufe von Wolf. Verdammt. Mein Kopf brummte wie ein kaputtes Radio und mein Körper fühlte sich an, als hätte ihn jemand mit Blei ausgegossen. Ich öffnete WhatsApp. Eine Nachricht von Julia. Ein Emoji von einer Flasche und einem Totenkopf. What the fuck! Das Handy vibrierte. Wolf.

»Na endlich gehst du ran! War ja nicht gerade eine Glanzleistung gestern. Was ist passiert?«

Ich versuchte, den Nachmittag zusammenzufassen. Und je mehr ich erzählte, desto mehr fiel mir wieder ein. Ich hatte es verbockt. Und zwar so richtig. Als ich fertig war, schwieg

Wolf noch ein Weilchen. Ich dachte schon, er hätte aufgelegt, aber dann kam doch was.

»Also, Oscar, ich spreche mit Frau Dehmel. Und du gehst zur Suchtberatung, klar?«

»Hm.«

»Und überleg dir gut, mit wem du deine Freizeit verbringst.«

»Hm.«

»Mach mal eine Weile einen großen Bogen um die Orte, an denen du sonst immer mit deiner Clique abhängst. Okay?«

»Hm.«

Es donnerte an die Tür. »Oscar, Schule!«

»Ja, komme schon.«

»Gut. Dann haben wir eine Abmachung.« Wolf legte auf.

12

Und dann kam dieser Tag …

Ich hatte inzwischen schon ein paarmal siffige Hundedecken ausgeschüttelt, Katzenklos gereinigt, neues Stroh ins Hasengehege gestreut, Näpfe ausgewaschen und eine Menge Häufchen und Haufen von Hunden, Gänsen, Enten und Hühnern weggemacht. Immer saß mir dabei Keil im Nacken, der seine Schimpftiraden über mich ausgoss und Drohungen spie, wenn ich seine Arbeit nicht miterledigte. Gerade war ich heil den keifenden Kötern entkommen, die mich immer ankläfften, wenn ich mich an ihren Näpfen zu schaffen machte, da hörte ich das Gatter quietschen. Obwohl ich es eigentlich kurz zuvor geölt hatte.

Hannas Kopf erschien über den Hecken. Als sie in den Weg zum Hundehaus einbog, sah ich, dass sie eine Leine in der Hand hielt – an deren Ende ein hechelnder schwarzer Haarberg befestigt war. Mir wurde auf der Stelle kotzübel.

»Hey«, raunte Keil mir zu, »das ist doch der Köter, der uns in die Scheiße geritten hat.«

»Schaut mal.« Hanna schien sich über das Viech zu freuen. »Unser Neuzugang.« Sie kam auf mich zu und reichte mir die Leine. »Er hat wohl Schlimmes erlebt. Das Tierheim hat uns gebeten, ihn zu uns zu nehmen. Er ist nicht mehr vermittelbar und außerdem schwer krank.«

Zögerlich nahm ich die Schlaufe entgegen. Der Zottel kam auf mich zu und wedelte wie verrückt mit dem Schwanz.

»Oscar, der mag dich.«

Hatte der Köter sich auch ein paar Hirnzellen weggesoffen an dem Abend, dass er sich nicht daran erinnerte, was ich ihm angetan hatte?

»Dann kümmere dich doch bitte darum, dass er eine weiche Decke und Futter bekommt.«

»Ich?«

»Ja, du.«

Keil zog einen Mundwinkel hoch. Hanna schien tatsächlich nicht zu wissen, dass dieses Ungeheuer der Grund für unsere Misere war.

»Weißt du was?«, strahlte sie mich an. »Ich überlege gerade, ob ich dich nicht zu seinem persönlichen Paten ernenne, solange du hier bist. Was meinst du?«

»Äh.« Ich glotzte das Monstrum an, dem Speichelfäden aus dem hechelnden Maul trieften.

»Ja, der steht auf dich«, feixte Keil, der Arsch.

»Ah, Keil, für dich habe ich auch ein Mündel. Letzte Nacht mussten wir Yoga einschläfern lassen, die Eselin. Sie hatte zu große Schmerzen. Ist früher viel verprügelt worden. Nun ist Tempo ganz allein. Ich möchte, dass du ab und zu mit ihm rausgehst.«

Keil fiel fast die Kinnlade runter. »Mit 'nem Esel spazieren gehen?«

»Na klar!«

»Und wenn mich jemand sieht? Die denken doch, ich hab sie nicht mehr alle.«

»Weißt du was, mein Lieber, das haben *die* wohl eher gedacht, als du besoffen deine Freundin geschlagen hast.« Sie klopfte ihm auf die Schulter. »Also, bis dann.« Sie ging ein paar Schritte, ehe sie sich noch mal umdrehte. »Ah, alternativ könntest du dich um die Säue kümmern.« Damit lief sie davon.

Keil krampfte eine Hand zur Faust und schlug auf einen Berg Decken ein. »Verdammt. Darf die das?«, schrie er. »Darf die mein Leben zerstören?« Ihm spritzte Spucke aus dem Mund, während er sich auskotzte. »Ich lauf doch nicht mit 'nem Esel durch die Walachei und mach mich zum Ochsen.«

»Eher zum Esel«, sagte ich grinsend.

Auf einmal packte Keil meinen Arm und bog ihn mir ruckartig auf den Rücken. Ein bohrender Schmerz schoss durch meine Schulter. Das schwarze Viech sprang auf, fletschte die Hauer und knurrte Keil an, woraufhin dieser mich sofort losließ und ein paar Schritte zurückwich.

»Der ist ja richtig böse. Sollte man sofort einschläfern lassen, diese Bestie.« Er hob drohend einen Zeigefinger. »Okay, Loser, ein Wort von dir zu irgendwem und du bist tot. Klar?«

Ich untersuchte meinen Arm auf Brüche und sagte gar nichts. Keil zog trotzdem ab und der Zottel setzte sich wieder mit wedelndem Schwanz vor mich hin. Der war doch nicht ganz so blöd. Ich tätschelte ihm vorsichtig den Kopf und er dankte es mir, indem er seinen nassen Lappen über meine Hand streifen ließ. Bäh!

Während ich mich nach einer passenden Decke umschaute, kam Marielena mit Unmengen Hundefutter an. »Oh, ist der süß«, sagte sie, als sie den Zottel bemerkte, und wollte ihn streicheln. Aber der knurrte sie an. Sofort zog Marielena die Hand zurück. »Bei dir knurrt er nicht?«

»Scheint so.«

»Bist wohl ein Hundeversteher, was?«

»Na ja … ist wohl eher Zufall.«

Sie hielt den Kopf schief. »Ich glaube nicht an Zufälle.« Dann gab sie mir eine große Dose Hundefutter und ging mit den restlichen in die Hütte, um dort die Näpfe aufzufüllen.

Ich suchte also ein schönes Plätzchen für den Köter, der erst mal in einem separaten Gehege ankommen sollte, und breitete ihm die Decke aus. Daneben einen Napf mit Wasser und einen anderen für das Futter. Während ich die Dose öffnete, stürzte der Zottel sich auf die Wasserschale und schlabberte endlos.

»Hast wohl Nachdurst?« Ich bog den Deckel der Dose auf und füllte den Inhalt in den zweiten Napf, doch das Vieh trank unbeirrt weiter. »Na, mit dir möchte ich aber nicht um die Wette saufen.« Ich hockte mich neben den Riesen auf die Decke.

»Nicht lustig.« Marielena lehnte am Zaun und erinnerte mich plötzlich fatal an Bella, die keine Gelegenheit ausließ, zu predigen, dass Alkohol ein Zellgift sei.

»Weißt du was?« Ich strich dem Zottel über sein Fell. »Wenn Saufen sooo schädlich wäre, dann wäre ich auch längst hinüber.«

»Bei Menschen dauert das etwas länger.« Marielena scharrte mit einem ihrer Gummistiefel eine Furche in den erdigen Boden.

Der Zottel hatte die Schale leer geschlabbert und sah mich an. Sein fordernder Blick nervte mich kolossal.

»Er hat noch mehr Durst.« Marielena machte keine Anstalten, Wasser zu holen. Sie lehnte einfach weiter am Gitter.

Schließlich raffte ich mich auf und an ihr vorbei zum Wasserhahn. »Mann, ist das ein Süffel.«

»Ein was?«

»Ein Süffel. Noch nie gehört? Ein Säufer.«

»Dann passt ihr ja gut zusammen, Süffel und du.« Sie grinste.

»Sehr witzig.« Ich stellte dem schwanzwedelnden Zottel die frisch gefüllte Schale hin und er schlabberte munter weiter.

»Ah, das sieht ja schon gemütlich aus. Gut gemacht, Oscar.« Hanna kam zu uns, rammte eine Mistgabel in den Boden und stützte sich darauf ab. »Hat er denn schon einen Namen?«

»Süffel«, sagten Marielena und ich gleichzeitig.

Hanna lachte. »Sehr gut. Klingt, als hättest du ihn gern.« Sie zwinkerte mir zu. »Na, dann will ich mal nachsehen, ob dein Kollege mit Tempo auch so gut zurechtkommt.« Damit warf sie sich die Mistgabel über die Schulter wie ein Bajonett und lief wieder davon. »Weitermachen!«

»Die ist echt schräg.«

»Nee, die ist einfach cool. Und sie lässt sich von keinem vorschreiben, was sie zu tun hat.« Marielenas Augen leuchteten, während sie Hanna nachsah. »Kannst du dir vorstellen, dass sie mal im Büro gearbeitet und die Buchhaltung ihres Mannes erledigt hat? Jetzt ist sie frei und macht ihr Ding. Und ich kenne niemanden, der netter zu Tieren ist als sie.«

Süffel machte einen Haufen. Und was für ein Mörderding. Bäh. Marielena zeigte auf eine Schaufel, die an der Hütte lehnte. Auch das noch. Im Schneckentempo schleppte ich mich zu dem Teil, hoffte noch auf ein Wunder.

»Du kannst ihm ja beibringen, auf Toilette zu gehen.« Marielena verschränkte die Arme und amüsierte sich offensichtlich köstlich.

Ich überlegte gerade, ob Buchhaltung nicht besser war, als den ganzen Tag irgendwelchen Viechern den Hintern abzuwischen, da tauchte plötzlich Flinte am Zaun auf.

»Hey, Alter, das is' ja hier am Arsch der Welt.«

»Ja, am kackenden Arsch der Welt, besser gesagt.« Wir schlugen ein. »Das ist Marielena.«

Sie hielt ihm die Hand hin, aber er machte eine coole Begrüßungsgeste mit dem Zeigefinger und zog währenddessen zwei Flaschen Bier aus seiner Jacke.

»Nix für ungut, aber wenn man Nahrungsmittel anfasst … du weißt schon.« Er grinste und reichte mir eine der Flaschen. »Sorry, hab nur zwei dabei.«

»Macht nix, *Alter.*« Den Spott in Marielenas Stimme konnte sogar Süffel raushören, der ein pienzendes Geräusch machte, während er sie ansah. »Ich hab mir eh grad einen Schampus kalt gestellt.« Sie zog die Augenbrauen hoch, bis sich ihre Stirn kräuselte, und hielt mir einen Müllsack für die Hundekacke hin.

»Verstehe«, meinte Flinte und warf mir einen vielsagenden Blick zu, »für den *besonderen Anlass*, ja?«

Bevor ich was richtigstellen konnte, parierte Marielena schon. »Genau.« Sie knisterte auffordernd mit der Mülltüte. »Bei jedem ordentlichen Haufen köpfen wir eine und jubeln uns zu.«

Ich wollte diese verdammte Hundekacke jetzt nicht wegmachen, nicht, solange Flinte da war. Er würde mich in der Schule wochenlang mit dem Scheiß aufziehen. *Hey, Oscar, gehst du wieder Köter-Kacke feiern?* Oder so.

Als Marielena klar wurde, dass ich nichts in diesen Müllbeutel werfen würde, pfefferte sie ihn mir wütend vor die Füße und ging davon.

»Weiber«, sagte Flinte, und ich war froh, dass Marielena das nicht mehr hören konnte. Er öffnete nacheinander die beiden Flaschen und reichte mir eine, die ich zögerlich nahm. *»Ja, wer vom Schicksal ausersehn zu einem sturmbewegten Leben«*, Flinte sprach salbungsvoll, während er die Pulle hochhielt, *»dem darf kein Weib zur Seite stehn in seinem Kämpfen, seinem Streben.«*

»Puschkin«, sagte ich lachend, obwohl ich den Spruch richtig scheiße fand, denn mit *Weib* an der Seite stellte ich mir das Leben deutlich schöner vor als mit Kampf.

Wir stießen die Flaschen aneinander. »Auf uns, Kumpel.« Flinte setzte die Pulle an den Mund.

Ich zögerte noch, rätselte, wie ich es anstellen sollte, Flinte nicht zu enttäuschen und gleichzeitig keinen Ärger mit Hanna zu bekommen. Ich wollte das Ding hier nicht vermasseln und eine Verlängerung riskieren. Außerdem ging mir unser *Puschkin* durch den Kopf, wie er da so fertig in der Tanke hinter mir gestanden und ausgesehen hatte, als hätte er sich aufgegeben.

Plötzlich sprang Süffel auf und bellte Flinte an, der einen Hüpfer nach hinten machte. Der Rüde verbiss sich im Hosenbein und zerrte knurrend daran, bis Flinte umkippte und die Flasche aus seiner Hand rollte.

»Verdammt. Der Köter ist ja tollwütig.« Er robbte rückwärts Richtung Gatter, zog sich daran hoch, öffnete es und floh hinaus. »D…d…der ist doch irre.«

Als Süffel sich beruhigt hatte, lief er schwanzwedelnd auf mich zu, bohrte seinen Kopf unter meinen Arm und schlabberte mit seiner Feudelzunge über meine Hand.

Flinte starrte mich entgeistert an. »Hey, ist das nicht der Köter von neulich? Der blaue Hund?«

»Hm.«

»Warum beißt er *dich* nicht? Du hast ihn doch so zugerichtet. Und jetzt erziehst du ihn hier zum … zum …«

»Na zu was?«

»Ach vergiss es.«

»Darf ich dich mal dran erinnern, wer dafür gesorgt hat, dass die Polizei Beweise gegen mich hat?«

»Mann, ey, jetzt beruhigen wir uns mal wieder, okay? Wir waren dicht und stoned und diese Schlumpfenpisse vom Doktor hat mir den Rest gegeben.«

»Hast du doch davon getrunken?« Mir drehte sich schon der Magen rum, wenn ich nur an die blaue Plörre dachte.

»War 'ne Aufgabe vom Doc bei *Schluckspecht*. Vergessen? Du hast dir die Brühe auch einverleibt.« Ich wollte das nicht wissen.

Hanna nahte. Ein Schwall Adrenalin schoss durch meine Adern und ich warf die noch volle Pulle Bier, ohne zu überlegen, in die Ecke – wie ein giftiges Tier, das ich abschütteln wollte.

Flinte quollen fast die Augen über. »Geht's noch?«, brüllte er und ich wedelte hektisch mit den Händen in der Luft herum, um ihn zum Schweigen zu bewegen. »Mensch, die war voll.« Er haute sich mit der flachen Hand auf die Stirn und rüttelte mit der anderen am Zaun.

»Was war voll?« Inzwischen stand Hanna neben ihm. Bei dem Getöse nicht verwunderlich. Marielena folgte ihr.

»Na, die Pulle«, keifte Flinte. »Erst fällt dieser Köter mich an und dann schmeißt mein Kumpel auch noch sein Bier weg. Hier stimmt doch was nicht? Kriegt der Drogen?«

Hanna ging ganz nah an Flinte heran und schnupperte an ihm.

»Der Einzige, der hier Drogen *bekommen* hat, bist du, glaub ich.«

»Hä?«

Jetzt kam auch noch Keil an. Verdammt. Seine sonst glatt gegelten Haare waren wild zerzaust, als hätte er mit einer Horde Wölfe gekämpft. Sobald er Flinte bemerkte, hellte sich seine Miene auf.

Flinte lachte empört. »Drogen? Ich? So'n Blödsinn. Hab nur Bier getrunken.«

»Na eben. Ist eine der ältesten Drogen der Welt. Und rafft jährlich Tausende dahin.«

Flinte verdrehte die Augen. »Ich wette, es gibt mehr Opfer von bissigen Viechern.« Dann entdeckte er Keil. »Was ist denn mit dir passiert?«

Keil wischte sich die Haare so glatt wie möglich und zupfte sein Shirt zurecht, auf dem *Freibier for Future* stand. Dabei ließ er sich viel Zeit mit der Antwort, räusperte sich übertrieben, blickte erst Hanna vorwurfsvoll an, dann mich.

»Esel«, sagte er schließlich.

»What?« Flinte trat einen Schritt von ihm weg, musterte ihn wie einen Alien und verzog den Mund, als wüsste er nicht, ob er lachen oder schreien sollte. »Sind die Esel hier auch bissig, oder was?«

»Oh ja.« Marielena rollte wild mit den Augen. »Und wie! Seit der letzten Attacke ist mir richtig komisch zumute. Kann aber auch die von den Hühnern gewesen sein.«

Flinte ergriff die nackte Panik. Er raffte seinen Rucksack und seine Jacke zusammen und stolperte rückwärts den Weg entlang. »Das ist ja … Ich muss … Also, wir sehen uns.«

Und weg war er.

Hanna und Marielena schlugen lachend ein. Auch ich

musste schmunzeln und gab ein paar unbestimmte Laute von mir. Süffel stob auf mich zu, sprang an mir hoch, wedelte und kläffte wie verrückt, sodass ich an den Zaun gedrückt wurde. Ich riss die Arme in die Höhe und machte mich so lang ich konnte.

»Süffel!«, rief Hanna streng. »Platz.«

Der Hund sah zwar kurz zu ihr, aber die Aufforderung beeindruckte ihn wenig.

»P…p…p…platz«, versuchte ich es. Und tatsächlich hockte sich der Köter sofort hin. Ich war so verblüfft, dass ich ihn anlächelte und stolz zu Hanna schaute. Erst ihr zufriedener Blick erinnerte mich wieder daran, dass ich ihr diese Genugtuung eigentlich nicht gönnte.

»Also«, sagte sie und wandte sich an den blassen Keil, der neben ihr stand wie festgefroren. »Was war mit Tempo?«

Nun kam Leben in den Keiler. »Der ist zu doof, um einen geraden Weg entlangzulaufen. Bleibt ständig stehen und guckt bescheuert in der Gegend rum.«

»Und das hat dich so zugerichtet?«

Keil grummelte vor sich hin. »Hm. Nö. Da kam wer.«

»Wer?«

»Ach egal, jemand aus meiner Schule.«

»Und ihr habt euch gekloppt?«

»Quatsch.« Keil funkelte mich wütend an. »Bin kurz in den Wald ausgewichen … war viel Gestrüpp. Deshalb.«

»Okeee.« Hanna schien langsam zu kapieren. »Du wolltest dich verstecken, weil's dir peinlich war, und Tempo hat es dir nicht leicht gemacht. Richtig?«

»Is'n Scheißviech«, brummte Keil.

»Oh nein, mein Lieber. Ganz und gar nicht. Tempo hat wahrscheinlich mehr intakte Hirnzellen als du. Klar?« Hanna schien so verletzt wie eine Mutter, deren Kind gemobbt wurde. »Er macht nicht jeden Scheiß mit und will dir nicht gefallen. Tempo verlässt sich auf seinen guten Eselverstand. Man muss ihm mit Respekt begegnen. Er kooperiert nur, wenn du dich auf ihn einlässt und entspannt bist.«

»Hey, ich bin doch nicht sein Diener.«

»Hör mal, Keil, Tiere wollen uns nicht verändern. Nie. Sie zeigen bloß ihre Bedürfnisse und geben uns deutliche Rückmeldungen auf unser Verhalten.« Sie tippte Keil an die Brust. »Denk mal drüber nach, während du jetzt noch den Schweinemist wegmachst.«

»Was? Echt jetzt?«

»Echt jetzt.«

Keil rührte sich nicht.

»Los, hopp, hopp!«

Es war unübersehbar, dass Keil auf Flüchen herumkaute. Dann jedoch drehte er sich einfach um und trampelte davon, als wollte er den Boden feststampfen.

»Der ist mir echt unheimlich«, sagte Marielena.

»Keiler, die bellen, beißen nicht.« Hanna legte lächelnd einen Arm um sie.

»Ich fürchte, das gilt nur für nüchterne Keiler«, entfuhr es mir.

»Tempo wird ihn schon einnorden. Wart's ab!«

Hanna schien sich verblüffend sicher zu sein. Doch dass ein Esel Keil zu einem besseren Menschen machen könnte, kam mir vollkommen absurd vor. Sollte aber nicht mein Problem sein. Ich hatte selbst genug Baustellen.

Hanna hob eine der Bierflaschen auf, die noch im Dreck lagen. »Dieser junge Mann eben ist dein Freund?«

»Hm.«

»Hättest du ihm auch Bier mitgebracht, wenn er hier seine Sozialstunden ableisten würde und nicht trinken dürfte?« Sie griff durch den Zaun nach der anderen Pulle und leerte den Inhalt in ein Gebüsch neben dem Weg aus. Dann hob sie die Flaschen zum Gruß und ging. Marielena folgte ihr.

Ich sah Süffel an, der immer noch vor mir hockte und aufgeregt fiepte. Was hatte der nur mit mir am Laufen? Ich ließ mich auf die Hundedecke sinken und strich ihm die Haare aus den Augen. Die waren dunkelbraun und tief wie die Abgründe meiner Seele, die Stellen, an denen ich Erinnerungen *überkritzelt* hatte, wie ein Kind eine Zeichnung, die ihm nicht gefiel. Warum mochte mich dieser Köter, dem ich so zugesetzt hatte? Warum verzieh er mir so mühelos, was mein Vater mir noch in hundert Jahren vorhalten würde? Warum hasste er mich nicht einfach … so wie ich mich selbst?

»Verdammt Süffel, sieh mich nicht so an!«

Er wedelte und leckte mir über die Hand.

»Hörst du!«, brüllte ich.

Er legte den Kopf schief, ließ mich aber nicht aus den Augen.

»Ich hab das nicht verdient!«, schrie ich.

Er pienzte, wedelte, schleckte. Es war zum Verrücktwerden.

»Platz!«, befahl ich.

Er hockte sich hin. Niemand hatte je getan, was ich von ihm wollte, niemand. Und jetzt ausgerechnet dieser verwahrloste Köter.

»Du verstehst es einfach nicht«, ergab ich mich schließlich und ließ mich neben ihn sinken.

Süffel bohrte seinen Kopf unter meinen Arm und ich

wehrte mich nicht mehr, nein, ich drückte ihn an mich, legte meinen Kopf an den seinen und streichelte ihm durch sein warmes, weiches Fell. Und da wusste ich plötzlich, dass ich Flinte niemals Bier mitgebracht hätte, wenn er an meiner Stelle gewesen wäre. Eben weil er mein Freund war.

13

»Wenn du dich später noch mal in so einer Situation befindest wie in jener Nacht, wie könntest du anders reagieren?«, hatte Frau Breivogel von der Suchtberatung gefragt.

»Nicht mitsaufen«, hatte ich geantwortet.

Aber die Breivogel hatte sofort kapiert, dass ich ihr nur eine passende Antwort liefern wollte, damit sie mich in Ruhe ließ, und weiter rumgebohrt. Jetzt sollte ich mir bis zur nächsten Stunde andere Reaktionen überlegen. Und das war verdammt schwer, denn als ich gleich im Anschluss eine Nachricht von Julia bekam, die mich dringend bei der *Blauen Lagune* treffen wollte (*bitte mit Moët*), da schaffte ich es einfach nicht, abzulehnen. Sie klang schrecklich verzweifelt.

Also jagte ich nach Hause, wo zum Glück niemand war, schlachtete das alte Sparschwein, in das ich seit Jahren für jedes in Anwesenheit meines Vaters laut ausgesprochene *Scheiße* einen Euro einwerfen musste –, besorgte den Moët und spurtete zu Julia, die auf unserer Bank saß und verheulte Augen hatte.

»Da bist du ja endlich.« Sie stellte eine halbleere Weinflasche auf die Tischtennisplatte und streckte einen Arm nach dem Moët aus. »Ich bin schon fast verdurstet.« Sie lächelte wunderschön mitten in mein rot angelaufenes Gesicht. Aber irgendetwas fehlte.

Ich ließ mich neben sie sinken. »Was ist los?«

Gekonnt löste sie den Korken und trank ein paar Schlucke aus der Flasche. Ich ärgerte mich darüber, dass ich an meinen Vater dachte und wie er auf diese Entwürdigung des edlen Tropfens mit sofortiger und totaler – und wahrscheinlich immerwährender – Ablehnung reagiert hätte. Dann nahm ich die Flasche und setzte sie ebenfalls an den Mund. Ha!

»Warum hassu nich' reagiert?« Oha, Julia war schon auf Spur.

»Worauf?«

»Emoschi.«

»Äh, das Gift?«

Sie nickte übertrieben und fiel dabei fast von der Bank.

»Wie hätte ich denn darauf bitte reagieren sollen? Mit einer lachenden Katze?«

»Aber war doch Juias Gift … von Romeo die.«

Da ging mir endlich ein Licht auf. Romeo und Julia hatten sich ja mit Gift ins Jenseits befördert, weil sie nicht zusammen sein durften. Oder so ähnlich jedenfalls. Ich starrte Julia an, die großzügig ihre Schönheit versprühte, doch die Magie fehlte. Der Funke sprang heute einfach nicht über. Irritiert spürte ich zu meinem Herzen, das im normalen Takt schlug, obwohl ich gerade ganz allein war, mit *magic* Julia. Die gerade wieder von der Bank kippte. Im letzten Moment hielt ich sie fest.

»Du hast jetzt aber nix genommen, Gift oder so?«

Sie versuchte, mich böse anzusehen, und zog eine Augenbraue hoch, aber die Mimik entglitt ihr und es wirkte eher komisch. Schließlich nahm sie mir die Flasche ab. »Nur das hier, du Blödmann.«

Bella hätte ihr jetzt zugestimmt. Zellgift und so. Und beim Gedanken an Bella wusste ich plötzlich, was heute anders war: ich selbst. Eine Woge der Enttäuschung flutete mein Herz. Denn während Bella sogar ihr Shirt zerrissen hatte, um mir zu helfen, kreiste Julia allein um sich selbst. Kein einziges Mal hatte sie sich bei mir gemeldet. Erst jetzt, da sie jemanden mit Moët brauchte.

»Flinde«, presste sie schluchzend hervor, »hab ihn mit so 'ner Billigtusse vor der annern Schule quatschen sehn.« Sie trank und streckte mir dann die Pulle hin. »Die wollen besdimmd …« Sie versuchte, einen Zeigefinger in ein Loch zu stecken, das sie mit Daumen und Zeigefinger der anderen Hand bildete. »Figgen«, sagte sie, als ihr kein Treffer gelang.

»Quatsch, das hat Flinte ja nun wirklich nicht nötig, bei so einer …«

»Einer was?« Sie schnappte sich die Flasche wieder und trank. »Wir hamja noch nie«, lallte sie. »Flinde tut nur immerso, dabei isser noch Jungfrau.«

»Was? Ihr habt noch nie?«

Sie schüttelte so doll den Kopf, dass sie fast gegen mich kippte.

»Nö.« Sie drehte sich zu mir und kam noch näher heran. »Ich hadde mal …« Ihr Blick verfinsterte sich. »Hab ma was Schlimmes erlebt.« Rasch wandte sie sich ab und setzte erneut die Flasche an.

Ich riss ihr den Moët aus der Hand. »Julia.« Sie schnappte nach der Pulle, aber ich zog sie von ihr weg. »*Was* hast du erlebt?«

»Willsu nich wissn. Niemand will sowas wissen.«

»Doch. Sag es mir.«

»Warn 'n paar besoffene Scheißkerle. Mein damals einsiger

Freund Jakob hadde suviel indus, rumgekozd und war weg.« Sie schwenkte unkontrolliert einen Arm durch die Luft, was sie fast wieder umhaute. »Drei Scheißkerle.« Sie streckte vier Finger hoch. »Seitdem is Sense, finido. Hadder aksepdiert, Flindi.« Ihre Augen waren plötzlich wie die Glasaugen einer Puppe, leer und leblos. Mich fröstelte. »Ossypossy …« Sie kuschelte sich an mich. »Du bisda.«

Ich kam mit meinen Gefühlen gar nicht hinterher. Das war das Schrecklichste, das ich je gehört hatte. »Julia. Das ist … Verdammt! Das ist grauenvoll.«

Sie wedelte mit einer Hand herum. »Kommd in 'n besdn Famijen vor … is Bella au schon bassierd.«

Ruckartig schob ich sie in die Aufrechte. »Bella?«

»Hm.«

»Wie? Wann? Wer …?«

Julia schüttelte den Kopf, dass ihre Haare nur so herumflogen.

»Wer?« Ich hielt sie fest.

Julia grinste mich schief an. Mir wurde schlecht. »Wollde sie nich sagen. Sagd ja eh nich so viel, ne.«

Ich sprang von der Bank auf. Meine Angst, dass jene unsägliche Nacht mit Bella nicht gut gelaufen sein könnte, wurde auf einmal von einer ganz neuen Panik überlagert. Was, wenn sie so viel Nähe vielleicht gar nicht gewollt hatte? Das wäre noch viel schlimmer als alles, was ich mir bisher ausgemalt hatte.

Julia, die nun keine Stütze mehr hatte, kippte ins Leere. Ich hielt sie gerade noch fest und half ihr, sich auf die Bank zu legen. Meine Gedanken rasten. Ich wollte sofort zu Bella, konnte Julia aber auch nicht einfach hier liegen lassen. Noch dazu nach dieser schrecklichen Offenbarung.

»Sorry, aber ich muss weg«, sagte ich.

Julia streckte einen Arm aus. »Nööö.«

»Doch. Is' wichtig.«

»Aber der Moët bleibt hier.«

Und da schüttete ich den Inhalt der Flasche einfach ins Gebüsch.

»Bissu blöd?«

»Nein. Ich bring dich jetzt nach Hause.«

Als ich bei Bella klingelte, brannte nirgendwo Licht. Ich dachte schon, sie sei nicht zu Hause, aber dann öffnete sich die Tür.

Bella blickte mich erschrocken an und auch ich konnte zumindest meine Verblüffung nicht verbergen. Normalerweise waren ihre Haare zu einem strengen Pferdeschwanz zusammengefasst und sie trug einfarbige T-Shirts zu Röhrenjeans. Jetzt dagegen bauschten sich ihre kastanienbraunen Locken wild und ungekämmt um ihren Kopf und sie hatte so einen lustigen Hausanzug an, aus einem Teil und mit einer Öhrchenkapuze, die sie aber nicht hochgezogen hatte. Auf einer Wange zeichnete sich eine Schlaffalte ab und sie hatte Cremespuren unter den Augen, die sie nun hektisch verstrich, während sie versuchte, sich hinter der Tür zu verstecken.

»Du? Was machst du denn hier?«

»Ich muss mit dir reden. Bitte.«

»Na gut. Kurz.« Sie ließ mich vorbei und schloss die Tür hinter mir. »Ich hol uns Tee.«

Nach einem Umweg über die Küche, in der sie zwei Tassen füllte und ihre lustigen Tatzenpantoffeln stehen ließ, setzten wir uns in ihrem Zimmer aufs Bett. Etwas anderes gab es da auch nicht. Sie nahm die Decke und zog sie sich hoch bis zum Hals. In der anderen Hand hatte sie den dampfenden Tee, den sie sich unter die Nase hielt. Sah irgendwie süß aus.

»Also? Was ist passiert?«

»Ich muss es jetzt wissen.« Ich klammerte mich an meine Tasse, auf der *Königin für einen Tag* stand.

»Was?«

»Damals … Diese Nacht, an die ich mich nicht erinnere … du weißt schon … als wir …« Ich wartete auf eine Reaktion, die mir schon Antworten liefern würde, doch Bella trank von dem Tee und die riesige Tasse verdeckte ihr ganzes Gesicht. »Ich muss wissen, was da passiert ist. Hab ich … also wolltest du …? Und war es …?«

Sie setzte die Tasse ab. »Du erinnerst dich an gar nichts mehr?« Sie klang enttäuscht.

»Ehrlich gesagt, nein.«

Sie starrte mich aus großen glasigen Augen an.

»Tut mir leid.«

Noch immer sagte sie nichts.

»War ich denn …? Also, hab ich …?«

»Willst du wissen, ob ich einverstanden war?«

Ich nickte.

»Wir wollten, glaub ich, beide.« Sie hatte sich wieder gefasst, sah aber in die Teetasse, als würde sie ihren Text dort ablesen.

»Bist du sicher?«

»Mhm. Ja.«

Meine Hände lösten sich aus der Verkrampfung.

»Aber Julia …« Durfte ich das sagen? Jetzt war es sowieso zu spät. »Sie hat gesagt …«

Bella setzte die Tasse wieder ab und fixierte mich. »Sie hat *was* gesagt?«

»Dass dich wer … scheiße behandelt hat.«

Bellas Augen waren braun wie ihre Haare. Und feucht wie Herbstlaub im Regen. »Das hätte sie nicht erzählen dürfen.«

Einige Tropfen fielen in ihre Tasse und bildeten feine Wellenringe im Tee. Ich war mir nicht sicher, ob sie weinte, weil Julia ein Geheimnis verraten hatte oder weil ich mich nicht an unsere Nacht erinnerte. Beides war mir grausam unangenehm.

»Ich muss zu ihrer Verteidigung sagen, dass sie sturzbetrunken war.«

»Wann?«

»Gerade eben.«

Bella warf die Decke weg, stellte die Tasse auf ein Tischchen und sprang aus dem Bett. »Da war was mit Flinte … Wo ist sie? Sie … sie tut sich doch nichts an, oder?«

»Beruhig dich, Bella. Wenn du *Moët saufen wie Wasser* sich etwas antun nennst, dann schon. Aber ich hab sie nach Hause gebracht und ihren Eltern übergeben.«

»Was?« Bella lief aufgeregt hin und her. »Das ist kacke. Die sind höllisch katholisch. Oh Gott. Dann muss sie sicher tausendmal beichten gehen und so 'n Scheiß.«

Ich musste grinsen. Ging nicht anders. Ich hatte Bella selten so reden hören. Meist drückte sie sich eher gewählt aus.

Sie hob eine Augenbraue. »Was?«

»Nichts … Tut mir leid, wenn Julia beichten muss, aber immer noch besser, als auf 'ner Parkbank zu krepieren, oder?« Ich klopfte auf die Bettdecke. »Also, setz dich wieder.«

Sie seufzte, wühlte sich jedoch zurück in ihre Decke und

trank Tee. »Und warum bist du nicht bei ihr geblieben?« Sie sagte es mehr beiläufig, beobachtete mich aber genau.

»Ich wollte zu dir … also, um das zu klären … Ich meine … ach, du weißt schon.« Sie brachte mich völlig aus dem Takt.

Bella zog eine Augenbraue hoch. »Also gut … Die Sache, die Julia meinte … Es war in der Nacht von deiner supertollen Party.« Sie sprach das *Supertoll* so abschätzig wie möglich aus. »Waren ja alle besoffen. Du ganz besonders. Und Dennis.« Sie sah in ihre Tasse, die leer war. »Eigentlich wollten Flinte und Julia mich nach Hause bringen. Aber ist ja alles eskaliert und ich stand am Ende allein da, nachdem ich dich verarztet und dir ein Taxi gerufen hatte.«

»Was hast du?«

»Tja, schön blöd, was? Dem Oberdeppen ein Taxi holen und selbst laufen.«

Ich wich ihrem Blick aus und nahm mir stattdessen ein Schneckenhaus vor, das auf dem Fensterbrett lag.

»Ich war schon fast zu Hause, da hat mich …« Sie schluckte mehrfach. »So ein Scheißkerl. Der hat mich in einen Hauseingang gedrückt.« Sie weinte. Ein Herbststurm fegte über ihre Augen. »Zum Glück kamen welche aus dem Haus und er ist weggerannt. War aber trotzdem schrecklich.«

Ich kam mir plötzlich ganz jämmerlich vor, weil ich mich wegen der Sozialstunden für besonders bemitleidenswert gehalten hatte. Pff. Eigentlich war ich derjenige, der um sich selbst kreiste und von anderen erwartete, dass sie mein Leid bemerkten. *Es gibt welche, denen geht es schlechter als dir*, hatte Bella mir geschrieben. Jetzt wusste ich, was sie damit meinte. Ich nahm ihre Hand, die so zart war, dass sich mir die Härchen am Arm aufstellten, und streichelte sie. »Bella.«

Sie sah mich an, durch Nebelschleier und Gewitterwolken.

»Es tut mir wirklich leid. Ich war ein Arsch.«

Und da zwängte sich ein kleiner Freudenstrahl durch die Düsternis und traf mich mitten ins Herz. Überrascht ließ ich ihre Hand los. Bella zog sie ein wie einen Fühler nach plötzlicher Berührung. Mir kam der Ausschnitt einer Erinnerung in den Sinn, wie ein Spotlight auf ein Detail jener Nacht: Bellas feuriges Leuchten in den Augen und der Duft nach Meeresbrise. Ich war so verwirrt, dass ich meinen Blick abwandte und ihn durch den Raum wandern ließ. Bei einem Regal neben dem Bett blieb er an etwas hängen.

»Der ist von Flinte«, erklärte Bella. »Er hat ihn mir nach dem Besäufnis gegeben.«

Ich nahm den Schlumpf aus dem Regal, besser gesagt, die Schlumpfine, ein Schlumpf-Mädchen mit Engelsflügeln.

»Weil ich die Schlumpfenpisse nicht angerührt habe. Er meinte, diese Mische sei für alle Eskalationen an dem Abend verantwortlich gewesen, auch dafür, dass er und Julia vergessen hätten, mich nach Hause zu bringen. Ist aber Quatsch. Keil hat zum Beispiel nichts davon getrunken und ist trotzdem ausgerastet.« Sie zeigte auf die Figur in meiner Hand. »Ist Flintes Art, sich zu entschuldigen … mit Worten hat er's ja nicht so.«

»Allerdings.« Ich dachte an den Bierschlumpf. »Und Dr. Korn ist auch verstummt. Hab seitdem nichts mehr von ihm gehört. In der Schule war er nicht. Handy ist auch aus.«

»Du weißt es immer noch nicht?« Bella schüttelte ungläubig den Kopf. »Dennis hat von dem Schlumpfenzeug am meisten getrunken. Wir haben wegen Keil und dir gar nicht mitgekriegt, wohin er plötzlich verschwunden war. Ich hab ihn noch gesucht und nicht gefunden. Gwen hat mir am nächsten Tag geschrieben, dass sie auf dem Heimweg einen

Krankenwagen gesehen hat und auf der Liege, die gerade hineingeschoben wurde, war Dennis. Er lag wohl in irgendeinem Vorgarten und jemand hat die Polizei informiert.« Bellas Stimme überschlug sich fast. »Oscar. Das war so knapp.« Sie hielt Zeigefinger und Daumen übereinander und ließ dazwischen nur einen schmalen Schlitz. »Er hatte eine schwere Alkoholvergiftung, wurde gerade noch rechtzeitig gefunden. Aus dem Krankenhaus heraus ist er direkt in eine Entzugsklinik.«

»Was? Warum hat mir das niemand erzählt?«

»Das wollte ich ja die ganze Zeit. Aber du bist mir immer ausgewichen. Und gefragt hast du auch nicht …«

Wie eine Ohrfeige traf mich die Erkenntnis, dass ich bisher keine Sekunde an den Doktor … an *Dennis* gedacht hatte, höchstens daran, warum er sich nicht bei *mir* gemeldet hatte. Wenn ich ehrlich war, wusste ich kaum etwas über ihn, weder darüber, wie und wo er wohnte, noch was er sonst so machte, außer saufen. Er war für mich eine mit trüber Flüssigkeit gefüllte Flasche, auf deren Etikett *Dr. Korn* stand. Ich hatte nicht den blassesten Schimmer, wer er war, abgesehen von unserem Dealer für harten Stoff und Experten in Sachen Alkoholika und lateinischer Trinksprüche. Er hatte auch nie von sich erzählt. Und ich hatte ihn tatsächlich nie gefragt. Er wäre fast gestorben, vor drei Wochen, ein Fremder. Ich konnte es nicht fassen. Was war ich nur für ein Monster? Ich hatte so viele Abende und Nächte mit ihm an der *Blauen Lagune* gefeiert. Und nicht ein einziges Mal hatte ich ihn gefragt, was ihm wirklich wichtig war oder warum er erst in der Zehnten auf unsere Schule gewechselt war und die Klasse offensichtlich wiederholt hatte.

»Oscar, nein!«, rief Bella plötzlich und bog die Finger

meiner geballten Faust auf, in der ich Schlumpfine gefangen hielt. »Du hast ihr einen Flügel abgebrochen.«

»Tut mir leid. Ich war …« Ich hob meine Hand, in der tatsächlich einer der Engelsflügel lag. Nun zog bei mir ein Gewitter auf, eine graue Wolke, die sich schwer über mich legte. »Ich bin … Oh Mann.«

Bella legte mir sanft ihre federleichte Hand auf den Arm. »Is' gut, Oscar. Sie hat es ja überlebt … und Dennis auch.«

14

»Hallo, ich bin ein … Kumpel von Dennis.« Ich stand vor der Tür eines kleinen Einfamilienhauses, wie es hier viele gab. Mein Vater nannte solche Häuser abfällig *Hasenkästen*. Bella hatte mir die Adresse gegeben und mich vorgewarnt, dass ich sicher nicht willkommen sei. Egal. Ich hatte eine Mission.

Ein Mann, der genauso grau aussah wie das Haus, stand mir gegenüber. Er hatte riesige Tränensäcke, aber freundliche, warme Augen. »Bist du dieser Flinn?« Die Augen verengten sich.

»Nein. Ich bin Oscar … aber ich gehöre auch zu der Truppe, auf die Sie sicher nicht gut zu sprechen sind.«

»Aha.« Er öffnete die Tür ein Stückchen weiter. »Und was willst du?«

»Ich wollte hören, wie es Dennis geht.«

Der Mann ließ seine Hände fallen wie Gewichte, die er gestemmt hatte und die ihm nun zu schwer geworden waren. »Ha.« In seiner Stimme lag so viel Empörung, dass ich mich sehr zusammenreißen musste, um nicht davonzulaufen. »Nach drei Wochen! Mannomann, du hast Nerven. Weißt du, dass seitdem nur eine einzige Person hier war? Ein Mädchen aus seiner Klasse. Das war's.«

»Es tut mir leid«, sagte ich schnell, bevor ich es mir anders überlegen konnte.

»Bist du der Bonzensohn?«

»Äh.«

»Na klar. Oscar, genau. Er hat viel von dir erzählt. Du surfst und wohnst in der Villa am Park, stimmt's?«

Ich nickte verblüfft.

»Und du hast eine hübsche Mutter … ja, das hat er auch erzählt.«

Das haute mich um. »Wie geht es ihm denn?«

»Hm. Schon besser, denke ich … Aber er macht eine Mördergrube aus seinem Herzen. Wirklich wissen tu ich es nicht. Und Trauer ist ein guter Schwimmer. Lässt sich nicht ertränken. Auch nicht in Wodka.«

Ich wusste nicht, was ich sagen sollte. Es kam mir so vor, als würde er über jemanden reden, dem ich noch nie begegnet war. Von welcher Trauer sprach er denn?

»Weißt du, Oscar«, seine Stimme wurde ganz sanft. »Meine Frau ist vor einigen Jahren gestorben. War ein Unfall. Wir vermissen sie sehr.« Er sah an mir vorbei nach rechts und links und sprach leiser weiter: »Ich bin extra mit Dennis umgezogen, damit ihn nicht alles an sie erinnert und er neue Freunde findet. Doch das war Blödsinn. Er hat seine Mutter ja immer dabei.« Er klopfte sich auf die Brust. »Und die Freunde … Tja.« Sein Blick wanderte zurück zu mir. »Aber immerhin bist du da, was?«

Ich hatte mich selten unwohler gefühlt in meiner Haut und keine Ahnung, was ich darauf antworten sollte, außer *Ja*. Also schwiegen wir ein Weilchen. Ein unsichtbares Lasso zog mich von hier weg und ich neigte mich mit aller Wucht dagegen. Das kostete mich so viel Kraft, dass ich an nichts anderes mehr denken konnte. Irgendwann gab ich auf.

»Okay. Also, ich muss dann mal wieder. Ich hab … Also, bis dann.«

Dennis' Papa hielt mich am Arm fest. »Oscar.«

»Hm?«

»Danke, dass du gekommen bist.«

Am nächsten Tag war in der Schule alles anders. Als hätte mich über Nacht ein Zauber heimgesucht und an meinem Wesen rumgewerkelt. Julia kam wütend auf mich zugestürmt.

»Mensch, weißt du, was du mir eingebrockt hast? Meine Eltern sind stinksauer.«

»Das tut mir leid, wirklich. Aber ich hätte dich in dem Zustand nicht auf der Bank liegenlassen können?«

»Du hättest verdammt noch mal dableiben müssen, bis … na, bis es eben besser gewesen wäre.«

»Das ging leider nicht.« Ich sah mich nach Bella um, konnte sie aber noch nicht entdecken. »Ich weiß, dass es ein scheiß Moment war, aber es ging wirklich nicht.«

»Was war denn bitteschön wichtiger, als auf mich aufzupassen?« Sie zog eine Schnute und kuschelte sich an meinen Arm, gerade, als Flinte im Anmarsch war.

»Was soll das denn werden?« Flinte zog Julia von mir weg und legte einen Arm um ihre Schultern. »Du hast doch jetzt den Köter.« Sein abfälliges Lachen schmerzte.

»Stimmt, hatte ich kurz vergessen.« Ich blickte meine Hände an. »Ups. Ich hab ja gar nicht daran gedacht, mir die Hände zu waschen, nachdem ich den Haufen weggemacht hab. Uh.«

Julia schrie auf. »Uähhh. Echt?« Sie flüchtete Richtung Toiletten.

»Sag mal, Alter, was hamse nur mit dir gemacht?« Flinte hatte eine Fahne. Sofort versuchte der Schlumpf, der meine

Gedanken ungebeten heimsuchte, mich mit einem kühlen Bier zu ködern. Aber ich schloss die Hand um die gefallene Engel-Schlumpfine in meiner Hosentasche, die ich mitgenommen hatte, um den Flügel wieder anzukleben. Ich stellte mir vor, wie sie dem Bierschlumpf ans Schienbein trat und dieser laut fluchend verschwand.

Da entdeckte ich Bella. Sie hatte ihre Haare wieder streng zum Pferdeschwanz gebunden und wühlte in ihrer Tasche herum. Aber nun kam mir ihr Look wie eine Verkleidung vor, denn ich wusste ja, wie es *dahinter* aussah. Ich ließ Flinte stehen und ging zu ihr.

»Hallo.«

»Hi.« Sie hob den Kopf und wurde rot. Süß rot.

»Ich hab's gemacht.«

»Echt?« Ihre Augen strahlten.

»Sie haben's gemacht!«, grölte da Hanswurst Bellmann durch die Klasse und zerstörte innerhalb einer Millisekunde einen Sack voll Magie. Bella fiel in sich zusammen und legte ihre Hände wie Scheuklappen an die Schläfen. Mindestens drei Hornochsen muhten, ein paar Ziegen blökten und ein Rindvieh käute wieder. Nicht zu vergessen Flinte, der sozusagen den Paradiesvogel abschoss, indem er brüllte: »Diesmal nüchtern?«

Und das gerade, als Julia wieder hereinkam und natürlich nicht kapierte, was los war, während sie sich auf ihren Platz neben Bella setzte. Ich war so geladen, dass ich es mit dem imaginären Schießeisen von Flinte locker hätte aufnehmen können. Daher knallte ich ihm wenigstens die gefallene Engel-Schlumpfine aufs Pult, schnappte meine Tasche und setzte mich an einen freien Tisch ganz hinten.

»Uhhhh« und »Fffff«, tönte es durch den Raum wie ein

Sturm, der um die Hausecken pfiff. Selbst von hinten konnte ich sehen, dass Bella weinte. Sie verdeckte ihr Gesicht und Julia hatte einen Arm um sie gelegt. Ich hätte schreien können vor Wut, nicht nur, weil Flinte mich hintergangen, sondern auch, weil er Bella bloßgestellt hatte. Während der Puschkin hereinschlurfte und seinen Feuerwasseratem zu uns rüberwabern ließ, sah Julia mich immer mal wieder an wie einen Verbrecher, der in den Knast gehörte.

»Was weht denn hier für ein dickes Lüftchen?« Puschkin fächelte mit seiner fleischigen Pranke durch die Luft, ging erst auf mich, dann langsam auf Bella zu. Ich dachte noch *Tu's nicht!*, doch da setzte er schon an, holte tief Luft und schmetterte ihr einen waschechten Puschkin entgegen.

»Täuscht das Leben dich, verzage,
Zürne nicht, so weh es tut!
Fass am Trauertage Mut:
Glaub, es kommen Freudentage.
Zukunft unser Herz erfüllt,
Leid nimmt Gegenwart gefangen:
Alles ist so rasch vergangen;
Was vergangen ist, wird mild.«

Es war der Horror. Bella sprang auf, sodass ihr Stuhl scheppernd zu Boden krachte, und rannte hinaus.

»Was hat sie denn?«, wunderte sich Puschkin, der alte Frauenversteher. Meine Fresse.

»Wahrscheinlich schwanger«, feixte Hanswurst Bellmann.

Da ging bei mir eine Sicherung durch und ich stob auf ihn zu. Ich wollte ihm gerade eine verpassen, als ich von hinten festgehalten wurde.

»Reg dich ab, Oscar. Lohnt nicht, wegen Hanswurst 'ne Abmahnung zu kriegen.« Flintes Griff war eisenhart.

»Wie hast du mich genannt?« Nun sprang Hanswurst Bellmann ebenfalls auf und sein Nacken schwoll an wie bei einem Kampfhahn, der sich vor der Attacke aufplusterte.

»Heißt du nicht Hanswurst?«, fragte Flinte gelassen.

Da ging Bellmann auf ihn los und es gab ein wildes Handgemenge. Aus dem Augenwinkel nahm ich wahr, wie Puschkin einen Flachmann aus seiner Tasche holte, in dem sicher keine Milch war, sich abwandte und die Pulle ansetzte.

»Herr Meyer!«, krakelten die sonst so Stillen aus der ersten Reihe. »Herr Meyer.«

Puschkin stand der Schweiß auf der Stirn, an dem seine Fussel festklebten wie die Fransen eines Teppichs.

»Aufhören!« Sein Bass ging im Sound des Handgemenges unter.

Zack! Ein plötzlicher Schmerz am Hinterkopf ließ mich zu Boden sacken. Ich hörte den Puschkin noch panisch »Fontane!« rufen, nahm Flinte aus dem Augenwinkel wahr, wie er dem Bellmann eine verpasste und wurde von irgendwem aufgefangen, der mich rückwärts auf einen Tisch legte. An der Decke flackerte eine Leuchtstoffröhre und eine verstaubte Luftschlange wogte mir entgegen. Um mich herum immer noch ein Handgemenge, akustisch angereichert von Puschkins periodisch eingestreuten Ermahnungen. Etwas Spitzes, Hartes bohrte sich in meine Lende. Ich zog es heraus. Die Engel-Schlumpfine hatte ihren zweiten Flügel eingebüßt, war nun ein Erdling, wie wir alle. *Bella*, dachte ich und lächelte. *Bella.*

Bella kam nicht zurück in den Unterricht. Ich wurde fast verrückt vor Anspannung, wollte unbedingt zu ihr. Wir hatten die Knopp, die offensichtlich von Puschkin aufgeklärt worden war, denn sie fragte nicht nach Bella und ließ auch kein Wort verlauten, als mitten in der zweiten Stunde Julia hereinkam. Die sah mich verhuscht an, zeigte Flinte einen hochgereckten Daumen und setzte sich.

Ich selbst saß wieder neben Flinte, der nach der Hanswurst-Sache so tat, als sei nichts gewesen. Ich hatte eine dicke Beule am Hinterkopf und gerade zu wenig Kraft, um die Funkstille durchzuziehen und ihm die Gründe zu erläutern. Ging auch nicht, weil ich die ganze Zeit an Bella dachte.

Ich ließ einen Zettel zu Julia wandern. *Was ist mit Bella?*

Keine Antwort.

Von Bio blieb nichts bei mir hängen, obwohl es um Abbauprozesse im Körper ging und heute unter anderem Alkohol dran war. Das Thema hatte Frau Knopp bestimmt nicht zufällig gewählt. Nur eines schaffte es durch den Bella-Nebel in mein Hirn: Alkohol sei ein Zellgift und fördere diverse Krebserkrankungen. Ab drei Promille sei die Wirkung akut tödlich. Ich musste gleich wieder an Bella denken, und an Marielena und daran, dass ich bestimmt nahe dran gewesen war, an den drei Promille. Und der Doktor erst.

Sobald es klingelte, stürzte ich mich auf Julia. »Nun sag schon, was ist mit ihr?«

Sie sah mir abwechselnd ins linke und rechte Auge, als suche sie darin nach der Antwort. Dabei wirkte sie gekränkt oder enttäuscht. »Ihr habt es echt getan?«

Ich wedelte mit einer Hand durch die Luft, wollte nun auf keinen Fall und ausgerechnet mit Julia über das Thema sprechen. »Is' lange her … Also, was ist mit ihr?"

»Bist du in sie verknallt?«

»Ich … was? Wie kommst du darauf?«

Abschätzig zog sie einen Mundwinkel hoch.

»Okay. Wenn du mir nichts sagen willst, dann ruf ich sie eben an.« Damit ließ ich Julia stehen.

»Ja, tu das!«, rief sie mir spöttisch hinterher. »Sie ist auch richtig gut auf dich zu sprechen.«

Vor dem Schultor zog ich mein Handy aus der Tasche und wollte gerade Bellas Kontakt aufrufen, da kam eine Nachricht von ihr herein.

Warum hast du mir nichts erzählt?

Was sollte das denn? Ich wählte ihre Nummer, aber sie nahm nicht ab.

Was erzählt?, schrieb ich ihr und ging in die Klasse zurück.

»Julia, warum schreibt Bella mir so was?« Ich zeigte ihr die Nachricht.

Sie zuckte mit den Schultern und wich meinem Blick aus. »Keine Ahnung. Sie war ein bisschen verwirrt. Muss sich wohl erst mal ausruhen.«

Als Flinte dazu kam, steckte ich schnell das Handy weg.

»Eure Heimlichkeiten gefallen mir gar nicht.« Flinte legte von hinten seine Arme um Julia. »Ihr heckt doch was aus?«

»Na klar, Flinty, einen flotten Vierer, zusammen mit deiner heimlichen Geliebten.« Julia rollte genervt die Augen.

»Sehr witzig.« Flinte ließ Julia los und ging um sie herum. »Ich wär schon happy über einen flotten Zweier.«

Julias Augen weiteten sich und füllten sich mit Tränen, bis sie überliefen. Wortlos rannte sie hinaus. Und es war keine Bella da, die ihr nachlief. Kein Freund, der sie schützend in den Arm nahm. Also folgte ich ihr.

»Julia!«

Sie wollte gerade in der Toilette verschwinden, blieb aber stehen und sah mich an.

»Komm schon.« Ich breitete die Arme aus. Kurz schien sie das Angebot annehmen zu wollen, doch dann wandte sie sich ab und schloss die Toilettentür hinter sich. Ich wartete noch bis zum Ende der Pause. Aber es kamen weder Bella noch Julia zurück in die Klasse.

»Willst du nicht nach ihr sehen?«, fragte ich Flinte, während Frau Noll die Weltwirtschaft erklärte.

»Hey, Ossypossy, halt dich da einfach raus, ja? Ich hol sie nachher mit dem Roller ab, 'ne Flasche *Sorgenbrecher* im Gepäck. Klappt immer ...«

»Sorgenbrecher? Julia sitzt wahrscheinlich heulend auf'm Klo. Und noch was: das mit Bella vorhin ... Seit wann plauderst du unsere Geheimnisse aus?«

»Seit du mir meine Braut ausspannen willst.«

Das kam wie aus der Pistole geschossen und so laut, dass Frau Noll ihren Vortrag unterbrach und Flinte ansah.

»Herr Müller, können Sie bitte noch mal zusammenfassen, was die Energiekrise für die europäische Wirtschaft bedeutet?«

Ein kurzer Seitenblick von Flinte sollte eindeutig klarstellen, wer hier Schuld an seiner misslichen Lage hatte.

15

Nach der Schule versuchte ich gefühlt hundertmal, Bella zu erreichen. Sie nahm nie ab. Ich schrieb ihr unzählige Nachrichten. Nichts. Die Häkchen blieben grau.

Angesichts all der Ereignisse dieses Vormittags und der Verschiebung der Weltachsen schien in der *Villa Sonnenschein* die Zeit merkwürdig stehen geblieben zu sein. Hanna begrüßte mich mit einem Hammer in der Hand.

»Ein Fuchs«, sagte sie. »Ich muss die Volieren verstärken.«

»Soll ich helfen?«

»Nein, nein, mach du den Mist weg. Die Hühner haben vor Angst alles zugekackt. Da muss geharkt, die Sitzstangen gereinigt und neues Stroh ausgelegt werden.«

»Hm.« Immer noch besser als die Mörderdinger von Süffel einzutüten.

Ich holte gerade einen Rechen aus der Hütte, als Keil durchs quietschende Gartentor kam und die Hand zum Gruß hob.

»Die Hühner«, sagte ich.

»Alles klar«, sagte er. »Dann los. Ich leg mich solange in den Whirlpool.«

Er hatte zum ersten Mal eine Arbeitshose an, nach mehreren Diesel-Jeans, die wohl alle hinüber waren. Ich wollte mich gerade in mein Schicksal ergeben, da schnappte er sich meinen Rechen.

»Gib her. Alles ist besser, als mit dem dämlichen Esel durch die Walachei zu stapfen.«

Und dann harkten und säuberten wir schweigend das Gehege, während die Hühner gackernd und pickend umherliefen. Langsam ließ der Druck in mir nach. Sogar als das Handy in meiner Hosentasche vibrierte, setzte ich in Ruhe meine Arbeit fort – mal abgesehen davon, dass ich verkackte Handschuhe trug, mit denen ich sicher nicht in meine Tasche fassen würde. Während ich Stroh verteilte, liefen ein paar Hühner ganz nah an mich heran. Zuerst fand ich es unangenehm, weil die Viecher so dämlich aussahen und so hohl guckten. Aber dann kam es mir plötzlich so vor, als wär das nur Maskerade, mit der sie sich die blöden Menschen vom Leib halten konnten. Und darunter verbarg sich eine Art von Freiheit, die ich nie erfahren würde: die Freiheit, völlig unabhängig davon zu sein, was andere über sie dachten. Wenn nicht gerade ein Fuchs herumschlich, freuten sie sich einfach des Lebens, pickten ihre Körner und basta.

Ich zog einen Handschuh aus und berührte das Gefieder eines braunen Huhns, das besonders nah bei mir stand. »Na du?«

Das Huhn machte so ein knatschendes Geräusch, vielleicht Schnurren auf Hühnisch, und kam noch ein wenig näher. Ich kraulte es am Hals, wobei es vollkommen stillhielt.

»Hey, deine Verwandten?« Keil tauchte neben uns auf und streckte ebenfalls eine Hand nach dem Huhn aus. Da gackerte es wild los und flatterte aufgeregt davon.

»Du bist zu hektisch.«

»Ach ja? Bist wohl jetzt ein echter Viecherversteher, was?« Wütend warf er die Harke zu Boden. »Und 'ne Fanta-Pussy.« Er grinste böse.

»Eine was?« Alle Hühner, die noch in meiner Nähe gewesen waren, flohen gackernd.

»Trinkst nichts mehr, was? Hast dir von dem Gerichtstypen und der Hühnertrulla ins Hirn furzen lassen.«

»Bist du krank?«

»Nee, im Gegensatz zu dir. Erst schmeißt du die volle Bierpulle weg, weil die Generalin naht, und dann das mit sexy Juli.«

»Was?«

»Na, Gwen hat's mir erzählt. Hast Julia abgefüllt und selbst keinen Tropfen angerührt. Was bist'n du für einer?«

Bei Keil war es sinnlos, irgendwas richtigstellen zu wollen. Daher ließ ich ihn einfach stehen, war eh gerade fertig mit dem Stroh.

»Fanta-Pussy!«, rief er mir lachend hinterher.

Marielena kam mir mit einem Eimer Körner entgegen. »Meint der dich?«

»Nee. Der meint jemanden, den er dafür hält.«

Sie lachte und stellte den Eimer ab. »Übrigens. Seit du da bist, läuft Süffel unruhig am Zaun hin und her. Ich glaub, der wartet auf dich.«

»Auf mich?«

»Sieht so aus. Hör mal!«

Aber ich hörte nichts außer den gackernden Hühnern und Tempo, der iahte.

»Merkwürdig«, sagte Marielena. »Jetzt ist er still.«

Wir gingen zusammen zum Hundehaus – und da stand sie, an den Zaun gedrückt, streckte eine Hand durch die Maschen und streichelte Süffel, der wild wedelte und sie abschleckte.

»Bella.«

Sie drehte sich um und lächelte verhalten. Dann bemerkte sie Marielena neben mir, zog die Hand aus dem Zaun und trat zu uns auf den Weg. »Hallo.«

»Süffel mag dich«, sagte Marielena. »Du bist erst die zweite Person, die er nicht anbellt. Was ist euer Geheimnis?« Marielena sah mich an und ich fühlte mich merkwürdig ertappt. Dabei wusste sie ja nichts von dem wahren Geheimnis.

Auch Bella schien die Frage unangenehm, denn sie drehte sich schnell zu Süffel um. »Ich kenne den Hund schon. Hab ihm mal geholfen.«

»Ach echt? War er da noch in dieser Bonzenfamilie?«

Ich horchte auf. »Welche Familie?«

»Hat das Tierheim anhand des Chips herausgefunden. Er gehörte einer reichen Familie, die lieber Golfen gefahren ist, als sich um ihn zu kümmern. Die hatten ihn nicht vermisst und wollten ihn auch nicht mehr zurück. Aber weil man so ein Tier ja nicht einfach aussortieren kann wie einen alten Schuh, zahlen sie jetzt für ihn. Sogar so viel, dass auch unsere anderen Tiere davon profitieren.«

Meine Beine fühlten sich plötzlich an, als wären sie aus Gummi. Ich schwankte und hielt mich am Zaun fest.

»Was ist los, Oscar?«, fragte Marielena besorgt.

»Keine Ahnung. Mir ist so komisch.« Ich setzte mich auf den Boden und lehnte mich an den Zaun. Sofort kam Süffel an, pienzte und schob seine nasse Schnauze durch das Gitter. *Bonzenfamilie*, dachte ich und streckte automatisch meine Hand nach ihm aus. *Einfach aussortiert.* Würde mein Vater wahrscheinlich auch gern machen, ging bei Kindern aber nicht. Bei Hunden schon, wenn man dann für die Kosten aufkam. Plötzlich kochte in mir eine Riesenwut auf meinen

Vater hoch. Immer hatte er mir Geld zugesteckt. Wollte sich damit freikaufen. Sollte wie Liebe aussehen. Pah. Ich wühlte Süffel durch sein Fell und er schleckte meine Hand ab, sobald er sie mit seiner Schlabberzunge erreichte.

»Ich muss dir was gestehen«, sagte Marielena. »Ich fand Hannas Idee, dir die Patenschaft für Süffel zu geben, anfangs absurd. Ausgerechnet dir! Nach allem … Na ja. Aber ich habe meine Meinung geändert.« Sie nahm den Eimer mit dem Körnerfutter. »Ich muss kurz Tempo für den Ausflug fertig machen.« Sie winkte uns zu. »Bis gleich.«

Ich kam gar nicht hinterher mit den Gefühlen. Hanna wusste Bescheid? Und sie hatte mir zugetraut, mich um Süffel zu kümmern?

»Das ist ja unglaublich.« Bella setzte sich neben mich und wuschelte dem Zottel ebenfalls durchs Fell, der vor Glück mit dem Schwanz wedelte, dass es ihn fast umwarf. »Dass der Hund genau hier gelandet ist und du dich um ihn kümmerst … Wahnsinn. Diese Hanna scheint an dich zu glauben … Ich übrigens auch.« Sie lächelte mich an.

Mein Gesicht begann zu glühen wie eine Lampe. Nein, Bella war die Lampe. Sie überstrahlte alles. Und ich war die Motte, die sich in ihrem Licht verfing. Ich beugte mich langsam zu Bella hinüber, sah auf ihren weich geschwungenen Mund, träumte mich näher und näher. Da zuckte sie plötzlich zurück.

»Oscar, warum hast du es Flinte erzählt?«

»Was?« Die Motte verglühte.

»Du weißt genau, was ich meine … Die Nacht … uns.«

»Oh, das.« Ich zog meine Hand ein und Süffel pienzte sofort wie verrückt. »Er ist mein bester Freund.«

»Ach ja? Na und? Ich habe Julia auch nichts erzählt.«

»Bei Julia wundert mich das nicht. Sie behandelt dich ja auch oft wie eine ...«

Bellas Blick verlor alle Wärme, als hätte sie ihr Leuchten einfach ausgeschaltet. »Eine was?«

»Na, so eine Untertanin, eine Zofe oder so was.«

»So denkst du also. Echt verrückt.«

»Warum?«

»Weil ich genau das von Flinte und dir denke. Nur mit der Steigerung, dass er seine Eskapaden auch noch von dir finanzieren lässt.« Sie stand auf. »Und wo wir gerade dabei sind: Wie kannst du bloß mit Julia rummachen, wo sie doch Flintes Freundin ist?«

»Was? Wie kommst du darauf?« Süffel bellte ganz nah an meinem Ohr und ich schreckte zusammen.

»Na, weil sie's mir erzählt hat.«

»Sie lügt.« Ich erhob mich ebenfalls und versuchte verzweifelt, Süffels Bellen zu übertönen, der am Zaun hochsprang.

»Ich weiß nicht mehr, wem von euch ich überhaupt noch trauen kann.« Bella ging ein paar Schritte rückwärts, immer weiter von mir weg. »Ich hab doch gesehen, wie du Julia angestarrt hast.«

»Bella, ich war besoffen.«

»Genau. *In vino veritas*, nä?«

»Blödsinn. *In vino alles scheißegal.*« Verdammt. Ich kam aus der Nummer nicht raus. Denn es stimmte ja leider. Ich hatte Julia angestarrt und mir sonst was mit ihr vorgestellt. Schien wohl unerreichbar und somit ungefährlich. Von wegen.

»Ja, das hab ich gemerkt.« Bella riss ihre Augen auf, die gerade noch ihr warmes Licht verstrahlt hatten und nun nach innen gerichtet waren und mich ausschlossen aus ihrer Welt. *Der Kerl, der sie in den Hauseingang gedrückt hat,* dachte ich. *Die Nacht, in der wir es getan haben und an die ich mich nicht erinnere.* Und ich dachte auch daran, dass das genau mein Motto gewesen war: *Scheiß auf alles!*

»Bella.«

Da schlurfte Keil um die Ecke, mit lauter Eselzeug in der Hand. »Ah, die Verräterin höchstpersönlich.« Er ließ die Sachen fallen. »Dass du dich hierher traust.«

Bella ignorierte ihn einfach und sah mich an. »Mach's gut, Oscar.« Dann lief sie an Keil vorbei, als wäre er Luft, und drehte sich nicht mehr um.

»Hey, du hältst dich wohl für was Besseres, was?«, schrie er ihr hinterher, dabei war Bella längst außer Sichtweite. »'ne Diplom-Spaßbremse, mit 'nem Master in Power-Petzen.« Keil wandte sich zu mir. »Was wollte die Schnepfe denn?«

»Die *Schnepfe* ist eine gute Freundin und war hier, um Süffel zu besuchen.«

»Die sollte sich lieber 'ne Köterclique suchen, verträgt auch keinen Sprit und guckt genauso treudoof aus der Wäsche.« Er amüsierte sich prächtig über seinen grandiosen Witz, zog eine kleine Colaflasche aus der Innentasche seiner Jacke und prostete mir damit zu. »Mische is possible!«

»Hör mal, du wandelnde Giftspritze, was du über mich sagst, ist mir schnurz, aber Bella lässt du in Ruhe, verstanden?« Mit diesen Worten schoss ich auf den verblüfften Keil zu, während Süffel in seiner Zelle ausrastete, wie wild bellte und wieder am Zaun hochsprang.

»Hoho«, feixte Keil, »da hab ich ja wohl voll ins Schwarze getroffen.« Er nahm gleich noch einen Freudenschluck aus seiner Flasche.

»Was machst du denn noch hier, Keil?«

Die *Generalin* nahte und er verschluckte sich, wobei er ein wenig von der braunen Brühe ausspuckte.

Hanna blickte auf das Eselzeug, das auf dem Boden lag, dann auf die Flasche in seiner Hand. »Cola? Soso. Gib doch mal her.«

Aber Keil hielt die Flasche in eine andere Richtung und drehte den Deckel auf.

Der Ausdruck in Hannas Augen wurde eisig, als sie an Keil schnupperte. »Du kommst dir wohl besonders schlau vor, was? Den Ausflug mit Tempo kannst du heute vergessen.« Keil schien gerade zu glauben, er hätte das große Los gezogen, da folgte die Ernüchterung: »Die Klos sind nicht in Ordnung. Verstopft, glaube ich.« Schnell schnappte sie nach der Colaflasche. »Da hilft ein starkes Reinigungsmittel.« Sie hielt die Flasche hoch. »Und natürlich Pümpeln, was das Zeug hält.«

»Was? Ich bin doch kein Klempner.«

»Nee, leider nicht. Sonst wäre deine Zukunft nämlich gesichert.« Sie las das Eselzeug auf und ging.

Keil sah mich wütend an. Na klar. Meine Schuld. Aber er sagte nichts, hielt nur drohend einen Zeigefinger hoch, während sich in seinen Keileräuglein ein Gewitter zusammenbraute.

Ich öffnete die Gittertür zu Süffels Gehege und ging hinein. Der Köter war mir zwar nicht geheuer, aber von Keil schien gerade die größere Gefahr auszugehen. Obwohl er vor dem Hund sofort zurückwich.

Süffel sprang an mir hoch, kläffte ohrenbetäubend und warf mich fast um. Da riss ich die Arme in die Höhe und schrie: »Platz!«

Und tatsächlich setzte sich der Riese brav. Die Bonzenfamilie hatte ihn immerhin erzogen, bevor sie ihn vergessen hatte. Ich streichelte dem Zottel zur Belohnung über seine schwarze Mähne. Als ich wieder aufblickte, war Keil verschwunden.

16

Die Flügel hielten einfach nicht. Ich hatte drei verschiedene Kleber ausprobiert, aber sie fielen immer wieder ab, waren viel zu schwer. Der Engel sah aus wie eine 0815-Schlumpfine im Nachthemd. Warum hatte Flinte Bella überhaupt dieses Geschenk gemacht? Wollte er sich tatsächlich entschuldigen? Solange ich ihn kannte, hatte er sich noch nie bei irgendwem entschuldigt. Normalerweise tauchte er mit zwei Bier auf, wie zuletzt in der Villa, und stieß mit einem an. Damit war die Vergangenheit passé, um nicht zu sagen ausgelöscht, denn bei einem Bierchen blieb es in der Regel natürlich nicht. Und im Verlauf des Gelages geriet der Grund für den Zoff entweder in Vergessenheit und schaffte viel Raum für neue, berauschende Erinnerungen, oder die vorausgegangene Verletzung musste als *Zündstoff* für einen Joke-Knaller herhalten. Diese Engelschlumpfine war dagegen wirklich eine nette Geste gewesen, die ich ihm gar nicht zugetraut hätte.

Ich suchte sie über Google und stutzte einen Moment, als ich sie fand. *Schutzengel*, stand unter der Abbildung, was mich ein wenig rührte. Aber dann kam mir ein Verdacht, der die Geste sofort entzauberte. Hatte Flinte Bella einen Schutzengel geschenkt, weil er sie am Abend der Party vorsätzlich allein gelassen hatte? Weil er gehofft hatte, so die völlig betrunkene Julia endlich »knacken« zu können? Und anschließend hatte Julia ausgeplaudert, was Bella auf dem

Heimweg passiert war. Je länger ich darüber nachdachte, desto plausibler schien mir die Erklärung. Zwar hatte Flinte schon ordentlich gebechert, als wir das Trinkspiel einleiteten, aber das Video war mit ruhiger Hand aufgenommen worden und seine Stimme darauf klang völlig klar. Der Plan war wohl trotzdem nicht aufgegangen.

Es klingelte. Ich war so erschüttert über meine eigenen Schlussfolgerungen, dass ich noch ganz in Gedanken war, als ich die Tür öffnete. Davor stand Flinte. Er sah nicht gut aus, gelinde gesagt. Er hatte ein paar Kratzer im Gesicht und ein Loch in der Hose, durch das ein blutiges Knie zu sehen war. In der Hand hielt er meinen Helm.

»Oh Mann, sorry, Alter.« Er klang zerknirscht.

Das *Sorry* beunruhigte mich noch mehr. Genau wie die Tatsache, dass er keine Bierflaschen dabeihatte. »Was ist passiert?«

»'ne Scheißkurve, die da vorher noch nich' war.« Er kaute auf der Oberlippe. »Und der Roller is' ja auch 'n bisschen träge.«

»Scheiße! Und Julia? Saß sie hinten drauf?«

Flinte nickte betrübt. »Hat aber 'ne ganz elegante Rolle rückwärts gemacht.« Er formte eine anerkennende Geste mit Daumen und Zeigefinger. »Hat nur 'ne kleine Beule und is' psychisch ein bisschen down. Wird aber wieder.«

»Verdammt, Flinte.« Ich zog ihn rein und bugsierte ihn in mein Zimmer.

»Aber der Roller … sieht nich' so gut aus.«

»Scheiß auf den Roller.«

»Hör mal, Ossy, die Maschine liegt in 'nem Gebüsch neben der Straße. Hab sie da hingezerrt. Kam zum Glück keine Polizei … hatte ein bisschen was intus. 'ne nette Frau hat uns dann im Auto mitgenommen. Julia ist jetzt erst mal bei mir, damit sie nicht noch mehr beten muss.« Er grinste schief. »Sie schläft gerade.«

»Mann, wie konntest du bloß besoffen fahren? Und dann auch noch mit Julia hintendrauf?« Ich ließ mich aufs Bett fallen.

Flinte setzte sich daneben. »War 'ne Versöhnungsfahrt.«

»Und?« Ich war höllisch geladen. »Hat's geklappt mit der Versöhnung? Hast du sie dazu erst mal abfüllen müssen?«

Flinte schaute mich verdutzt an. »Sag mal, nimmst du irgendwas Neues? Pilze oder so? Ich erkenn dich gar nicht wieder.«

»Im Gegenteil, Flinte, ich seh die Dinge zum ersten Mal glasklar.« Ich nahm den amputierten Engel und hielt ihn Flinte hin. »Warum hast du den Bella geschenkt?«

»Ich sollte wohl eher dich fragen, warum du ihn zerstört und mitgenommen hast? Ich tippe auf unkontrollierte Aggressionen.«

Ich reagierte nicht, hielt ihm einfach weiterhin die Schlumpfine vor die Nase.

»Hey, war Zeit, meine Sammlung aufzulösen. Du hast doch auch einen gekriegt. Oder hättest du lieber den Engel haben wollen?«

Ich wartete.

»Julia hat ihn bei mir gesehen und meinte, wir sollten ihn Bella schenken, weil wir sie in der Nacht allein gelassen haben. Okay? Bist du nun zufrieden? Ist dieser scheiß Schlumpf wichtiger als unsere Leben?« Er zeigte auf seine Wunde am Knie, aus der er immer noch blutete.

»Und was hast du mit Julia gemacht, als sie in der scheiß Nacht so besoffen war?«

»Ich? Na, ich hab sie zu mir gebracht, damit sie sich den Rausch ausschlafen kann. Ich hab sie nicht ihren Eltern ausgeliefert wie du.« Er sprang auf. »Mann ey, ist das jetzt ein Verhör, oder was? Da hätte ich ja auch die Polizei rufen können.« Er warf mir den Rollerschlüssel in den Schoß. »Wenn du wieder normal bist, holen wir die Maschine. Oder willst du sie lieber da liegenlassen und dir gleich eine neue kaufen? Kostet ja nicht viel mehr als ein paar Moët und Schandon oder wie das teure Zeug heißt.« Er zeigte auf die Wand neben meinem Bett, wo all die Zeugnisse unserer feuchtfröhlichen Freundschaft hingen. »Echt schade«, sagte er bissig. »War 'ne geile Zeit, als man sich mit dir noch entspannt den Helm zulöten konnte und *Süffeln* noch nicht für 'nen Köter stand.« Und damit rauschte er ab.

Irgendetwas in mir ging kaputt. Ich dachte an den *Blauen Elefanten*, an unser erstes harmloses Trinkspiel, bei dem ich die Aufgabe bekam, eine dralle ältere Dame anzumachen, wobei ich mich so bescheuert anstellte, dass sie mir wortlos eine scheuerte. Und ich dachte an unsere Sternennacht am Atlantik, wo wir mit schwerer Schlagseite in den Sand gekippt waren und Namen für unsere zukünftige Surfschule erfunden hatten. *Surf & Swag*, der Favorit. Und plötzlich konnte ich mir nicht mehr vorstellen, dass Flinte mit der besoffenen Julia das vorgehabt hatte, was ich mir eben noch aus den Hirnwindungen gepresst hatte.

Verdammt. Wer war ich ohne Flinte, Julia, Bella und die *Blaue Lagune*? Wer konnte ich sein oder werden? Würde wirklich etwas Besseres dabei herauskommen, wenn ich alles Bisherige aufgab? Ein nüchterner Bonzensohn mit einem zotteligen Freund, der Süffel hieß. *Haben Sie ein Problem mit Alkohol? – Nein, nur ohne.* War einer von Dr. Korns

Lieblingssprüchen … als er noch *Dr. Korn* gewesen war und nicht der traurige Dennis aus der Suchtklinik.

Ich kramte den Bierschlumpf aus meiner Tasche, dieses lustige blaue Kerlchen, das einfach Spaß hatte. Und dann schrieb ich Flinte eine Nachricht. *Sorry, Alter. Gleich auf zwei Bier an der Blauen Lagune? Geht aufs Haus.*

Es tat saugut, den Checker hinter dem Tresen zu sehen, mit seiner vertrauten Vokuhila-Frisur und dem Zahnstocher zwischen den Zähnen.

»Sieh an, sieh an, der verlorene Sohn kehrt heim.« Er grinste sich einen.

Ich stellte ein Sixpack Flens auf den Tresen, sehnte mich nach dem Plopp, und zahlte. Als ich zur Bank kam, saßen dort schon Flinte und Julia. Mein Herz hüpfte ein wenig herum. Vielleicht würde sich doch noch alles wiedereinrenken.

Ich verteilte die erste Runde und wir zählten runter. Bei *Zero* ließen wir gleichzeitig die Korken knallen.

»Auf die guten alten Zeiten.« Flinte stieß energisch seine Flasche gegen meine.

»Jep. Hoffentlich ist der Doktor bald wieder da, was?«

»Gwen meinte, das würde noch dauern. Er ist bis zu den Ferien abgemeldet.« Julia sah irgendwie gerupft aus. Einzelne Haarsträhnen bäumten sich aus dem Pferdeschwanz und über der rechten Braue klebte ein kleines Pflaster, mit Einhörnern drauf. Außerdem trug sie einen weiten knittrigen Pulli von Flinte. Ihre Augen verbarg sie halb unter einem zotteligen Pony. Ich würde natürlich nicht fragen, ob der *Sorgenbrecher* seinen Sinn erfüllt und sie Flinte vergeben hatte. »Gwen kommt übrigens auch gleich. Ohne den Keiler.«

»Wie das?«

»Hat endlich den Absprung geschafft, vor allem dank Flintes Filmchen. Und weil er ihr stinken würde, im wortwörtlichen Sinne.«

»Wow.« Endlich mal gute Nachrichten. Keil hatte natürlich keine Silbe darüber verloren.

»Und Bella?«

»Hat noch nicht geantwortet.«

»Kleines Roulettchen? Zu Ehren vom Doktor?« Flinte stellte drei Schnapsfläschchen auf die Tischtennisplatte.

»Wo hast du die denn her?«

»Aus 'ner anderen Tanke. Hat kein Hahn nach meinem Ausweis gekräht.«

»Ohne mich.« Julia schüttelte den Kopf. »Bin noch dicht vom Moët.«

»Moët?«

»Ja, hat Flinty für mich besorgt.« Sie lächelte ihn an und *Flinty* lächelte zurück. So war das also. Ich wollte gar nicht wissen, was *besorgt* bedeutete. »Aber er hätte mich nicht fahren lassen dürfen.«

»Was?« Ich starrte Flinte an.

»Oh, hab ich das nicht erzählt? Julia wollte unbedingt ans Steuer. Russisch Roulette mal anders, hab ich mir gedacht.« Er lachte. »Aber so ist es mir lieber.« Er öffnete eines der Fläschchen und schüttete den Inhalt in einen der Becher, die er, wie auch eine kleine Wasserflasche, aus den unerschöpflichen Tiefen seiner Jackentaschen holte. In den zweiten Becher goss er dieselbe Menge an Wasser.

Ich war irgendwie aus meinem Takt der hoffnungsvollen guten Laune gekippt und betrachtete reglos die Becher, die Flinte hin und her schob, bis keiner mehr wissen konnte, in welchem der Hochprozentige war. »Du hast sie besoffen mit dem Roller fahren lassen?«

»Ich hab ihr natürlich von hinten geholfen.«

»Hat ja super geklappt.«

Flinte reagierte nicht, suchte sich einen Becher aus und hielt ihn in die Höhe. »In Gedenken an den Doktor: Mein letzter Wille – noch mehr Promille.« Und dann kippte er den Inhalt hinunter. »Shit.« Er verzog das Gesicht. »Uäh. Ich vertrag das Zeug einfach nicht.« Dennoch grinste er. »Und so was bekommt man ohne Altersbeschränkung.« Er schob mir den anderen Becher hin. »Hier, Ossy, hast das große Los gezogen.«

Ich setzte an, obwohl ich das Hochprozentige nicht ausstehen konnte. Aber vielleicht half es ja, dass alles wieder ein bisschen so werden würde wie früher. Sofort schoss ein heißer Strahl durch meinen Körper und die schweren Gedanken kämpften in der trägen Götterspeise, die mein Hirn flutete, um ihr Überleben und gingen unter.

»Verdammt, Oscar! Verdammt, verdammt, verdammt.« Mein Vater schrie so laut, dass ich mir die Ohren zuhielt. Warum war der noch wach gewesen? Saß da im Dunkeln wie ein Einbrecher und erschreckte mich fast zu Tode.

»Nich so laud … wegn Mama. Pssst.«

Immer machte Papa alles kaputt. War doch grad so schön gewesen, mit Flindi und Juli und Gwenipeni. Und noch zwei, drei Kumpanen, die sich uns spontan angeschlossen hatten, zwar reichlich antik, aber seis drum. War eben auch schwer verbindend, das gemeinsame Hobby. Und die neuen Freunde konnten uns den Hochprozentigen beim Checker besorgen, für den ich selbstredend aufkam. Stand ja schon in der Bibel, das mit den Reichen und den Armen. Bezog sich Flindi immer drauf.

»Verdammt.« Papa fasste ungefragt unter meinen Arm und dirigierte mich in mein Zimmer.

»Das sagdest du bereids, Papilein.« Ich küsste ihn auf die Backe. War ja immerhin der Sponsor unseres kostspieligen Hobbys.

Er schob mich von sich weg und schubste mich aufs Bett.

»Ich bräuchde morgen nochma n bischn Zasder. Will Prinsessin Bella mitm Moët überraschn … besonerer Anlass … vielleichd is dann alles wieder gud.«

»Nix is' gut, Oscar. Gar nix. Verstehst du?« Warum schrie der denn so? War doch nicht schwerhörig. »Und die Geldquelle versiegt mit sofortiger Wirkung.«

»Danke … Geld. Genau. Hamwerja genug von, nä?« Ich fühlte meine eine Gesichtshälfte nicht. Wo war die denn hingekommen? »Wennwer was haben, dann Geld, nä?«

Plötzlich war alles schockartig kalt an meinem Kopf … und nass. Mein Erzeuger stand neben dem Bett, mit einem Eimer in der Hand. Der hatte wohl was verschüttet.

Ich kicherte. »Bin ich jez ne Simmerflanse?«

»Nein!«, schrie der Erzeuger. »Sonst würdest du nämlich nur Wasser trinken … Wir reden morgen.« Die Tür knallte. Der Erzeuger war eindeutig zu laut. Und im Bett war es zu nass.

Ich ließ mich auf den Boden rutschen und zog einen Pulli vom Stuhl, den ich mir unter den Kopf knüllte. Herrlich alles.

17

»Aufwachen!« Uh, das war nicht mein Wecker. »Oscar.« Jetzt rüttelte etwas an mir. »Steh auf!« Mann, mein Kopf quälte mich doch schon genug. »Los!« Der Erzeuger war gnadenlos.

Ich drückte mich hoch. Warum lag ich denn neben dem Bett?

»Hör zu, Oscar. Ich muss 'ne Weile weg. Und wenn du deiner Mutter in der Zeit irgendeine Schande machst, dann fliegst du raus, verstanden? Ich habe schon ein Internat in der Schweiz gefunden, das dich nehmen würde.«

Schlagartig war ich hellwach. »Was? Willst du mich aussortieren? Wie einen Köter, den man nicht mehr haben will?«

»Oscar, du brichst deiner Mutter das Herz. Das will ich verhindern, verstehst du?« Mir war noch nie aufgefallen, wie klein seine Augen wurden, wenn er wütend war. So klein, dass ich die Pupillen nicht mehr sehen konnte. »Hast du das verstanden?«

»Wer bricht denn hier wem das Herz?« Ich konnte auch laut sein. Allerdings explodierte beinah mein Kopf dabei, in dem es brutal hämmerte.

»Das reicht. Wir sprechen uns, wenn ich zurück bin.« Er klappte drohend seinen Zeigefinger aus wie ein Taschenmesser. »Und übrigens: Dein Konto ist für dich gesperrt.« Und weg war er. Zack! Mein Dolchvater.

Ich kroch durch mein Zimmer und klaubte ein paar Klamotten zusammen. Im Bad hängte ich mich an den Wasserhahn und trank minutenlang. Währenddessen fuhr mein Handy hoch. Es vibrierte. Eine Nachricht von Bella.

Es tut mir leid, Oscar. Du hattest recht, was Julia und mich betrifft, wie sie mich behandelt und so. Gwen hat mir erzählt, dass es nicht stimmt, das mit Julia und dir. Hat sie Gwen im Suff gebeichtet. Ich hätte nie gedacht, dass sie mich anlügen würde. Können wir sprechen?

Na klar, dachte ich. Aber als ich sie gerade anrufen wollte, kam eine weitere Nachricht.

Oscar????? Du warst bei der Blauen Lagune?

Und da sickerte die Tragik dieser Tatsache langsam in mein Bewusstsein, mit ihrem langen Schwanz an Erinnerungsflashbacks. Ein Fünfziger, den ich wildfremden Typen in die Hand drückte. Gwens Tränen, auf die ich nicht reagierte. Julias leere Augen. Flintes Schilderung seines Moët-Diebstals. Ein Rückspiegel, den er abriss, weil Julia ihn nicht küssen wollte. Und Julia, die allein davonlief … Allein! Ich wählte sofort ihre Nummer.

»Hm?«

»Bist du okay?«

»Na ja, Beichtengehen ist Scheiße. Aber ich denk mir jedes Mal was Neues aus, damit es nicht langweilig wird.«

»Und gestern? Der Rückweg? Du warst allein.«

»Immerhin erinnerst du dich daran.« Sie schnaubte verächtlich.

»Es tut mir wirklich leid, Julia. Der scheiß Schnaps.«

»Nee, nicht der Schnaps. Der Oscar!«

Ich sagte nichts. Sie hatte die Worte ausgespuckt wie einen alten Kaugummi, doch bei mir schlugen sie ein wie Sprengkörper. Ich blickte in den Badspiegel und meinte, die Detonationen zu sehen, die kleine Krater in meine menschliche Hülle frästen. Dazu Zweifel, die durch die Gräben tanzten, und eine ordentliche Prise Selbsthass, der auf dem höchsten Gipfel eine Fahne hisste. Julia hatte recht. Es war nicht der Schnaps, so gerne ich ihm auch die Schuld für alles gegeben hätte. Ich war es selbst.

»Julia, was du mir erzählt hast … Es tut mir leid. Ich war ein Idiot. Und es stimmt. Ich hätte dich nicht allein lassen dürfen. Das war …« Ich hörte sie atmen. »Also, falls du mal reden willst, mit einem guten Kumpel …«

»Okay, *guter Kumpel.* Ist angekommen.« Es quietschte bei ihr im Hintergrund und ich hörte Schritte. Sie sprach sofort leiser. »Oscar … noch was ganz anderes, ist Flinty bei dir?«

»Nein. Warum?«

»Seine Mutter hat mich angerufen. Er ist nicht nach Hause gekommen.«

»Shit.«

»Als diese Typen ihm gestern den Stoff aufgedrängt haben …«

»Welchen Stoff?« Julia sprach inzwischen so leise, dass ich Mühe hatte, sie zu verstehen.

»Weiß nich' … hast du doch bezahlt. Gras? Jedenfalls hat er lauter Bullshit gelabert. Irgendwas von 'nem blauen Elefanten.«

»Verdammt.« Ich jagte in Gedanken hinter ihm her, durchkämmte im Affenzahn die Stadt. »Ich hab 'ne Idee. Melde mich.« Schnell schlüpfte ich in die alten Klamotten, stob an meiner Mutter vorbei, die mich sorgenvoll ansah, und stieg auf mein Rad.

Zwanzig Minuten später bog ich in die Heyn-Hoyer-Straße ein. *Harkans Internet- und Copyshop*, stand an der verschnörkelten Tür, die früher das Tor zu einer anderen Welt gewesen war. Ich hielt nach Flinte Ausschau, suchte die Bänke des benachbarten Parks ab, blickte zwischen die parkenden Autos. Nichts. Neben der Tür zu Harkans Shop wehte eine Fahne im Wind, auf der *Kiosk* stand. Ich trat ein.

Zwei Männer sprachen in arabischen Sprachen in Headsets. Hinter einem Tresen stand ein junger Lockenkopf und blätterte durch eine *BILD*. Daneben brummte beständig eine Kühlvitrine, die mit Getränken bestückt war. Und dahinter saß eine zusammengesunkene Gestalt an einem Rattantischchen, über ein Pils gebeugt.

»Mensch, Flinte.« Ich drückte ihn erleichtert an mich.

»Hee … lass deine Finga … ah, der guude alde Ossypossy.« Er grinste mich an. »Willkommn im blaun Efelanden.« Unkontrolliert schwang er einen Arm über seinem Kopf und stieß dabei eine Lampe an, die hin- und herbaumelte. »Ober!« Er winkte dem Lockenkopf. »Nochn Bierschn … nee, swei.«

Der Lockenkopf sah mich an und schüttelte den Kopf.

»Komm, Flinte, wir gehen.« Ich zog ihn am Arm hoch.

»Jeds schon?«

»Ja, jetzt.«

»Swag un sörf, nä? Machn wir, nä?« Er lehnte sich an mich und zog an meinem Pulli.

»Na klar, Flinte, machen wir.«

»Die Schikas stehn auf Sörfjungs.«

Ich schob ihn aus dem Laden und legte mir einen seiner Arme um die Schultern. Es dauerte ewig, bis wir endlich vor seiner Hütte standen, einem Mehrfamilienhaus an der Fruchtallee. Dritter Stock. Als wir oben waren, lief uns Daniela entgegen, seine Mutter. Ich hatte sie ewig nicht gesehen. Flinte kam ja fast immer zu mir.

»Mein Hase! Zum Glück ...« Sie weinte und stützte Flinte von der anderen Seite.

»Mamilein ... muss dir keine Sorgen machen ... is noch alles dran am Hasi.« Er hob den Arm, der über meiner Schulter gelegen hatte, und hielt ihn seiner Mutter vors Gesicht, die fast einknickte, weil sie nun die ganze Last allein trug. »Guck!« Grinsend bewegte er die Finger. »Alles noch dran.« Er zog sich am Ohr. »Auch die Öhrchen.«

Daniela ließ ihn auf das Sofa fallen, das nachts zu seinem Bett wurde. Ich setzte mich daneben.

»Ich hab schon die Krankenhäuser angerufen.« Sie schluchzte. Ich fühlte mich schrecklich unwohl.

»Kann ich bitte was trinken?« Mein Mund war staubtrocken.

»Guude Idee. Für mich auch ein Helles.«

Flintes Mutter füllte weinend zwei Gläser mit Wasser und reichte sie uns. Flinte spuckte das Wasser auf den Teppich.

»Buäh ... wasn das fürn Zeug?« Und dann kippte er seitlich aufs Sofa und ratzte weg.

Daniela zog sich einen Stuhl heran und nahm meine Hände. »Oscar, du bist doch ein vernünftiger Junge. Was ist mit Flinn? Ich mach mir solche Sorgen. Er redet nicht mehr mit mir, ist immer unterwegs und kommt betrunken nach Hause ... oder gar nicht.«

Ich zuckte mit den Schultern. *Vernünftiger Junge*, dachte ich. Meine Fresse. Ein *vernünftiger Junge*, der gerade Sozialstunden ableistete.

»Er feiert gern.« Mehr fiel mir nicht ein.

»Feiern? Er bringt sich doch um.« Sie weinte wieder.

Da vibrierte mein Handy. Julia.

»Sorry.« Ich ging ran. »Hi. Ja, hab ihn gef... nach Hause

begleitet.« Seine Mutter starrte mich an. »Ich melde mich gleich noch mal.« Ich reichte ihr das leere Glas. »Vielen Dank, Daniela, ich muss los. Das wird schon wieder.« Ich stand auf und tätschelte ihr unbeholfen die Schulter. Es fühlte sich mies an, sie so trostlos neben dem besoffenen Flinte sitzen zu lassen. Aber es hätte sich noch viel beschissener angefühlt, dazubleiben, mit ihr wie ein Durchblicker über meinen Kumpel zu reden und ihr scheinheilig irgendwas zu versprechen, was ich selbst nicht für realistisch hielt.

Als ich zur *Villa Sonnenschein* kam, stand Wolf am Eingang neben Hanna. Ich schaute aufs Handy. Zwei Minuten zu spät. War ja wohl im Rahmen. Und dass ich gestern gebechert und heute die Schule geschwänzt hatte, konnte er doch eigentlich noch nicht wissen, oder?

»Hallo, Oscar.« Wolf hielt mir eine Faust hin und ich erwiderte den Gruß. »Ich wollte mal sehen, wie es hier so läuft.«

Hanna lächelte mich an. Konnte also nicht so schlimm sein.

»Ich habe gehört, dass du einen neuen Freund gefunden hast.«

»Wie?«

»Süffel.«

»Ach so. Freund, na ja.«

In diesem Moment kam Keil angehechtet und bremste neben uns ab. »Jo. Der Keiler meldet sich zum Dienst.« Er hielt eine Hand zum militärischen Gruß an die Schläfe.

»Ah, da ist ja auch Herr Koslowski.« Wolf nickte vielsagend Richtung Keils Jacke. »Heute hoffentlich ohne *Putzmittel*.«

Keil warf Hanna einen vorwurfsvollen Blick zu und grummelte in sich hinein.

»Wie läuft es mit dem Esel?«

»Wenn er läuft, läuft's gut.« Keil grinste.

»Verstehe. Ihr habt noch nicht geklärt, wer von euch der Chef ist.«

»Geklärt? Da gibt's nichts zu klären.« Er boxte sich mit einer Hand auf die geschwellte Brust.

»Hm.« Ich war mir sicher, hätte der Wolf seinen Notizblock in der Hand gehabt, dann hätte er sich das jetzt aufgeschrieben. »Wann folgst du denn jemandem mit gutem Gefühl, wenn er dich anführen will?«

»Folgen? Mach ich nicht. Ich verlass mich lieber auf mich selbst.« Er tippte sich an die Stirn, als ließe sich dort der Beweis für seinen scharfen Verstand ablesen.

»Tja«, schmunzelte Hanna, »genau das tut Tempo auch. Er hat einen sehr guten Sicherheitsinstinkt und folgt nur jemandem, der ihn davon überzeugt, dass er gut führen kann und ihn keiner Gefahr aussetzt. Sonst verlässt er sich auch lieber auf sich selbst.«

»Pff. Der ist einfach störrisch … und ein Schisser.«

Jetzt holte Wolf tatsächlich einen Notizblock aus seiner Tasche. »Wirklich ein guter Spiegel«, sagte er und nickte Hanna zu.

»Hä?« Keil stampfte von einem Bein auf das andere. »Was'n für'n Spiegel?«

Weder Hanna noch Wolf gingen darauf ein, stattdessen wandte sich *die Generalin* an mich: »Oscar, du kannst dich schon mal ums Hundehaus kümmern, ja?« Hanna zeigte in die Richtung, aus der ein Bellen zu hören war. Als Keil sich sofort in Bewegung setzen wollte, hielt sie ihn zurück. »Nein, du nicht. Bleib bitte noch kurz hier.« Hanna und Wolf sahen mich an und warteten offensichtlich darauf, dass ich außer

Hör- und Sichtweite war, bevor sie das Gespräch fortsetzten.

Kaum ging ich um das Gebäude herum, hörte ich Süffel jaulen. Dabei konnte er mich noch gar nicht sehen. Sobald ich mich seinem Gitter näherte, schaltete er in den Turbo, hüpfte wedelnd herum, kläffte, winselte, sprang hoch, drehte sich um sich selbst und verfolgte erwartungsvoll und mit hochgestellten Ohren jede meiner Bewegungen. Alles an ihm schien gespannt wie ein Flitzebogen.

»Na du Süffel.« Ich hielt meine Hand an den Zaun und er leckte sie ab. Er schien sich tatsächlich irre zu freuen, mich zu sehen, was ich immer noch nicht glauben konnte, geschweige denn verstehen.

Ich öffnete die Tür und trat ein. Diesmal wartete ich nicht, bis er mich ans Gitter drückte, sondern rief *Platz*, ehe er an mir hochspringen konnte. Sofort setzte er sich auf seine vor Erregung zitternden Hinterläufe und schaute mich an wie den Erlöser höchstpersönlich. Ich musste grinsen. Nach der ganzen Kacke dieses Tages tat es gut, mal ordentlich begrüßt und nicht mit sorgenvollen Mienen und beleidigenden Worten empfangen zu werden. Ich wuschelte ihm durchs Fell und er drückte sich genüsslich an meine Beine.

»Ist scheiße, wenn einen keiner haben will, was?«

Ich schob Süffel von mir weg, um mich hinzuhocken. Schon stob er mit heraushängender Triefezunge wieder auf mich zu. Als ich ihn abwehren wollte, stieß er mich einfach um und ich brachte es nicht übers Herz, ihm zu sagen, dass auch ich ihn nicht wollte.

»Is' ja gut, Süffel.«

Er bellte ein Mal, setzte sich hin und verfolgte wachsam jede meiner Regungen. Ich streichelte ihm übers Fell und lächelte dabei unweigerlich. Verdammt. Ich kam mir vor wie ein Betrüger.

»Such dir lieber jemanden, der es ehrlich meint, jemanden, der auf deiner Seite ist und bedingungslos zu dir steht.« Ich drückte seinen Kopf an meine Brust. »Nicht so einen Loser wie mich, der alle ins Unglück stürzt.«

Ich dachte an das Herz meiner Mutter, das ich *brechen* würde, wie mein Vater es heraufbeschworen hatte. Ich dachte daran, dass ich offensichtlich den Dealer für das Scheißzeug bezahlt hatte, das Flinte nicht gut bekommen war. Ich dachte daran, dass ich Bella noch nicht geantwortet hatte, obwohl es das Erste war, was ich am Morgen tun wollte. Ich dachte an den Doktor, Dennis, den ich nie gefragt hatte, wie es ihm ging. Und ich dachte an Flinte, der immer noch davon träumte, mit mir eine Surfschule aufzumachen, und daran, dass ich es nicht schaffte, ihm zu sagen, dass unsere Träume auseinanderdrifteten wie Kontinentalplatten, nur schneller.

Süffel wedelte und sah mich immer noch an wie ein glücklicher Hund sein Herrchen. Da war erst mal nix dran zu rütteln.

»Dummer Hund«, sagte ich liebevoll und drückte mich an ihn. »Du dummer, dummer Hund.«

18

»Wo warst du? Und warum antwortest du nicht?« Bella öffnete die Gittertür und kam herein. Sofort ließ Süffel von mir ab und begrüßte sie ebenso stürmisch wie mich kurz zuvor. Das brachte mich auf eine gute Idee.

»Hey, der findet dich cool.«

»Sieht so aus. Immerhin einer.« Sie wuschelte ihm durchs Fell.

»Der sucht ein neues Zuhause.«

»Oh. Falls du an mich denkst … vergiss es. Wenn meine Eltern gläubig wären, dann würden sie der Religion der *Antiseptischen* angehören.«

»Ha, der war gut.«

Süffel kam wieder zu mir und grub sich unter meinen Arm, bis ich ihn kraulte.

»Also?« Bella ließ sich neben mich fallen. »Was ist los? Warum kommt keiner in die Schule?«

»Keiner?«

»Na, Flinte und Julia auch nicht. Nur Gwen habe ich kurz gesehen. Aber auch die hat sich merkwürdig bedeckt gehalten. Hat mir bloß das erzählt, was ich dir geschrieben habe … Sorry übrigens noch mal … Und dann hält mich eben Keil fest und faselt was davon, dass er alles im Griff habe, dabei hab ich ihn nicht gefragt. Hat der 'ne Gehirnwäsche bekommen? Oder Medikamente mit starken Nebenwirkungen? Ich hab ihn dabei überrascht, wie er einem Esel vorgeworfen hat, ihn zu mobben.« Sie langte sich an den Kopf und pfiff, was Süffel sofort in Alarmbereitschaft versetzte. Jede Sehne war gespannt, als er sich vor ihr aufstellte, und seine Läufe zitterten. »Ach, das galt gar nicht dir.« Bella strich ihm über den Kopf. »Wenn er nicht so lieb wäre, würde ich mich vor ihm gruseln. Was für ein zotteliger Riese.« Süffel hechelte wie verrückt und ein langer Speichelfaden triefte von seiner Zunge. »Übrigens, der Puschkin war auch nicht da. Die Noll hat übernommen und durchblicken lassen, dass er *unpässlich* gewesen wäre. Hm. War bestimmt besoffen.«

»Hoffentlich kriegt er keinen Ärger.«

»Was? Ich finde, er sollte unbedingt Ärger bekommen. Mensch, der ist doch eine Zumutung als *Pädagoge*. Ganz unterhaltsam, ja, aber viel lernen kann man von ihm nicht, außer über Puschkin. Der merkt nicht mal, dass er immer wieder dasselbe erzählt. Und außerdem sieht er völlig kaputt aus.«

»Bella, du bist noch sauer auf ihn, stimmt's? Weil er dir den Puschkinspruch so an die Backe gelabert hat. War zwar völlig daneben, aber es gibt Schlimmeres.«

»Ja, es gibt allerdings auch viel Besseres.«

Wir schwiegen, während Süffel an einer Hechel-Weltmeisterschaft teilnahm.

»Oscar«, Bella lockte Süffel fingerschnalzend auf ihre von mir abgewandte Seite und sah mich an, »warum bist du wieder hin?«

»Zur *Blauen Lagune?*«

Sie nickte erdenschwer.

»Zum Spaß haben? Den Scheiß vergessen? Meinem Vater eins auswischen? Mich auswischen ...« Ich musste wegsehen und schnipste mit den Fingern, damit Süffel zu mir kam. Dann versenkte ich meine Hände und Blicke in der beruhigenden Schwärze seines weichen Fells. »Stimmt's, alter Süffel? Du weißt, wovon ich spreche.«

Bellas Hand auf meinem Arm. Wie das Heranzoomen bei Google Maps, aus dem Weltall auf einen Punkt der Weltkarte, so schnurrten alle meine Sinne zielgerichtet zum Ort der Berührung und lokalisierten dort einen Brandherd.

»Oscar.«

Ich wusste alles, was sie sagen wollte, und alles, was sie gleich sagen würde. Als hätten sich über die Berührung unsere Systeme verbunden und gegenseitig Back-ups erstellt.

»Oscar.« Sie wusste es auch. »Ich …«

»Ich weiß.«

Sie zog ihre Hand schmerzlich von meinem Arm und tauchte sie ebenfalls in Süffels Fell ein, wo sie sich einen Weg durch die Zotteln bahnte, bis sie bei meiner Hand angekommen war und darauf zur Ruhe kam. Süffel wurde ganz still, schien zu wissen, dass es gerade wichtig war, sich zurückzuhalten und einfach nur da zu sein, damit zwei Suchende einen Ort hatten, wo sie zueinanderfinden konnten.

»Pssst.« Keil linste um die Ecke. »Tempo ist weg. Wir müssen ihn suchen.«

»Was? Weg?«

Bellas Hand zuckte zurück und die Verbindung brach ab wie bei einem Lan-Kabel, das gekappt wurde.

»Schsch.« Er wedelte hektisch mit einer Pranke herum. »Nich' so laut. Die Generalin schwirrt hier irgendwo rum.«

»Du musst es ihr sagen.« Bella stand auf.

»Und dann? Knast, oder was?«

Einen Moment sahen Bella und ich uns an, bis klar war, dass wir beide nicht wussten, was in so einem Fall blühte. Also halfen wir Keil und durchkämmten den umliegenden Wald. Ich hatte ihn noch nie so panisch erlebt. Der Keiler wirkte mehr wie ein Frischling, flitzte unkoordiniert hin und her und brüllte die ganze Zeit »Tempo!« durchs Unterholz. Ich dachte noch, dass der schlaue Esel eher das Weite suchen würde, wenn er die Stimme zuordnen konnte, aber da schmetterte Keil schon einen schrillen Schrei der Erleichterung in die Wipfel der Buchen und Eichen.

Wie eine Erscheinung stand Bella mit dem Eselwallach auf einer bemoosten Lichtung. Sie streichelte ihm übers Fell und er hielt still und sonnte sich.

Keil stürmte auf sie zu.

»Nein, Keil, nicht so schnell. Sonst bekommt er Angst.«

Sofort bremste er ab, stakste mit hochgezogenen Knien wie ein Storch im Sumpf auf den Esel zu und warf sich in eine Dab-Dance-Pose, als er endlich den Führstrick in der Hand hielt. »Jetzt müssen wir es nur noch zum Hof bugsieren, dieses störrische Vieh.«

»Hier wird nix bugsiert, du Testosteronschleuder.« Energisch riss Bella ihm das Seil aus der Hand. »Der Esel ist doch kein Auto mit Motorschaden. Das Einzige, was man braucht, ist *Gefühl*.« Sie setzte sich in Bewegung und Tempo lief neben ihr her, als wäre es das Selbstverständlichste der Welt.

Keil stand mit offenem Mund da. »Hey!«, rief er Bella hinterher. »Ich bezahl dich, wenn du die Ausflüge mit ihm machst. Ich führ ihn irgendwie vors Tor und du übernimmst ihn. Nach der Runde treffen wir uns wieder am Eingang. Okay?«

Bella blieb stehen und drehte sich grinsend zu mir um. »Bezahlt er dich auch fürs Ausmisten?«

»Gute Idee. Mein Konto ist nämlich gerade gesperrt.«

»Echt? Warum?«

»Weil mein Vater meinte, ich hätte die Kohle etwas zu freigiebig unters Volk gebracht.«

Schon von Weitem sahen wir Hanna und Marielena vor dem Tor stehen.

»Fuck!« Keil duckte sich ein wenig hinter den Esel, was ja vollkommen sinnlos war.

»Keil!«, rief Bella. »Komm mal entspannt neben mich.«

Sofort schloss er, immer noch halb geduckt und völlig unentspannt, auf und ließ sich von Bella den Strick in die Hand drücken. Aber als diese sich langsam zurückfallen ließ, bremste auch Tempo ab und Keil kippte fast hintenüber. Selbst aus der Entfernung musste unschwer zu erkennen sein, wer hier die Zügel in der Hand hielt. Keil jedenfalls nicht. Er unterdrückte sichtlich ein Fluchen und schaute Tempo böse an. Der Esel ging ein paar Schritte rückwärts und klappte seine Ohren nach hinten.

»*Entspannt* liegt dir nicht so, was?« Bella schnappte sich den Strick wieder.

»Aber klar, mit 'nem Bierchen kein Problem. Hier ist nur alles chillfreie Zone.«

»Du glaubst doch wohl nicht ernsthaft, dass Tempo besser auf dich hört, wenn du dich zudröhnst?«

»Na sicher. Ich werd's dir bei Gelegenheit beweisen.«

»Jetzt rette erst mal deinen Arsch«, schaltete ich mich ein, bevor Keil noch eine blödsinnige Challenge startete.

»Ihr sagt einfach, dass wir uns auf dem Weg getroffen haben. Ist doch easy.«

Hannas Mund wurde bleistiftschmal, als wir sie erreichten. »Kleiner Sonntagsausflug?«

»Joah. Die beiden wollten unbedingt mal mit dem Esel spazieren.« Keil pumpte sich auf und spannte seinen Bizeps, was Hanna jedoch nicht die Bohne beeindruckte.

»Soso. Da hat Marielena aber etwas ganz anderes gesehen.«

Keil starrte Marielena an und rang sichtlich um Fassung. Marielena blieb dagegen völlig entspannt und nickte lächelnd.

»Was sagt ihr beiden denn dazu?« Hanna schaute abwechselnd Bella und mich an.

»Ja«, meldete sich Bella, »Keils Beschreibung deckt sich auch nicht mit meiner Wahrnehmung, obwohl ich Tempo wirklich gern geführt habe.« Sie strich dem Esel übers Fell.

»Oscar?«, wandte Hanna sich mir zu.

»Äh«. Ich steckte in der Klemme. Keils Rache würde fürchterlich werden. Aber Bellas mögliche Enttäuschung wog schwerer. Außerdem kroch da ein Gefühl in mir hoch, das ich nicht für möglich gehalten hätte ... Ich wollte mich weiter um Süffel kümmern dürfen. »Keil hat uns um Hilfe gebeten. Ich war gerade mit Süffel beschäftigt ...«

»Du Lügner!« Keil stob auf mich zu und packte mich am Arm.

»Keil!«, rief Hanna streng. »Hör sofort auf, sonst war's das hier, verstanden?«

Widerwillig löste Keil seinen Mördergriff.

»Und an Tempo lass ich dich nicht mehr ran.«

Keil atmete erleichtert aus und zwinkerte mir siegessicher zu.

»Wir probieren es mal mit den Schweinen«, verkündete Hanna da.

»Was?« Keil fiel die Kinnlade herunter und seine Augen zuckten plötzlich panisch hin und her, wie aufgescheuchte Hühner. »Soll ich die etwa auch ausführen, oder was?«

»Nein, aber dich mit ihnen beschäftigen, spielen. Und natürlich ihren Stall ausmisten. Wenn das allerdings auch nicht klappt, wenn du ihnen nur ein Haar krümmst, dann ist hier absolut Sense und du kannst die restlichen Stunden woanders abarbeiten, in der Altenpflege zum Beispiel.«

Keil glotzte sie an. Er schien abzuwägen, was das größere Übel war: Schweine bespaßen oder Ärsche abputzen. Plötzlich entwich alle Luft aus seiner aufgepumpten Erscheinung und er ließ den Kopf hängen.

»Gibt's vielleicht auch Wildschweine?«, fragte er kleinlaut.

Hanna lachte auf. »Nein, sei froh! Mit Rosa und Princess hast du es sicher leichter.«

»Rosa und Princess?« Die Namen schienen Keil den Rest zu geben. Der Kopf sank noch tiefer und eine spürbare Mutlosigkeit umwölkte ihn.

»Marielena, zeigst du Keil bitte, was er zu tun hat?«

»Na klar. Komm!« Sie drehte sich um und winkte ihn hinter sich her.

Keil folgte ihr schleppend wie ein Sträfling in Ketten. Als er durch das Tor ging, drehte er sich noch mal zu mir um. Und sein Blick verhieß nichts Gutes.

Zum Glück kam Papa am Abend nicht nach Hause. Er war ja auf Geschäftsreise, musste für irgendwen bei irgendwas einspringen. War auch egal. Hauptsache, ich hatte mal Feuerpause. Mama schien noch kein gebrochenes Herz zu haben, denn sie umarmte mich wie immer und hatte den

Tisch für uns beide gedeckt. Sie zündete sogar eine Kerze an.

»Gibt's was zu feiern?«

»Ja, Bergfest … Hast du nicht heute die Hälfte deiner Sozialstunden abgearbeitet?«

»*Bergfest* war schon letzte Woche. Aber feiern kann ja nicht schaden.«

»Dann nennen wir es Talfest, denn ab jetzt geht es nur noch aufwärts.«

Mama war mein guter Stern. Ich drückte mich an sie und vergrub meinen Kopf in ihrer Halsbeuge, obwohl ich schon ein Stück größer war als sie und mich dafür ganz schön einrollen musste.

»Mama, willst du eigentlich immer noch einen Hund?«

»Oh, darüber habe ich lange nicht mehr nachgedacht. Ja, wahrscheinlich schon.«

»Es gibt da einen … großen … schwarzen … zotteligen.«

»Ah.« Sie musterte mich besorgt. »Auf deinem Hof?«

»Hm.«

»Ist das nicht ein Gnadenhof?«

»Ja.«

Die Küchenuhr klingelte.

»Die Lasagne.« Mama schien froh über die Unterbrechung zu sein und holte die Auflaufform aus dem Ofen, um sie mitten auf den Tisch zu stellen. Es roch nach *heile Welt*. Dann zog sie fünfzig Euro aus ihrer Hosentasche. »Hier. Du hast bestimmt nichts mehr, oder?«

»Danke.«

»Man sollte immer genug Geld haben, um ein Mädchen ausführen zu können«, sagte sie mit gespielt tiefer Stimme. Es war einer von Papas Sprüchen.

»Hast du keine Angst, dass ich mir die Birne damit zuknalle?«

Sie riss entsetzt die Augen auf. Ich war selbst überrascht von meinem aggressiven Tonfall. Der galt eigentlich Papa.

»Sorry.«

Da nahm Mama meine Hände. »Ich weiß, dass wir ein paar dumme Dinge gesagt und gemacht haben, dein Vater und ich. Aber ich möchte, dass du weißt, dass ich dich immer liebe, egal, was du tust.« Sie hatte feuchte Augen.

Das war zu viel. Ich zog meine Hände zurück. »Klar, Mamilein. Weiß ich doch.« Bevor ich auch noch anfing zu flennen, drehte ich mich weg. »Ich geh mal schnell für kleine Jungs.«

Im Bad schloss ich sogar die Tür ab. Machte ich sonst nie. Aber in mir drin war etwas ganz Weiches, Zartes, etwas Schutzbedürftiges. Ich musste aufpassen, dass es mich nicht wegspülte. Ich klappte den Klodeckel runter, setzte mich darauf und starrte den Fuffi in meiner Hand an. Ja, da waren durchaus einige Dinge scheiße gelaufen früher. Aber jetzt war Mama jedenfalls da. Wie eine kugelsichere Weste legte sie sich um meine Brust und gab mir den Kick Sicherheit, den ich gerade brauchte.

In meiner Hosentasche vibrierte es und ich zog das Handy heraus. Drei Nachrichten von Flinte.

Die erste:

Was ist passiert gestern? Weiß nix mehr.

Die zweite:

Meine Mutter hält dich für einen Heiligen. Dahinter ein Totenkopf-Emoji.

Die dritte:

Um acht an der Blauen Lagune!!!

Drei Ausrufezeichen in Rot. Das war keine Frage, eher ein Befehl. Ich blickte wieder auf den Fuffi. Ich wollte da heute nicht hin, an diesen gefährlichen Ort.

Wo genau liegt der Roller?, schrieb ich zurück.

»Oscar, kommst du? Das Essen wird kalt.«

»Komme.«

Kurz bevor ich die Tür aufschloss, ploppte Flintes Antwort auf, ein Screenshot von Google Maps, auf dem das Ziel rot markiert war. Das war alles. Kein Angebot, mich zu begleiten. Ich schickte ihm ein Fragezeichen. Aber das Häkchen blieb grau.

Als ich mit einem geliehenen E-Roller an der markierten Stelle ankam, sah ich erst mal gar nichts. Nur ein paar Reifenspuren auf dem Asphalt. Es war nicht einmal eine enge Kurve, sondern eine völlig übersichtliche Stelle. Ich bog ein paar Büsche zur Seite und hinter dem vierten lag das verbeulte Teil.

Meine Hoffnung, mit meinem Roller vielleicht doch noch nach Hause fahren zu können, verpuffte. Was da lag, war Vollschrott. Ein Wunder, dass Julia und Flinte nur leichte Blessuren davongetragen hatten. Das hätte auch ganz anders ausgehen können.

Also stieg ich wieder auf den E-Roller und machte mich auf den Rückweg, doch auf der Reeperbahn verendete die Batterie. Ich stellte das Teil vor einem Sexshop ab und suchte nach einem neuen. Auf dem Bordstein vor der Sparkasse saß ein junges Pärchen an zwei überquellende Rucksäcke gelehnt. Vor ihnen stand ein Pappbecher. Das Mädchen hatte die Augen nur halb geöffnet und war offensichtlich stoned. Ihr Macker hatte die Haare zu einem Zopf geflochten und rollte eine Bierdose zwischen den Händen. Ich wollte gerade vorbeiziehen, da bemerkte ich, was der Kerl an einem Lederband um seinem Hals hängen hatte. Einen Schlumpf.

»Hey, Kumpel. Alles klar?« Der Kerl sah belustigt zu mir auf.

Es war ein Piratenschlumpf mit Augenklappe und Kapitänshut.

Der Typ bemerkte meinen Blick. »Der heißeste Scheiß dieser Saison: Schlumpfketten von Dior.« Er grinste schief.

Noch immer musterte ich ihn entgeistert. Wenn man an Zeichen glaubte, dann war das eins.

»Von meiner kleinen Schwester. Ich hab ihr gesagt, ich geh auf Schatzsuche.« Sein Grinsen verrutschte und er warf die Dose in Richtung eines Mülleimers, traf sogar. »Is' schon ein Jahr her.« Dann starrte er eine Weile vor sich hin.

Ich blieb weiterhin wie angewurzelt vor ihm stehen, dachte an meine Schwester Sassi, die ich auch schon ewig nicht mehr gesehen hatte und die mir fehlte. Das hatte ich ihr aber nie mitgeteilt, weil ich immer noch sauer war, dass sie mich einfach zurückgelassen hatte. Jemand warf fünfzig Cent in den Becher.

Der Typ mit der Schlumpfkette blickte wieder zu mir auf. »Glaubst du an eine zweite Chance?« Seine Augen waren so schwarz wie die von Süffel.

»Ja«, schoss die Antwort aus mir heraus. Ich griff in meine Hosentasche, zog den Fuffi heraus und stopfte ihn in den Pappbecher. »Ja, glaube ich.«

Dem Kerl kullerten fast die Augen heraus. Er nahm den Schein und hielt ihn gegen das Licht. Ich zog weiter, ohne ihm zu sagen, dass er meinen Tag gerettet hatte.

An den tanzenden Türmen bremste ich ab und holte mein Handy aus der Tasche.

»Schwesterlein? Kommst du am Wochenende mal wieder nach Hause?«

Nach einem Umweg über einen Laden für Bastelbedarf war ich um neun wieder daheim. Flinte hatte mehrmals angerufen und eine Reihe von Nachrichten geschickt. Die letzte war ein Foto der *Blauen Lagune* gewesen, vor blutrotem Himmel. Im Vordergrund eine Bierflasche, die zu leuchten schien, da sie direkt vor der Sonne platziert war. Ich bekam sofort eine trockene Kehle, wie ein Phantomschmerz, weil etwas fehlte, etwas Kühles, Feuchtes, Prickelndes. Etwas, das meine Gedanken zum Erlahmen brachte, das mich mit anderen verband und von Einsamkeit befreite. Etwas, das mich mutiger machte und fröhlicher. So eine Art Allheilmittel. Ich versuchte, an meine Freude von eben anzuknüpfen, an den Glauben an zweite Chancen. Und weil das noch nicht reichte, zwang ich mich, an Frau Breivogel zu denken, unser letztes Gespräch. *Wie könntest du in einer ähnlichen Situation das nächste Mal anders reagieren?*, hatte sie mich gefragt.

Die Droge wirkt nur kurz, sagte ich mir. *Dann bist du unglücklicher als zuvor und hast wieder irgendwas kaputt gemacht.*

Das reichte immer noch nicht. Ich löschte das Foto von Flinte und zog meine *Notfallkarte* aus der Hosentasche, die Frau Breivogel mir laminiert hatte. Darauf stand: *Ich will nicht trinken, denn ich will die Kontrolle behalten, ohne Drogen Spaß haben und wahrhaftig fühlen.* Uff! Ich dachte immer noch an Bier. Schnell drehte ich die Karte um. *Du schaffst das,* las ich. *Du bist stark. Du brauchst das nicht.* Bier, Bier, Bier. Da stand noch, wen ich im Notfall kontaktieren konnte: Bella, Marielena, Frau Breivogel …

Fuck! Ich war noch nicht so weit. Der alte, ach so coole Oscarowitsch in mir begehrte auf, stemmte sich dagegen, ein *trockener Langweiler* zu werden. Ich verfluchte ihn, scrollte durch die Kontaktliste in meinem Handy und drückte sie weg. Dann verband ich das Smartphone mit meinem Lautsprecher, öffnete eine Playlist und rief *Going through changes* von Eminem auf. So laut es ging ließ ich die Mucke gegen die Wände knallen und tanzte wie ein Derwisch in meinem Zimmer herum. Dabei verfluchte ich brüllend meinen Vater, mein Schicksal, die Welt.

Als ich mit Eminem das letzte *I'm going through changes* geschmettert hatte, ging es mir langsam besser. Ich ließ mich schweißnass auf mein Bett fallen und spürte nach. Der Fluch war gebannt. Erschöpft, aber tatsächlich stolz auf mich, nahm ich den Einkauf aus meinem Rucksack, legte mir die flügelamputierte Engelschlumpfine und Sofortkleber zurecht und begann mit der Operation.

19

»Was war denn los gestern?«, fuhr Flinte mich an, als ich das Klassenzimmer betrat. »Lässt du mich jetzt hängen, oder was?« Er boxte mir lau gegen die Schulter.

»Ha, ich lasse dich also hängen, ja?« Zum Glück hatte ich mich auf so ein Szenario schon vorbereitet. »Und wo warst DU gestern, als ich den Roller holen wollte? Ich bin ganz allein zu dieser wahnsinnig engen Kurve gefahren und hab den Schrotthaufen gesucht. Du hast mir nicht mal gesagt, dass er nur noch aus verbeulten Einzelteilen besteht.«

»Na klar hab ich das.«

»*Sieht nicht so gut aus*, hast du gesagt. Von wegen.« Inzwischen waren alle anderen Gespräche im Raum verstummt und sämtliche Augen auf uns gerichtet. Julia und Bella waren auch schon da und setzten sich auf ihr Pult mit Blick in unsere Richtung.

»Stimmt doch. Und es schien dir ohnehin scheißegal zu sein, weil Geld in deinem Leben ja überhaupt keine Rolle spielt.« Flinte stupste mir immer fester gegen die Schulter, sodass ich zurückweichen musste.

»Natürlich spielt es eine Rolle. Aber meine *Freunde* spielen eine größere. Allerdings bin ich mir nicht mehr ganz so sicher, wer da alles dazugehört, zu meinen *Freunden*. Da gibt es zum Beispiel einen *Freund*, der sich sehr selbstverständlich alles von mir bezahlen lässt.« Ich zog die Augenbrauen so hoch ich konnte.

»Ich scheiß auf deinen Schotter, Ossy. Genau wie ich langsam auf alles scheiße, was mit dir zu tun hat. Du musst Sozialstunden ableisten und meiner Mutter spielst du vor, du wärst ein Heiliger. Ganz großes Theater.«

Ich zuckte zusammen. Außer der Clique wusste niemand von den Sozialstunden. Zwar war das Hundevideo herumgegangen, aber welche Folgen das mit sich gebracht hatte, sollte nicht nach außen dringen.

»Sozialstunden?«, fragte auch gleich der Hanswurst.

»Flinte, du bist wirklich ein Arsch«, sagte Bella, die sich neben mich gestellt hatte.

»Ah.« Flinte grinste. »Da tun sich ja ganz neue Allianzen auf.« Er zeigte abwechselnd auf Bella und mich. »Tut ihr's jetzt auch offiziell?«

Hanswurst und sein Kumpel kriegten sich nicht mehr ein vor Lachen und jubelten Flinte zu.

»Du willst jetzt sicher nicht, dass ich dir Fragen zu *deiner* Beziehung stelle, *Flinti*, dazu, wer da was *offiziell* oder *inoffiziell* tut.« Bella platzierte ihre Retourkutsche völlig cool. Ihre feste Stimme ließ nicht den Hauch eines Zweifels, dass sie hier und jetzt reinen Tisch machen würde.

Julia quiekte entsetzt, während Flinte kreidebleich wurde und seine Faust sinken ließ.

»Huiuiui«, machte die Hanswurstfraktion.

Julia zog Bella am Ärmel zu ihrem Tisch und sah sie warnend an. Nun stand ich allein in der Mitte des Raumes wie am Rand einer Gletscherspalte, die immer weiter aufklaffte. Ich musste mich entscheiden, auf welcher Seite ich stehen wollte, bevor der Spalt zu groß wurde, um noch hinüberzuspringen. Sollte ich an einer Freundschaft festhalten, die fast so alt war wie ich und mir bisher alles bedeutet hatte?

Durfte ich so etwas Großes aufgeben? Andererseits ... sollte ich mich gegen die Drehung der Erde stemmen, gegen die Fliehkräfte und gegen mein wundes Herz, das sich nicht mehr verstecken wollte? Ich dachte an Süffel, der sterben könnte, wenn er noch mehr Wodka bekäme. Ich überlegte, ob auch etwas in mir immer mehr absterben würde, sollte ich meine alten Gewohnheiten nicht aufgeben, die fast alle mit Alkohol zu tun hatten. Und dabei war Flinte mein größter Trigger. Je länger ich darüber nachdachte, desto klarer wurde mir, dass ich meine Entscheidung längst getroffen hatte, über mein blutendes Herz hinweg. Weil ich leben wollte.

»Oscar.« Bella stand wieder neben mir. »Oscar.«

Ich spürte, wie ihre warme Hand sich in meine schob und die von Keil unterbrochene Verbindung wieder hergestellt wurde. Ich nickte ihr zu, während Hanswurst irgendeinen Scheiß skandierte. Während Flinte übertriebene Lachsalven abfeuerte. Während Julias Herz stehen blieb. Während die Noll den Raum betrat und um Ruhe bat.

»Ich muss Ihnen leider mitteilen, dass Herr Meyer im Krankenhaus liegt und länger ausfallen wird. Sie haben jetzt eine Freistunde. Nächste Woche wird der Deutschunterricht wieder stattfinden, unter neuer Leitung.«

Kaum hatte die Noll das Zimmer verlassen, zog Flinte eine Flasche mit irgendeiner Mische aus der Tasche. »Freistunde! Das muss gefeiert werden.« Er setzte an, trank ein paar Schlucke und reichte das Gesöff dann demonstrativ an Hanswurst weiter. »Hier, Alter, komm auf die Pole-Position.«

Hanswurst zögerte keine Sekunde, obwohl ich ihn noch nie mit Hochprozentigem gesehen hatte, aus dem die Mische sicher zur Hälfte bestand, und obwohl die Fehde der beiden schon seit der Fünften andauerte. Aber Flintes Kumpel zu sein, bedeutete einen Aufstieg in die erste Liga und garantierte das Interesse der begehrtesten Mädels. Er setzte die Pulle an und trank in großen Schlucken, angefeuert von Flinte und ein paar anderen, die gerne mitmischen wollten, im wahrsten Sinne des Wortes.

»Cool, Alter.« Flinte klopfte ihm so anerkennend auf die Schultern, dass ich mich fragte, was es hier zu gewinnen gab. »Lass uns später breiern.« Hanswurst sah ihn fragend an. »Saufen, reiern, weiterfeiern.« Die beiden schlugen lachend die Hände ein. »Check mal die Hausbar deiner Alten. Und dann um acht an der *Blauen Lagune.*«

Der Loser in mir begehrte auf, sehnte sich nach dem seligen Zustand des Vergessens und der Anerkennung durch die trinkfesten Kumpels. Aber nun wärmte mich die Hand eines Engels.

»Und was machen *wir* heute Abend?« Bella sprach sehr laut. »Sex?«

Ich schaute sie verblüfft an. Doch da bemerkte ich den eisigen Blick, den sie Flinte zuwarf, und verstand, dass es nur Show war.

Der Abend war ohnehin längst verplant. Meine Schwester Sassi kam. Zur Begrüßung drückte sie Mama kurz an sich und verzog sich dann mit mir in mein Zimmer. Wir saßen auf meiner Bettkante, sprachen ein wenig über die vergangenen Monate, bis ich ihr die Frage stellte, die mich schon die ganze Zeit umtrieb.

»Warum bist du eigentlich so früh ausgezogen?«

Sassi warf ihre blonde Lockenmähne nach hinten und sah an die Decke. »Ich hab’s nicht mehr ausgehalten. Papas

Scheiß, Mama, die sich alles gefallen lässt … Und du, den Papa immer gepusht hat. Oscar hier und Oscar da. Ich hab kaum Luft bekommen. Und dann hab ich Papa auch noch mit Tana erwischt. Erinnerst du dich an sie? Austauschschülerin aus Kanada? Gerade mal achtzehn. Erst hab ich gesoffen. Hat aber nicht wirklich was verändert, es ging mir nur immer schlechter. Und dann hatte Miu die grandiose Idee, mit mir zusammenzuziehen. Das war die Erlösung. Du musst endlich mal zu uns kommen, ja?« Sie strahlte mich so offen an, dass es fast schmerzte. Wir hatten uns schon sechs Monate nicht mehr gesehen! »Also«, Sassi zeigte auf mein Kackhaufen-Emoji-Kissen und zog eine Augenbraue hoch, »was ist los?«

Ich dachte an den Kerl mit dem Piratenschlumpf. »Du hast damals echt viel gesoffen und Papa fast irre gemacht. Dieser Kontrollfreak will ja immer alles in der Hand haben. Aber an dir hat er sich die Zähne ausgebissen. Du hast einfach gemacht, was du wolltest.« Ich knetete auf einem lachenden Smileykissen herum. »Ich hab dich dafür so bewundert. Du warst meine Heldin.«

Sassi rückte näher an mich ran. »Ach Brüderlein, dabei war ich so verzweifelt, hab um Papas Liebe gerungen. Und als das nichts wurde, war ich nur noch auf Krawall gebürstet. Mama war wie ein fahler Schatten von ihm. Hatte keine eigene Meinung. So wollte ich nicht werden.« Sie warf mir den Kissenkackhaufen in den Schoß. »Hör mal, Mama hat mir das mit den Sozialstunden erzählt und von dem Hund. Weißt du, was das Erste war, das ich gedacht habe?« Sie machte eine bedeutsame Pause und seufzte schwer. »Ich hab gedacht: Das ist meine Schuld. Weil ich einfach weggegangen bin und dich in diesem Geisterhaus zurückgelassen habe.«

»Na ja, dafür hab ich deinen Platz eingenommen, krawall- und sauftechnisch.«

Sassi drückte mich an sich und ihre lustigen blonden Korkenzieherlocken wuselten herum und kitzelten mich am Hals.

»Und das da?« Sie löste sich von mir und zeigte auf mein Regal, in dem die von mir bearbeitete Engel-Schlumpfine stand.

»Gehört mir nicht … hab's nur repariert.«

»Aha.« Sassi musterte mich belustigt. »Soso.«

Ich pikste sie in die Seite, dort, wo sie besonders kitzelig war, und sie stieß mich kreischend zurück. Dann rächte sie sich mit einer Korkenzieherlockenattacke, drückte mich auf meinem Bett in die Kissen und ließ ihre Haare über mein Gesicht tanzen. Wir balgten herum wie damals, als ich in ihrem Tagebuch gelesen hatte, dass sie in Miu verliebt war, und sie damit aufgezogen hatte. Irgendwann ließen wir uns erschöpft und glücklich nebeneinander auf die Matratze fallen und starrten an die Decke.

»Ich hab dich so vermisst, Brüderlein.«

»Ich dich auch, Mistbiene.«

20

Zum ersten Mal freute ich mich auf den Nachmittag, die *Villa Sonnenschein*, Süffel. Ich freute mich sogar ein bisschen darauf, Keil bei den Schweinen zu besuchen, obwohl ich noch nicht wusste, was mir blühte, nachdem ich in der *Operation Tempo* nicht zu ihm gehalten hatte. Und was das Verblüffendste war: Sogar die Suchtberatung war heute okay gewesen, denn ich hatte von meinen Erfolgen berichtet und Frau Breivogel endlich eine Liste der Maßnahmen präsentiert, die ich anwenden konnte, wenn der Suchtdruck mich überflutete. Wie ein Irrer zu *Going through changes* tanzen und dabei alles rausbrüllen, was mich ankotzte, stand schon mal ganz oben auf der Liste.

Keil und ich trudelten gleichzeitig ein. Meine gute Laune schien ihm nicht geheuer, denn er hielt ein wenig Abstand.

»Ich muss«, sagte er schließlich. »Die Prinzessinnen. Du weißt schon.« Er hielt die Hände weit auseinander, den Umfang der Säue ermessend. »Bis später.« Dann streifte er sich die Gummistiefel über und machte sich davon.

Kein Wort zum Vortag. Das ermutigte mich, ihm einfach zu folgen. Er drehte sich um.

»Hey. Was'n los?«

»Nix.«

»Und Süffel?«

»Gleich.«

Nach diesem fast schon normalen Gespräch öffnete Keil

seufzend die Stalltür zu den Säuen und griff sich die Mistgabel, die an einem Haken an der Wand hing. Plötzlich fuhr er zu mir herum.

»Hey, wenn du auch nur ein Foto machst, bist du tot, verstanden?«

»Aye, aye.«

»Was grinst du denn so, du Spacken?«

»Stelle mir gerade vor, wie das klingen würde: *Oscar F., ermordet vom Keiler mit einer Mistgabel im Saustall der* Villa Sonnenschein.«

Nun grinste auch Keil. »Und Zeugen waren die fetten Säue Rosa und Princess.«

Eine der Säue horchte auf und quiekte. Keil und ich schlugen lachend die Hände ein.

»Oh, macht ihr gerade ver-*sau*-te Witze?« Marielena lehnte plötzlich neben uns am Zaun.

»Sozusagen.« Ich umarmte sie zur Begrüßung.

»Warst du schon bei Süffel?«

»Noch nicht.«

»Dann komm mal lieber mit. Er ist krank.«

»Was?«

»Er hatte so komische Zuckungen und isst nichts mehr. Der Tierarzt ist gerade da.«

Sofort stürzte ich voraus Richtung Hundehaus – wo kein Süffel zur Begrüßung bellte oder winselte.

»Die sind drinnen.« Marielena öffnete mir die Tür zum Innenbereich.

Dort lag Süffel auf einem Tisch, daneben Hanna, die seinen Kopf hielt. Die Augen des Hundes waren nur halb geöffnet. Der Tierarzt horchte ihn gerade ab. Als ich mich neben Hanna schob, machte sie mir den Platz frei und ich nahm

Süffels warmen Kopf zwischen meine Hände, drückte meine Wange an ihn.

»Süffel, ich bin da. Halt durch.«

Der Tierarzt nahm das Stethoskop ab. »Hm. Ich vermute, er hat eine akute Leberinsuffizienz. Er braucht eine Schonkost, die die Leber entlastet. Ich werde einen genauen Ernährungsplan erstellen. Und es wäre gut, wenn er Ruhe hätte. Im Hundehaus ist das natürlich schwer.« Er blickte Hanna an, die wiederum mich anblickte.

»Hast du eine Idee, Oscar?«

»Ähm. Vielleicht bei uns zu Hause?« Ich bereute meinen Vorstoß sofort. *Papa*, dachte ich. *Polly*, dachte ich. Aber es war schon zu spät.

»Sehr gut. Süffel hat einen Narren an dir gefressen. Es wäre sicher hilfreich für seinen Genesungsprozess, wenn er in deiner Nähe sein könnte.«

»Ich komme auch vorbei, wenn du mal Hilfe brauchst.« Marielena tätschelte mir den Arm.

»Das ist nett«, sagte Hanna zu ihr. »Ich werde Oscar aber auch einige Sozialstunden erlassen, wenn er sich zu Hause um Süffel kümmert.«

»Ah, gut. Nur muss er ja auch Hundefutter kaufen und in die Schule gehen.«

»Süffel muss nicht permanent betreut werden. Aber er sollte Ruhe haben und sein Futter bekommen.« Der Tierarzt wandte sich an mich. »Und wenn sich sein Zustand verschlechtern sollte, dann ruf mich direkt an.« Er zog ein Kärtchen aus seiner Kitteltasche und reichte es mir. »Wunderbar«, meinte er und kraulte Süffel das Zottelfell. »Wie schön, dass er wieder ein Herrchen hat. Ich hab diesen Hund schon verarztet, als er noch Balu hieß und in einem goldenen Käfig lebte, in dem sich niemand so richtig um ihn gekümmert hat.« Der Doktor klopfte mir anerkennend auf die Schulter.

»Ja, wer einem Hund einen Namen gibt …«, meinte Hanna mit einem wissenden Lächeln.

Der Doktor zog eine Packung Medikamente aus seiner Arzttasche und reichte sie mir. »Eine Tablette am Tag unter das Futter gemischt reicht.« Er packte seine Instrumente ein, verabschiedete sich und ging gemeinsam mit Hanna hinaus.

Ich betrachtete die Schachtel in meiner Hand.

»Ist ein gutes Zeichen«, sagte Marielena aufmunternd. »Dass sie dir das zutraut. Normalerweise lässt sie ihre kranken Tiere nicht aus den Augen. Ach übrigens, bevor ich es vergesse«, sie zog einen gefalteten Zettel aus der Hosentasche und gab ihn mir, »eine Einladung zu meinem Geburtstag. Und bring Bella mit.« Liebevoll strich sie Süffel über das Fell. »Wie bringst du ihn nach Hause? Kann dich jemand abholen oder soll Hanna dich fahren?«

»Äh …« Ich hatte das Gefühl, als sei gerade ein Orkan über mich hinweggefegt. Nichts war mehr da, wo es hingehörte. Ich würde mich also zu Hause um Süffel kümmern. Papa würde ausrasten, wenn er wiederkam. Aber das war mir inzwischen egal. Da konnte er wenigstens mal sehen, was es bedeutete, *sich zu kümmern.* Immerhin hatte ich nun Sassi wieder auf meiner Seite.

Ich faltete den Zettel auseinander. Der Text war kopiert, nur mein Name war mit Goldstift eingetragen worden. Und dahinter, etwas kleiner, der von Bella.

Lieber Oscar, liebe Bella,

ich werde sechzehn und lade ~~dich~~/euch herzlich zu meiner Feier ein.

Am Freitag in der Piratabucht vor dem Elbecamp am Strand. Es wird eine Piñata und ein Lagerfeuer geben. Ich freue mich, wenn ~~du~~/ihr ~~kommst/~~kommt.

~~Deine~~/Eure Marielena

Dahinter ein Totenkopf.

Ich schüttelte unweigerlich den Kopf. Diese Einladung klang wie die zu einem Kindergeburtstag.

»Was ist?« Zwischen Marielenas Augenbrauen hatte sich eine Falte gebildet. »Du guckst so komisch.«

»Nein, äh … Also, das ist nett. Ich schau mal, ob's passt, ja?«

»Hm. Und es wäre toll, wenn ihr etwas zu Essen mitbringen würdet, vielleicht Gemüsespieße für den Grill.«

»Jep. Ich besprech das mit Bella.«

»Gut … Und was ist nun mit Süffel?«

Als Hanna den Lieferwagen vor unserer Haustür parkte, pfiff sie durch die Zähne. »Na, das sieht ja auch nach einem *goldenen Käfig* aus.« Sie legte mir eine Hand auf die Schulter. »Ich hoffe, du bist dir deiner Verantwortung bewusst, Oscar. Ich vertraue dir.«

Wir stiegen aus und ich öffnete die Haustür, damit wir all die Dinge hineintragen konnten, die Süffel in nächster Zeit brauchen würde: seine Decke, Näpfe, Leine, Geschirr, Bürste, Futter für die ersten Tage, Medikamente. Dann führte ich Süffel am Halsband ins Haus. Er konnte schon wieder laufen, war aber sehr schwach.

»Du lieber Himmel.« Mama war da. »Was soll … was ist …? Das ist doch der …« Verwirrt lief sie auf Süffel und mich zu, blieb aber in einigem Abstand stehen.

Hanna ging zu ihr und gab ihr beherzt die Hand.

»Hallo, ich bin Hanna. Oscar hat sich glücklicherweise bereit erklärt, unseren Patienten hier eine Weile zu pflegen.« Sie zeigte auf Süffel und klopfte mir dann auf den Rücken. »Die beiden sind schon dicke Freunde, sicher wird sich Süffel hier gut erholen.«

»Dicke Freunde?« Mamas Mund stand offen. Sie ließ den schwarzen Zottelriesen nicht aus den Augen und machte noch einen halben Schritt rückwärts. »Aber Oscar, Papa wird ...«

»Was Papa wird, zählt jetzt nicht«, unterbrach ich sie. »Süffel ist krank und ich werde mich um ihn kümmern. Basta.«

Das fühlte sich gut an. Ich führte Süffel in mein Zimmer und ließ die beiden Frauen stehen. Neben dem Bett hatte ich schon die Decke ausgebreitet. Süffel schnüffelte ausgiebig daran und schaute dann zu mir.

»Mach Platz«, sagte ich sanft.

Noch einmal schnupperte Süffel an der Decke, drehte sich im Kreis um sich selbst und legte sich schließlich hin.

Nun war ich also Hundepfleger, hatte keinen besten Kumpel mehr, dafür Bella, was auch immer das mit ihr werden würde, und war auf eine Art Kindergeburtstag eingeladen. Hanswurst hatte mich aus der Pole-Position gekickt. Nur wohin? Der Raum fühlte sich merkwürdig luftleer an. Beziehungsweise füllte er sich mit etwas Neuem, mir Fremdem. Ich nahm die Erinnerungen an meine Zeit mit Flinte von der Wand und betrachtete die feinen Umrisse, die sie auf der Tapete hinterlassen hatten. Wie lange würde ich diese Leere aushalten?

Die Wölfe heulten. Ich nahm den Anruf an.

»Oscar, kannst du mir mal sagen, was los ist?«

»Hi, Gwen. Was meinst du?«

»Der Bellmann und Flinte?«

»Und du und Keil?«

»Uh, sprich nicht von diesem Fehltritt. Der muss mir irgendwas eingeflößt haben. Ist jedenfalls Vergangenheit. Greg heißt meine neue Errungenschaft. Aber jetzt lenk nicht ab. Was ist los?«

»Die Kontinentaldrift.«

»Hä?«

»Die Platten haben sich verschoben. Vulkanausbruch. Tsunami. Alles neu.«

»Und Julia? Die ist hier gestern reingetorkelt und hat erst mal in unseren Flur gekotzt. Hat gesagt, Flinte will, dass sie sich zwischen ihm und Bella entscheidet. Und dich hat er wohl zu Bella sortiert. WTF?«

»Flinte ist gerade schräg drauf. Er hält sich für den Nabel der Welt. Leider driften alle von ihm weg. Hat Julia gesagt, was sie tun will?«

»Gesagt nicht. Ich fürchte, sie hat sich für eine dritte Möglichkeit entschieden: Saufen.«

»Wo ist sie jetzt?«

»Liegt hier auf meinem Sofa und möchte Moët.« Gwen lachte empört auf. »Prinzessin Julietta träumt wohl vom Hochadel.«

Dieser scheiß Moët, mit dem gefühlt alles angefangen hatte, aus dem Ruder zu laufen. Nein, eigentlich hatte es schon viel früher angefangen, als Sassi sich die erste Pulle aus unserem Kühlschrank geklaut und saucool zu Papa gesagt hatte: *Auf den Vater, den wir liebten, und den Despoten, den wir kriegten.* Natürlich war Papa ausgerastet. Aber Sassi hatte schon eine unsichtbare Wand errichtet, von der alles abprallte, was er ausschied. Sie schien unverletzlich, wie sie da stand, die Flasche eine in die Höhe gereckte Trophäe, die Fahne der Freiheit. Dass die Polizei Sassi damals im Morgengrauen bei uns abgeliefert hatte, völlig hacke, mit zerbeultem Fahrrad und 'nem deftigen Bußgeldbescheid, war auch eher ein Zeichen von Größe gewesen, vor allem, weil sie es geschafft hatte, Papa sprachlos zu machen. Aber das sah ich inzwischen anders.

»Hast du ihre Mutter angerufen?«, fragte ich Gwen.

»Ich? Nee.«

»Solltest du aber. Beichten ist wirklich das kleinere Übel.«

Süffel pienzte.

»Heulst du?«

»Nein. Das ist *der blaue Hund.*«

»Der, den ihr abgefüllt habt.«

»Jep.«

»Warum ist der denn bei dir?«

»Lange Geschichte. Er heißt übrigens Süffel und ist wieder trocken. Die Anonymen Alkoholiker glauben an ihn. Ich helfe ihm gerade dabei, wieder Fuß zu fassen im Leben.«

»Na, da hat er ja den Richtigen gefunden.« Gwen lachte.

Ich streichelte Süffel über sein Zottelfell. »Damit könntest du gar nicht so falsch liegen.« Und da zog ich Marielenas Einladung aus meiner Hosentasche, faltete sie auseinander und pinnte sie an die Wand, über das staubige Quadrat, das Flintes Bierdeckel darauf hinterlassen hatte. Es wirkte etwas trostlos und ich war mir nicht sicher, ob ich es vielleicht bereuen würde. Aber ich machte ein Foto von der Einladung und schickte es Bella.

21

Das Gartentor schloss leise wie ein schnurrendes Kätzchen. Hanna hatte es für eine gute Idee gehalten, die Reparatur des Tores für meinen letzten Tag aufzuheben, damit ich dann, selbst runderneuert, durch diesen intakten Ausgang in mein frisches Leben schreiten würde. Oha. Sie tat auch richtig feierlich, stellte sich mit Marielena neben mir auf und winkte Keil heran, der noch ein paar Tage vor sich hatte. Dieser schlappte widerwillig in verdreckten und scheinbar tonnenschweren Gummistiefeln mit einer Schubkarre heran und setzte eine preisverdächtige Leidensmiene auf.

»Oscar«, hob Hanna an. »Du bist einen mutigen Weg gegangen, hast dich auf Neues eingelassen und deinen inneren Schweinehund überwunden. Alles Gute für dein weiteres Leben.« Sie überreichte mir eine goldene Leine. »Die ist für dich, damit du deinen Retter gebührend führen kannst.« Keil scharrte unruhig mit den Stiefeln. »Und ein Glas *Villa Sonnenschein*-Honig.« Sie gab mir das Honigglas, das in buntes Papier und eine rote Schleife gewickelt war.

»Cool, Bienenkotze in Geschenkpapier«, meinte Keil grinsend.

»Keil«, Hanna drehte sich lächelnd zu ihm, »du hast den Esel in dir zwar nicht entdeckt, aber du bist dabei, dich mit dem Schwein in dir anzufreunden. Großartig.« Sie klopfte ihm auf den Rücken.

Wortlos wandte Keil sich um und stampfte mit seiner

Schubkarre voller Mist davon. Irgendwie tat er mir leid. Dabei hatten wir ja eine gemeinsame Geschichte und ich war kein besserer Mensch als er, nur weil ich ein paar Tage früher meine Sozialstunden abgearbeitet hatte.

»Oscar«, Hanna zog an der goldenen Leine, die ich in den Händen hielt, »Keil ist auch auf dem Weg.« Konnte sie Gedanken lesen? »Ich fürchte nur, er wird noch ein paar Umwege nehmen.«

»Aber die Schweine … Ich meine, ein Hund ist ein anerkanntes Haustier, also nicht ungewöhnlich, sich damit zu beschäftigen. Aber mit Schweinen …«

»Weißt du was, Oscar? Ich habe auch mal zu viel getrunken. Und mir haben Schweine das Leben gerettet.«

»Wirklich?«

»Ja. Ich steckte in einer unguten Ehe fest, aus der ich mich nur wegsaufen konnte, weil ich nicht fähig war, einen anderen Weg zu sehen. Dann hatte mein Mann diesen Unfall, bei dem ein Schweinetransporter umgekippt ist. Fünf Tiere haben überlebt, waren aber schwer verletzt und sollten umgebracht werden – weil Schweine es uns offensichtlich nicht wert sind, sie aufwendig zu behandeln. Doch als ich ihnen in die Augen gesehen und erkannt habe, dass sie es sehr wohl wert sind, dass sie fühlende, liebende Wesen sind, da wurde mir klar, dass ich wie eines von ihnen war. Mit dem Unterschied, dass ich meine Verletzungen im Inneren trug und es mir selbst nicht wert war, mich darum zu kümmern. Lieber habe ich mich betäubt. Und als ich das verstand, da hab ich meinen Mann verlassen und mich der Schweine angenommen. Und jetzt sieh mich an. Ich bin happy und trocken.« Sie breitete die Arme aus und strahlte wie ein Weihnachtsengel. Ich musste an Mama denken. Ob sie mit Schweinen wohl auch glücklicher wäre als mit Papa? Oder mit Hunden?

Hanna zog einen kaputten Besen aus dem Gebüsch neben uns und warf ihn auf einen Haufen Gerümpel. »Tja, nur die Spenden sind etwas mau. Wir bräuchten längst neue Gerätschaften und mehr Geld für Futter.«

Meine Gedanken wanderten zur alten Frau Bronner, meinem selbsternannten *Sozialprojekt.* Vielleicht war es an der Zeit für eine Veränderung.

»Wenn ich wieder Geld kriege, dann ...«

»Nein, nein, Oscar!«, winkte Hanna ab. »Ich bin so froh, dass du dich um Süffel kümmerst. Da fallen ja auch Kosten an, vor allem Tierarztkosten.«

»Immerhin spare ich jetzt auch eine Menge.« Ich tat so, als würde ich ein Bier öffnen und es an den Mund setzen.

»Ja.« Hanna zog an der goldenen Leine. »Und mit einem trockenen Süffel an der Seite geht es bestimmt leichter.«

Aber die Schule war ein komplizierter Ort geworden. In der Klasse herrschte Anarchie und der Hanswurst hatte Oberwasser, seit Flinte ihm wohlgesonnen war. Julia trieb zwischen den Gruppen hin und her wie ein loses Blatt im Wind, mit Fähnchen. Bella dagegen blühte auf wie eine Rosenknospe und überstrahlte alle, was wiederum Flinte dazu veranlasste, keine Gelegenheit auszulassen, um sie zu dissen. Denn eine nüchterne Schönheit gefährdete seine Maxime, wonach der Obergockel die heißeste Henne im Stall hatte und diese sicher keine *Spaßbremse* war.

»Um acht an der *Blauen Lagune*«, verkündete Flinte gerade Richtung Hanswurst-Fraktion, aber laut genug, dass jeder es hören konnte. Julia zog er dabei energisch an seine Seite.

Ich war inzwischen an einen leeren Tisch in der letzten Reihe umgezogen, während Julia nun stundenweise auf meinem alten Platz saß. Aber sie schien sich neben Flinte aufzulösen und ihre Zauberaugen verloren jeglichen Glanz.

»Julia.« Bella stellte sich auf ihre freie Seite. »Du kannst auch einfach mit zu Marielena kommen. Eine Party vorm Elbecamp am Strand, ohne Vollrausch. Mal was Neues.« Sie warf Flinte einen vernichtenden Blick zu.

»Ha«, lachte der, »die *Sober Society* trifft sich, was?«

»Hey, die wichtigsten englischen Wörter hast du ja tatsächlich drauf«, konterte Bella und wandte sich dann an mich. »Gar nicht so schlecht, was? *Sober Society?*«

Ich nickte zaghaft. Der Schlagabtausch zwischen den beiden löste bei mir ein Gefühl der Enttäuschung aus, denn die Hürden für irgendeine neue Form von Gemeinschaft, die Flinte einschloss, wurden immer höher. Dabei hatte ich immer noch nicht aufgehört, daran zu glauben, dass es doch möglich wäre, Frieden zu schließen.

Bella hatte Julia gerade an ihren Tisch gezogen, da ging die Tür auf und der Melzer kam herein, im Schlepptau einen Typ in unserem Alter, der schüchtern in die Runde grüßte.

»Dennis!«, kiekste Bella und der Typ lächelte ihr zu.

Dennis? Ich richtete mich auf und starrte den gut aussehenden Kerl an, dessen kurze Haare frisch frisiert waren und der ein lässiges Hemd über der ebenfalls lässigen Jeans trug. Meine Fresse! Das war tatsächlich der Doktor.

»Ah, einige kennen ihn sicher«, sagte der Melzer. »Das ist Dennis Mehlhorn, der nach den Ferien wahrscheinlich in eure Stufe kommen wird. Willst du was sagen, Dennis?«

Dennis schüttelte den Kopf.

»Okay. Also, nehmt ihn herzlich auf. Er war eine Weile

krank und wiederholt deshalb die Elfte. Heute ist er als Gast hier.«

»Cool«, sagte Flinte und winkte ihn zu sich. »Komm, Alter, hier ist ein Platz frei.«

Da regte sich plötzlich etwas in Dennis Miene und er blickte ein wenig hilflos zum Melzer.

»Ah, genau.« Der Melzer legte ihm vertraulich eine Hand auf den Rücken. »Es wäre gut für Dennis, wenn ihr ihm etwas Zeit lasst, anzukommen. Am besten setzt er sich erst mal allein an einen Tisch.« Der Melzer schaute zu mir. »Oscar, könntest du dich bitte neben Flinn setzen?«

»Was ist das denn für ein Shit?« Flinte, der eben noch gekippelt hatte, ließ seinen Stuhl laut auf den Boden knallen. »Hey Dennis, wir sind doch gute Kumpels!«

»Flinn!«, mahnte der Melzer. »Keine Diskussion!«

Ich hatte also keine Wahl, packte meine Sachen zusammen und zog zu Flinte um, der demonstrativ sein Zeug an den Rand des Tisches schob, als ob ich es kontaminieren könnte. Dennis ging still an seinen Platz.

»So«, Herr Melzer schob das Smartboard hoch, »wir machen heute einen Exkurs in die Welt der Tierforschung und zwar in die der Ratten.« Ein paar Mädchen quiekten entsetzt. »Ihr werdet es nicht glauben, aber das sind ganz schön schlaue Tiere. Und sie werden uns sicher überleben. Zumindest die stärksten.« Er machte eine Pause, in der er seinen Blick langsam über die Klasse schweifen ließ. Mir kam der Verdacht, dass der Vortrag heute nichts mit dem Lehrplan zu tun hatte.

Flinte klopfte sich auf die Brust. »Das wird bei den Menschen ja nicht anders sein.« Er schubste mich und ich kippte fast vom Stuhl.

»Ja, da dürftest du sogar recht haben«, stimmte der Melzer ihm zu und zeigte ein Foto von einer Ratte. Die Mädchen quiekten wieder. »In einem Laborversuch wurde belegt, dass Rattenkolonien in der Regel ein dominantes Männchen haben, sozusagen den Rattenkönig.«

Flinte gockelte herum, schwellte die Brust und zeigte auf sich selbst.

»Dieser Rattenkönig ist knallharter Abstinenzler.«

Sofort verzog Flinte das Gesicht. »What? Was ist das denn für ein Märchen?«

»Flinn, es reicht jetzt. Wenn du was zu sagen hast, dann melde dich bitte … Also, das ist wissenschaftlich belegt. Der Chef muss ja den Überblick behalten, um die Kolonie zu beschützen. In der Regel sind die rangniedrigsten Rattenmännchen die größten Säufer. Sie haben nichts zu melden und versuchen daher, ihre Sorgen in Alkohol zu ertränken und ihre Nerven zu beruhigen.«

Linda meldete sich. »Kann man das denn auf Menschen übertragen?«

»Ich denke schon. Wer betrunken ist, kann ja schlecht auf andere aufpassen, oder?«

»Und unterrichten.« Damit spielte Linda natürlich auf Puschkin an, der bis zu den Ferien beurlaubt war.

»Ja«, lachte der Melzer bemüht. »So. Jetzt nehmen wir mal Wodka als Beispiel, Lieblingsgetränk unserer Laborratten.« Er blendete das Etikett einer Wodkaflasche ein. »Der hat vierzig Volumenprozent Alkoholgehalt.«

Ich schielte zu Dennis, der gebannt das Smartboard anstierte.

»Und jetzt gebe ich euch eine Formel, mit der ihr den Alkoholgehalt in Gramm errechnen könnt …«

Dennis wurde immer blasser. Ich dachte daran, wie ich auf den Bierschlumpf reagiert hatte. Wie musste es Dennis da erst gehen, wenn er eine Flasche Wodka sah, ehemals sein Leib- und Magengesöff? Nicht mal mich ließ das Bild kalt, obwohl ich die hochprozentigen Sachen ja noch nie besonders gemocht hatte. Aber: Wodka = *Blaue Lagune* = Sprit jeglicher Art = Wegbeamen.

»Herr Melzer!«

»Herr Fontane. Wollen Sie uns das Ergebnis mitteilen?«

»Nein, ich will Ihnen mitteilen, dass es Probleme mit dem Smartboard gibt. Einen Laptop hat es schon gekillt. Irgendein Kurzschluss oder so.«

»Oh. Wirklich?« Der Melzer stöpselte sofort seinen Computer ab und das Bild der Wodkaflasche verschwand wie ein böser Geist. »Es geht auch ohne.«

Zum Glück hatte Flinte so oft gefehlt, dass er keine Einwände erhob. Auch die anderen tuschelten nur leise miteinander und manche musterten mich verwundert, doch niemand meldete sich. Bella warf mir einen Kuss zu. Ich drehte mich zu Dennis um, der wieder atmete und Farbe bekam, dabei aber gebannt auf einen Zettel in seiner Hand blickte. *Notfallkarte*, dachte ich. Und allein der Gedanke daran, dass es ihm genauso ging wie mir, beruhigte mich ungemein. Zwei trockene Kämpfer waren stärker als einer.

In der Pause wollte ich gleich zu ihm, aber Flinte war schneller und drückte den *alten Dr. Korn* an sich, als wäre er gerade aus einem Kriegsgebiet heimgekehrt. Wahrscheinlich traf das auf sein inneres Schlachtfeld sogar zu. So eine Drogenklinik stellte ich mir grauenvoll vor, mit Gittern vor den Fenstern und gepolsterten Wänden, damit man die Schreie draußen nicht hören konnte.

»Mensch, Alter, du kommst gerade rechtzeitig zur großen Abschiedssause vor den Ferien. Heute Abend ist die Auftaktveranstaltung.« Die Hanswurst-Fraktion schloss auf. »Da kann ich dir ja gleich unsere Bestellung mitgeben. Kohle folgt natürlich.«

»Nein.« Dennis, der fast einen Kopf größer war als Flinte, blickte auf ihn herab.

»Wie, nein? Kannste nich', oder was?«

»Genau.« Dennis hielt einen Zettel in die Höhe. »Hab schon eine Einladung.«

Flinte griff nach dem Zettel und las, wobei er sein Gesicht verzog, als könnte er die Schrift kaum lesen. Dann sah er wieder Dennis an. »Echt jetzt?«

»Echt jetzt.«

»Aber dir ist schon klar, dass die dem Spaß abgeschworen haben?«

»Quod erat demonstrandum.«

»Ist das ein Trinkspruch?«

»Was zu beweisen wäre.«

»Na, dann check das mal aus und morgen sehen wir uns dann wieder an der *Blauen Lagune*, wetten?«

Flinte knüllte den Zettel zusammen, warf ihn auf den Boden und winkte sein Schattenkabinett hinter sich her aus dem Klassenraum. Dabei nahm er Julia an der Hand und zog sie mit sich. Dennis hob den Zettel wieder auf und faltete ihn auseinander.

»Mensch, Dennis, schön, dass du wieder da bist.« Ich blickte in seine grünen Augen, die ich so selten gesehen hatte, weil immer ein paar fettige Strähnen sie verdeckt hatten.

»Ja. War 'n knappes Höschen.« Er grinste und sein Goldener glänzte vertraut.

»Muss schrecklich gewesen sein, in der Klinik.«

»Nee, im Gegenteil. Hab echt coole Leute kennengelernt und ein paar üble Dinge … beerdigt.« Nachdenklich schaute er aus dem Fenster.

Ich dachte an seine Mutter und fragte mich, wie man wohl den Tod beerdigen konnte. »Wie geht's deinem Vater?«

»Gut. Und deiner Mutter?«

»Auch gut. Wir haben jetzt einen neuen *Herrn im Haus*, den blauen Hund. Erinnerst du dich?«

»Klar. Wir sind auf dem Laufenden.«

»Woher weißt du …? Und wer ist *wir*?«

»Meine Klinik-Buddys. Basti und Imara, auch aus Hamburg. Kann ich die vielleicht heute mitbringen?«

»Klar.« Bella kam zu uns und grinste mich an. »Zur *Sober Society*.« Es klang wie die Ankündigung für einen Show Act. »Ich hab Dennis während der Stunde eine Nachricht geschrieben«, sie zeigte auf den Zettel in seiner Hand, »und ihn eingeladen. Das mit Süffel kam aber nicht von mir.«

»Nein, Gwen hat meinen Vater auf dem Laufenden gehalten.«

»Ah … äh … also … Dennis«, an den Namen musste ich mich erst noch gewöhnen, »ich würd mich echt freuen, wenn du mitkommst, aber es ist ja nicht unsere Party.«

»Ich habe Marielena längst gefragt. Wir dürfen gerne Freunde mitbringen. Sie betonte *Freunde*.«

»Na dann.« Ich drückte Dennis' Arm. »Ich fänd's cool.«

»Und soll ich was zu trinken besorgen?« Als Bella und ich uns irritiert ansahen, prustete Dennis los. »O-Saft, Coke, Apfelschorle? Alles, was Volljährige halt kaufen dürfen.«

»Na klar. Fruchtschorlen kommen krass gut. Wir werden den Checker arbeitslos machen.«

»Oh, um die *Blaue Lagune* mache ich eh einen großen Bogen.«

»Dito. Wir können ja mal die *Piratabucht* checken.« Bella hielt sich ein Auge zu und grinste. »Vielleicht taugt der Platz ja als neuer Treffpunkt. Und das Einzige, was dann blau ist, sind die Etiketten der Sprudelflaschen.«

»Also richtig *sober*, die *society*?«

»Na ja, ehrlich gesagt sind bestimmt nicht alle so trocken wie ich gerade.« Ich sprach etwas leiser, um sicherzugehen, dass uns niemand belauschte.

»Und ich«, tönte Bella laut und hakte sich bei mir unter. »Ich bin co-unabhängig.«

»Aber die *Piratabucht* könnte vielleicht die *Chill Zone* für ehemalige Alkis, Doktoren und ihre Angehörigen werden, hundert Prozent triggerfrei. Nicht so ein Sündenpfuhl wie diese Schule.« Ich nickte Richtung Smartboard.

Dennis lachte. »Flinte macht wohl nicht mit, was?«

Wir schüttelten beide den Kopf. Während Bella dabei freudig lächelte, betrübte mich die Tatsache. »Der versucht, den Beweis dafür zu liefern, dass der Rattenkönig mit Sicherheit der größte Säufer ist.«

»Ja, er hält sich an der Macht, indem er seine Untertanen betäubt.« Bella seufzte. »Ich mach mir Sorgen um Julia. Die trinkt inzwischen auch unter der Woche.«

»Sie kommt also auch nicht?«

»Nein. Der blaue Rattenkönig ist stärker.«

Zack! Eine Gedankenkette streckte mich in Nullkommanix nieder. Blau, blau, blau, der blaue Bierschlumpf, Bier, Habenwollen.

»Oscar, du zitterst ja. Was ist denn los?« Bella rüttelte an meinem Arm.

»Craving … Hier.« Dennis reichte mir ein Kaugummi.

»Was?«

»Suchtdruck. Kenn ich. Is' scheiße. Stampf mal auf.«

»Bist du jetzt ein echter Doktor?«, fragte Bella.

»Er hat recht.« Ich stampfte auf. Mehrmals. Die Klassen-community starrte mich an. Schnurz. Ich war Oscar Fontane und ich wollte leben. Und zwar so richtig, mit allen Sinnen. Ich stampfte noch mal. Dennis machte mit. Bella hatte es kapiert und machte auch mit. Es war irre. Das Laminat ächzte, die Tische neben uns tanzten. Die Community glotzte … und die Noll brüllte.

»Was ist denn hier los?«

Oscar war los.

22

Als ich am Abend mit Bella und Süffel, der schon wieder ziemlich munter war, an der *Piratabucht* ankam, hielt sich meine Begeisterung trotz all der guten Vorsätze in Grenzen. Wir hatten lange überlegt, was wir Marielena schenken sollten, denn bisher war das nie eine Frage gewesen. Natürlich Bier, Wein, Sekt oder eine besondere Mische, die zu Hause so lange getestet und austariert worden war, dass man schon blau auf der Feier eintraf. Ich musste an den Doktor und seine Schlumpfenpisse denken. Wie viel hatte er davon wohl schon intus gehabt, als wir zusammengekommen waren?

Heute war Alkohol allerdings keine Option. Und sosehr ich mich auch bemühte, ich konnte mir einfach nicht vorstellen, wie eine nüchterne Feier Spaß machen sollte.

Für Bella war die Sache dagegen klar gewesen. »Sie hat sich Gemüsespieße gewünscht, also bringen wir Gemüsespieße mit.« Ihre Mutter hatte sogar noch eine Schale mit Blumenmuster dazugegeben, die das Geschenk abrunden sollte. Oh Mann. Ich kam mir vor wie so ein spießiger Anzugfuzzi, der nach Büroschluss zu einem Spieleabend unterwegs war. Aber Bella hatte blendende Laune und zog mich, einer Luftballonspur folgend, an den Strand. Und was da los war, haute mich um.

An den Ästen zweier niedriger Bäume hingen lauter Lampions in fröhlichen Farben. Darunter waren mehrere Sitzecken aus Strohballen und umgedrehten Getränkekisten aufgebaut, mit bunten Decken darüber. In deren Mitte loderten Flammen aus einem Feuertopf. Und an einem höheren Ast baumelte ein großer dickbauchiger Drache aus Papier. Direkt daneben, auf einem asphaltierten Weg, hatte eine DJane ihr Pult aufgebaut und ließ *Rehab* von Amy Winehouse laufen. Es war erst Viertel nach Acht, aber die Sitzecken waren schon gut belegt. Ich kannte niemanden der bestimmt zwanzig Gäste. Dennis und seine Freunde wollten etwas später kommen.

»Oh, wie schön, dass ihr da seid!« Marielena ließ die Hand eines Jungen los und kam auf uns zu. Sie sah umwerfend aus. Die dunklen Haare hingen lockig über ihre Schultern und die Augen waren türkis geschminkt, wie überhaupt alles an ihr türkis war: die Ohrringe, das knappe Top mit Glitzersternchen sowie die Leggins. »Und Süffel ist auch dabei.« Sie nahm seinen Zottelkopf in die Hände und wuschelte ihm durchs Fell. »Der ist ja topfit.« Sie betrachtete mich so voller Bewunderung, dass es mir fast peinlich war. Dann nahm sie mir die Schale mit den Spießen ab und zog uns zu dem Jungen, dessen Hand sie eben noch gehalten hatte.

»Das ist mein Freund Adrian … und das sind Oscar und Bella.«

Adrian hätte eine Kopie von Flinte sein können, nur in reifer und mit dunklen Augen. Ich starrte ihn fasziniert an.

»Wollt ihr was trinken?«, fragte er.

Da war sie, die Frage, vor der ich mich nun wohl immer fürchten würde. Schnell versuchte ich, mir das letzte Gespräch mit Frau Breivogel in Erinnerung zu rufen.

»Ich … also, ich«, stotterte ich los. Der Plan war, einfach eine Coke zu bestellen und bei verwunderten Nachfragen ganz selbstbewusst zu sagen, dass ich keinen Alkohol trinken wolle, aber auch ohne meinen Spaß hätte. Soweit die Theorie. Doch nun, da der coole Adrian vor mir stand und es darauf ankam, einen Ruf zu etablieren, schienen mir die bereitgelegten Argumente völlig blödsinnig und verlogen. Ich wollte gerade alle guten Vorsätze über den Haufen werfen und ein Bier ordern, das ich ja theoretisch heimlich ins Gebüsch kippen konnte, als Bella mir zuvorkam.

»Wir trinken gerade keinen Alkohol.«

Ich wusste nicht, ob ich ihr dankbar sein oder sie verfluchen sollte.

»Oh«, Adrian lachte. »Das ist gut. Wir haben nämlich nur *einen* Kasten Bier.« Ich konnte es nicht fassen. Einen Kasten hatten wir sonst locker zu fünft geleert.

Und dann bestellten wir bei Adrian zwei Cokes und ließen uns auf die letzte freie Strohcouch fallen. Süffel legte sich daneben in den Sand und ich band seine goldene Leine an den Stamm eines Weidenbusches. Ich war erschöpft wie nach einer geschlagenen Schlacht, obwohl Bella mir die Arbeit abgenommen und die *Angreifer* abgewehrt hatte.

»Prosit!« Sie hielt ihre Coke in die Höhe. Auch Bella trug ihre Haare heute offen und die rehbraunen Locken tanzten um ihr fröhliches Gesicht. Sie wirkte befreit. Als hätte sie mit dem Ablegen des Haargummis eine Wunderlampe geöffnet, in der ihre Freude gefangen gehalten war.

Als sie ihre Flasche an meine stieß, bohrte ich rhythmisch meine Füße in den Sand. Das Klirren des Glases machte mich höllisch nervös. Angespannt knetete ich mit der freien Hand im piksigen Stroh, um meine Aufmerksamkeit dorthin abzulenken.

»Was ist?« Bella bemerkte meine Unruhe sofort.

»Prosit? Das Wort hab ich das letzten Mal am achtzigsten Geburtstag meines Opas gehört.«

Bella lachte. »Ist Lateinisch. Heißt: *Es möge nutzen!*«

Ich musste grinsen, weil sie mir vorkam wie die antialkoholische Alternativversion von Dr. Korn, unserem Spezialisten für lateinische Trinksprüche. »Aha. Zu was soll die Coke denn nutzen?«

»Nüchtern bleiben.« Bella blickte mich lange an. »Und sich später an alles erinnern können.«

Mir surrte etwas in die Eingeweide und entzündete einen Brandherd. Hektisch nahm ich ein paar Schlucke aus der Flasche, spürte aber nicht die gewohnte Entspannung. Meine Sinne waren quälend scharf. Ich fühlte mich ausgeliefert, unfähig, so locker zu reagieren, wie es mir sonst mit meinem Exfreund Alkohol gelungen war. Und die Info, dass hier irgendwo eine Kiste Bier rumstand, tat ihr Übriges.

Ich konnte so viel gleichzeitig wahrnehmen wie nie zuvor und lauter kleine Sinnesexplosionen erstürmten meinen gesamten Körper: Bellas leuchtend braune Augen, ihr weich geschwungener Mund, die Grübchen, die energischen Brauen … Es war der Wahnsinn. Ihre weiche Hand schob sich in meine, ich atmete ihren Meeresbriseduft und begriff mit einem Mal, dass dieser wertvolle Schatz die ganze Zeit in greifbarer Nähe gewesen war, sich aber eben erst enthüllte. Ich zog sie behutsam heran, bis unsere Körper sich fast berührten.

»Bella. Ich …«

Sie legte mir einen Finger auf die Lippen und war nun so nah, dass ich ihren Atem auf meiner Wange spüren konnte.

»Luftballontanz!«

Die Musik brach ab und wir schnellten auseinander, wie ertappt.

Marielena und Adrian öffneten ein Netz voller aufgepumpter Luftballons und begannen, sie zu verteilen. »*La Bomba* dreht die passende Musik auf. Und dann will ich viele mutige Tanzpaare sehen«, verkündete sie.

Ich stand noch unter Schock, unfähig, mich zu rühren. Doch Bella holte sich einen rosa Ballon ab, tanzte vor mir auf der Stelle und zog mich hoch. Süffel sprang ebenfalls auf und bellte. Mehrere Pärchen standen schon neben der DJane auf dem asphaltierten Weg, der als Tanzfläche dienen sollte.

»Platz, Süffel.« Bella legte ihm eine Decke in den Sand, auf der er sich brav niederließ. Dann schob sie mich zwischen die Paare und hielt sich den Ballon an die Stirn.

»Und los!«, rief Adrian, als Nenas *99 Luftballons* aus den Lautsprechern schallte. Auch das noch! Ich hätte lieber da weitergemacht, wo Bella und ich gerade aufgehört hatten. Außerdem kam ich mir seltsam nackt vor, weil ich noch nie nüchtern getanzt hatte. Aber mich nun feige davonzuschleichen war keine Option.

Also drückte ich meine Stirn auf die andere Seite des Ballons und wir begannen, vorsichtig hin und her zu wippen. Ich schloss die Augen und versuchte, in die Bewegung einzutauchen, Bellas Signale aufzunehmen und nicht mehr daran zu denken, wie peinlich das von außen aussehen musste und wie viel leichter es mir mit meinem *Exfreund* im Blut gefallen wäre. Wir reichten uns die Hände und bewegten uns immer mutiger, variantenreicher, gingen sogar ein paarmal in die Hocke und wieder in die Aufrechte. Bella kicherte. Irgendwo klatschten welche. Das Lied wechselte zu *Rock me Amadeus* und neben uns fluchte jemand. Andere feuerten ihre Freunde an.

Ich öffnete die Augen. Durch die dünne Haut des Ballons konnte ich Bellas Gesicht sehen. Alles war rosa. Ihre Nase bohrte sich in die Hülle und ihr weich geschwungener Mund zeichnete sich bei manchen Bewegungen durch die Ballonhaut ab. Auch Bella hatte die Augen geöffnet und unsere Blicke trafen sich in diesem rosa Nebel. Ihre Lippen formten sich zu einem Lächeln, die Musik und mein Herz hüpften. Es hüpfte sogar erstaunlich leicht.

»Oscar, Bella, Oscar, Bella!«, skandierte Marielena laut.

Adrian fiel mit ein und dann immer mehr Partygäste. Ich meinte, noch eine weitere vertraute Stimme herauszuhören, da wurde die Musik plötzlich abgedreht und Applaus brandete auf. Bella und ich blieben stehen und sahen uns um. Die Tanzfläche war völlig leergefegt. Wir waren das einzige noch verbliebene Paar und hatten offensichtlich gewonnen.

Marielena hüpfte auf uns zu und umarmte uns überschwänglich. »Ihr seid richtig cool. Nachher dürft ihr euch als Erste an der Piñata versuchen.« Sie zeigte zu dem Papierdrachen.

»Aha.«

Was wir da versuchen durften, erklärte sie noch nicht, und etwas in mir sträubte sich, danach zu fragen. Denn mir war jetzt schon klar, dass ich mit dem bunten Papierviech nichts zu tun haben wollte.

»Julia!«, schrie Bella auf.

Und da entdeckte auch ich sie, wie sie über den Strand zu uns heranstapfte, die Turnschuhe, an den Schnürsenkeln zusammengebunden, über der Schulter baumelnd, der Ausschnitt des Tops tief wie eh und je. Julia, die für mich vor Kurzem noch das heißeste Girl der westlichen

Hemisphäre gewesen war, *magic* Julia, die Bella mühelos an die Wand gespielt hatte. Aber in mir regte sich nichts mehr. Als hätte sie ihren Magneten einfach abgestellt. Wenn ich dagegen Bella ansah, lief in mir plötzlich ein kitschiger, nicht jugendfreier Film ab, der sich aus dem speiste, was tatsächlich passieren könnte, wenn sich die Dinge weiter so entwickelten. Und zwar ohne dabei verbrannte Erde zu hinterlassen.

»Cool, dass du gekommen bist.« Wir umarmten Julia und stellten sie anschließend Marielena vor.

»Weiß Flinte, dass du hier bist?« Ich schaute über sie hinweg den Strand entlang.

»Falls er die WhatsApp inzwischen gelesen hat, dann ja.« Julia war ungewohnt blass und drehte sich immer wieder um.

»Oha.« Auf einmal stand Dennis zwischen Julia und mir und legte uns seine Arme um die Schultern. »Dann hoffen wir mal, dass er nicht ausrastet.« Gleich darauf machte er Platz für zwei weitere Gäste, die er in unseren Kreis schob. »Das sind Imara und Basti.« Er drehte sich zu ihnen und zog eine Augenbraue hoch. »Flinte ist der, ihr wisst schon …«

Die beiden nickten.

»Wer?«, fragte Julia.

»Der, vor dem ich am meisten Angst habe.«

»Angst?«

»Ja, ich bin jederzeit rückfallgefährdet. Und Flinte könnte es schaffen, meine roten Knöpfe zu drücken. Er war mein Saufbuddy.«

»Aber Oscar doch auch.«

»Schon, aber mit Flinte fing alles an.«

Jetzt wurde auch ich neugierig.

»Ich war damals ziemlich down, als meine Mutter gestorben ist«, erzählte Dennis. »Und er hat sich um mich gekümmert, wie er das wohl nennen würde. Er hat mich auf den Trichter gebracht, dass Saufen der beste Sorgenbrecher wäre, und mich in die feuchtfröhliche Welt der Drogen eingeführt. Wenn ich ihn jetzt sehe, dann geht bei mir innerlich die Post ab. Weil es ja tatsächlich kurzfristig funktioniert hat. Solange ich dicht war, hatten die Sorgen Pause. Nur kamen sie anschließend tsunamimäßig zurück. Und dann musste ich schnell nachladen, um nicht wieder abzustürzen.«

»Und jetzt?«

»Hab ein paar Methoden gelernt, wie ich mit dem Gedankenmüll umgehen kann. Und ich hab jetzt die BBE.« Grinsend breitete er seine Arme Richtung Basti und Imara aus.

»Die was?«

»Die *Best Buddys Ever*. Wenn's brenzlig wird, brauche ich bloß einen von den beiden hier anzurufen und schon komm ich runter vom Craving.«

»Ihr seid ja 'ne richtige Selbsthilfegruppe.«

»Exakt.«

Alle drei strahlten glücklich. Alter Falter. Dr. Korn in 'ner Selbsthilfegruppe.

»Nihil fit sine causa«, ließ Dennis geschwollen verlauten. »Nichts geschieht ohne Grund.«

»Sehr weise.« Basti lachte und schlug mit Dennis ein.

»Warum Latein, Alter?« Ich musterte ihn von der Seite. »Gibt's ja nicht mal an unserer Schule.«

»Ich hab die Sprüche mal auswendig gelernt. Dachte, ich käme cooler rüber, wenn ich Latein faseln kann.«

»Ja.« Imara setzte sich auf. »Wir haben ihn in der Klinik immer den Professor genannt.«

»Cool. Vom Doktor zum Professor.«

»Piñata!«, verkündete Marielena da laut. Sie reichte mir einen Stock und zeigte zum Papierdrachen. »Ihr habt beim Ballontanz gewonnen, also dürft ihr anfangen.«

»Womit?«

»Na, mit der Piñata. Das ist der Drache da. Er ist voller kleiner Überraschungen. Ihr müsst versuchen, ihn zu zerfetzen.«

Alle jubelten, während ich ungläubig in die Runde starrte. Auf einen Papierdrachen eindreschen? Ernst jetzt? Machten wir auch gleich noch Topfschlagen? Doch Bella schubste mich leicht und dirigierte mich in Richtung des Drachen. Jemand band mir ein Tuch über die Augen.

»Na los. Drachen töten.«

Die Musik setzte wieder ein und ich hörte, dass die anderen Partygäste sich um uns herum stellten. Also holte ich aus und ließ den Prügel nach meinen Berechnungen mit Karacho in Richtung des dummen Papierviechs schnellen. Aber ich traf daneben, streifte das Kackteil nicht einmal. Alle schrien vor Freude. Was für ein Bockmist. Ich zog mir das Tuch von den Augen und sah, dass der Drache weit über meinem Kopf hing. Und dass die Leine, an der er befestigt war, über einen Ast und anschließend schräg nach unten verlief, bis sie in Adrians Hand endete. Der grinste mich frech an.

Bella nahm mir den Knüppel aus der Hand. »Jetzt ich.«

Ihr wurden die Augen verbunden und sie holte ebenfalls aus, traf aber auch nicht und gab den Prügel an Marielena weiter.

»Ohohoh!«, ertönte es da. »Babybel…la.«

Ein Kerl drängte sich von hinten durch das Getümmel. In seiner Hand ein von Kälte beschlagenes Pils. Hinter ihm vier schwankende Schatten.

»Flinte?«, riefen Bella und Julia gleichzeitig.

23

Die Menge teilte sich vor Flinte und er torkelte durch die Schneise auf uns zu. Süffel bellte wie verrückt und zerrte an der Leine. Die eben noch ausgelassene Stimmung befand sich im freien Fall.

»Genau, der gude alde Flindy. Na, hier brennt ja die Hüdde.« Er kippte etwas Bier auf die Grillflamme, die dampfte und zischte. »Hab ich's euch nich gesagd, Jungs?« Er hatte die Hanswurst-Fraktion und Keil im Schlepptau. So weit war es also schon gekommen, dass Keil auch ohne Gwen mit ihm abhing. »Julimaus wollde also lieber sum Kindergeburdsdag.«

Das Schattenkabinett lachte.

»Lass das, Flinte!« Ich stellte mich ihm in den Weg, aber er drehte sich einfach weg und ignorierte mich völlig.

»Solln wir den Kiddies mal seigen, wie richdig feiern gehd?«

Alle vier hoben ihre Bierpullen in die Höhe und riefen: »Mein letzder Wille, noch mehr Promille.« Dann schlugen sie die Flaschen aneinander und tranken.

Die Stimmung war nun am Nullpunkt und DJane *La Bomba* hatte die Musik ausgedreht. In mir machte sich ein geräumiges Unwohlsein breit. Und das nicht nur wegen Flintes peinlichem Auftritt, sondern auch, weil ich nervös die Flaschen anstierte.

»So, her mid'm Prügel.« Flinte brauchte zwei Anläufe, um

den Knüppel zu fassen, weil er offensichtlich schwere Schlagseite hatte.

»Das ist meine Feier, du Brüllaffe!« Marielena war richtig stinkig. »Außerdem bist du völlig dicht.« Sie versuchte, ihm den Stock wieder abzunehmen, aber Flinte, der deutlich größer war als sie, hielt den Prügel über seinen Kopf und lachte spöttisch.

»Hab doch exdra Zielwasser gedrunken.« Das Schattenkabinett jubelte ihm zu und er verbeugte sich leicht, wobei er fast das Gleichgewicht verlor.

»Du auch?« Marielena hatte Keil entdeckt, dessen Lachen in eine Art dämliche Fratze verrutschte.

Flinte holte weit aus. Alle, die im Umkreis standen, wichen zurück. Die Hanswurst-Fraktion schmetterte lallend seinen Namen. Flehend sah Marielena zu Adrian, der immer noch das Seil festhielt. Der Rest der Partygäste verfolgte entweder traurig, wütend oder peinlich berührt das Geschehen.

Mit irrer Wucht zielte Flinte auf die Piñata, verfehlte sie aber und wurde mangels Widerstand von dem Gewicht des Prügels auf den Boden gezogen. Er stolperte, stürzte und fiel auf die umgedrehte Kiste mit dem Grillgut. Sämtliche Würstchen, Kartoffeln und auch unsere Gemüsespieße wurden in die Luft katapultiert und landeten auf dem Boden. Die Schale zerbrach.

Flinte lag im Sand und grinste dämlich. »War wohl noch nich genug … Sielwasser.« Er streckte eine Hand aus und bekam vom Hanswurst seine Pulle zurück.

Marielena weinte, während ich einfach nur untätig dastand, zu keiner Regung fähig.

Ich schnappte Bellas Blick auf, der betrübt das Geschehen

verfolgte, und fühlte mich schuldig, obwohl ich doch gar nichts getan hatte. Allein, weil es genauso gut ich hätte sein können, der an seiner Stelle das Chaos anrichtete. Mein Verlangen nach einem Bier stieg ins Unermessliche. Schnell dachte ich an Frau Breivogel, die mir eingebläut hatte, dass das Leben nicht nur aus guten Gefühlen bestand und ich es auch mal aushalten musste, wenn irgendeine Scheiße hochkam. Ohne Betäubung. Trotzdem schaute ich Richtung Bierkiste. Nur noch eine Flasche darin hatte einen Kronkorken. Ich wurde panisch. Ich musste mir dringend dieses letzte Bier sichern. Scheiß auf alles!

Ich setzte mich gerade in Bewegung, als Bella mich am Arm festhielt. Meine Muskeln erschlafften sofort. Wie ein Dieb, der auf frischer Tat ertappt wurde, ergab ich mich und ließ die Schultern hängen.

»Jetzt reicht's aber.« Adrian befestigte das Seil an einem Ast und drängte sich zu Flinte durch die Menge. »Hör mal, Freundchen, du und deine Saufbrüder, ihr macht euch jetzt vom Acker!«

Aber Flinte lachte nur dämlich. »Einen Aufpasser habd ihr auch? Is gefährlich so'n fursdroggenes Leben, was? Oder issa der Therapeut?« Er nahm dem Hanswurst die Flasche aus der Hand und warf sie neben Dennis in den Sand.

»Hier, *cheaper than therapy*. Schon vergessen?«

Die Hanswurst-Truppe bog sich vor Lachen, wobei die Jungs Probleme hatten, das Gleichgewicht zu halten.

Dennis schob derweil Sand über die Pulle und baute sich vor Flinte auf. »Die hat mich gar nichts gekostet, die Therapie. Zahlt die Meisenkasse.«

Julia war kreidebleich im Gesicht. Das konnte ich sogar im Dämmerlicht sehen. Sie versteckte sich halb hinter Bella, als könnte diese sie vor Flintes Beleidigungen schützen, die sicherlich folgen würden.

»Und wenn man dann fursdrocken is, dann kann man gud auf Papierviecher eindreschen? Oder was is der Gewinn?« Er drehte sich zu Julia, die ihn ängstlich anstarrte. »Mit Losern chillen?« Er wandte sich an mich. »Freunde hängnlassen?« Süffel zog an der Leine und bellte aufgeregt. »Mid dem asigen Köder hat alles angefangen. Dem *blauen Hund*. Pah!« Er goss sich etwas Bier in die gehöhlte Hand und ging auf Süffel zu. »Na komm, legger Bierchen.«

Endlich spürte ich wieder Leben in meinen Gliedern. »Lass das, Flinte.« Ich drückte seine Hand herunter und die Brühe versickerte im Sand.

Er sah mich verächtlich an. »Wann bissu nur so eine Spaßbremse gewordn?«

»Von welchem Spaß sprichst du, hä?« Ich schubste ihn, sodass er rückwärts in den Sand fiel, doch Flinte lachte nur und rappelte sich wieder hoch. Ich war aber noch nicht fertig mit ihm. »Meinst du den Spaß, den man hat, wenn man umkippt und sich den Kopf aufstößt?« Ich schubste ihn wieder. »Oder den, wenn man etwas tut, was man nüchtern niemals tun würde?« Ich blickte kurz zu Julia. »Oder den Spaß, vollgekotzt neben einer Toilette aufzuwachen und einen Presslufthammer im Hirn zu haben? Oder vielleicht den, wenn man morgens sein Handy checkt, um herauszufinden, was man in der Nacht zuvor angestellt hat, weil man sich an absolut nichts mehr erinnert?« Noch ein Schubser.

Flinte hielt meinen Arm fest – und dann haute er mir seine Pranken dermaßen hart gegen die Brust, dass ich umkippte wie ein morscher Baum. Er stürzte sich auf mich und drückte meine Arme in den nach Bier stinkenden Sand.

»Ich meine den Spaß, zusammen zu schilln, zu lachen, coole Spiele zu spieln«, lallte er. »Einfach ’ne Runde logger zu sein, mit guden Buddys.«

Ich befreite mich aus Flintes Griff und drückte ihn zur Seite. »Aha. Ich würde sagen, genau das machen wir hier gerade, oder?« Ich sah zu meinen Freunden, zu Adrian und in die Runde der anderen Gäste, die einen großen Kreis um uns gebildet hatten. Alle johlten zustimmend. Süffel bellte immer noch wie verrückt und zog an der Leine, die Bella nun in der Hand hielt. Sie hatte Mühe, ihn zu bändigen.

Flinte rollte sich von dem Riesen weg. »Mann, Alder, was hamse auf’m Gnadenhof mit dir angestelld?« Er wirkte richtig erschüttert, als hätte er die ganze Zeit gedacht, ich würde nur eine Show abziehen und er müsste einfach ein bisschen mit der Pulle winken und ich wäre wieder *der Alte.*

»Sie haben mir vor allem geholfen, mich von dir und der *Blauen Lagune* fernzuhalten!«, brüllte ich, wobei es mir fast das Herz zerriss.

Flinte stand auf, griff sich die Bierflasche, die er Bellmanns blassem Kumpel in die Hand gedrückt hatte, und lachte spöttisch. »Klingd ja nach ’ner Toppgehirnwäsche. Brauchsdu Viecher dazu?«

»Ja, genau. Und Menschen, die mir helfen wollen.«

Flinte kriegte sich gar nicht mehr ein vor Lachen. Er schaute den Hanswurst an und klopfte ihm auf die Schulter. »Klingd krank, oder?«

Hanswurst schwankte und nickte.

Flinte wandte sich an Keil. »Nimm dir ’n Beispiel an unserm Keiler. Er war ja auch auf’m Gehirnwäsche-Hof. Un? Hat sich nich kleinkriegn lassen, weder vom Meisendokdor noch von den elenden Viechern. Was?«

Keil versuchte zu nicken, doch es geriet merkwürdig schief und sah eher so aus, als ob er Nackenschmerzen hätte. Marielena machte ein bedauerndes Geräusch und ich dachte daran, wie entspannt Keil letztlich bei den *Prinzessinnen* gewesen war, sie sogar gestreichelt und mit ihnen geredet hatte. Da blickte er mich warnend an.

»Saufen hater jenfalls nich verlernd.« Flinte hob die Hand, damit Keil einschlug. Der zögerte, wuchtete aber schließlich eine lasche Pranke in die Höhe.

Irgendetwas in mir schaltete auf Turbo. Ich sprang auf, riss Flinte die Flasche aus der Hand und warf sie in den Sand.

»Verdammd, Oscar!« Er hechtete hinter der Pulle her, schaffte es aber nicht, sie abzufangen.

Das Feuer loderte zwischen uns. Flinte hob die Flasche auf und betrachtete die Pfütze darin, die er gerettet hatte. Ich zog den Bierschlumpf aus der Hosentasche, den ich immer noch mit mir herumtrug wie einen Voucher zu unserer Freundschaft, und hielt ihn Flinte unter die Nase.

»Erinnerst du dich noch daran, wie ich mit dem Rauchen aufgehört habe? Da hast du mir anerkennend auf die Schulter geklopft. Aber wenn man aufhört zu trinken, dann tun alle so, als ob man 'ne fiese ansteckende Krankheit hätte und dem Tod geweiht wär. Ist dir eigentlich klar, wie schwer es ist, nichts zu trinken? Das ist, als würde ich mich aufgeben, als würde dann nichts mehr übrig bleiben vom coolen Oscarowitsch. Als würde ich die Freude und alle Freunde verlieren. Ich hab gesoffen, um dazuzugehören, um ein Teil der Clique zu sein … Ich hab gesoffen, weil du mein bester Freund warst und ich dich nicht verlieren wollte. Ich dachte, wenn ich trinke, kann ich auch so ein Siegertyp werden, den alle cool finden. Einer wie du.«

Keil machte Geräusche, verstummte jedoch gleich wieder.

»Ich dachte, ich bin ein verdammter Rebell, wenn ich viel saufe und mein Vater ausrastet. Aber weißt du, was? Jetzt hab ich kapiert, dass ich ein Rebell bin, wenn ich mir *nicht* die Birne zuballer. Weil alle Welt zu glauben scheint, dass Saufen das Coolste überhaupt ist. Da ist so ein trockener Kerl die reinste Provokation.«

»Oscar?« Bella meldete sich zu Wort.

»Ja, genau. Nicht alle Welt, aber fast.« Ich wurde ganz ruhig und ging näher an Flinte heran, der mich ansah wie einen völlig Fremden. Im Hintergrund hörte ich den Hanswurst kotzen. »Flinte, ich will nicht mehr, dass das Leben *mich* lebt. *Ich* will mein Leben leben. Verstehst du? Ich hatte das sonst nur beim Surfen, dieses freie, wilde Gefühl, dass ICH die Welle reite, dass die Welt mir gehört und ich …«, ich schluckte schwer, »… ich wirklich glücklich bin.«

Niemand sagte etwas. Süffel winselte. Flinte und ich schauten einander über das Feuer hinweg an und die Zeit stand still. Ein Containerschiff zog hupend vorüber. Große Wellen brandeten an den Elbstrand. Flinte trank den Rest Bier und rülpste.

»Wir warn lange nich mehr surfen«, sagte er schließlich.

»Ja. Sehr lange.«

Er sah zu Julia. »Kommsu?«

Sie schüttelte den Kopf und krallte sich an Bellas Arm fest.

»Die Laborradden verlassen das sinkende Schiff, was?«

»Nein, aber …« Julia schluchzte auf.

»Lass gud sein, Julimaus.«

Damit drehte Flinte sich um, winkte die Hanswurstfraktion hinter sich her und stapfte in die Dunkelheit davon. Der Bellmann wurde von seinen zwei Kumpels gestützt. Auch

Keil folgte der Meute, wirkte aber so, als wäre er gerade lieber bei seinen Säuen. Mehrmals drehte er sich nach Süffel um, der leise winselte. Vier Desperados, die einen Verwundeten nach Hause brachten.

»Flinte!« Ich konnte nur noch seine Umrisse sehen.

Er blieb stehen, drehte sich aber nicht um.

»Wenn du mich brauchst, dann bin ich da.«

Ich war mir nicht sicher, aber ich meinte zu sehen, dass er nickte. Dann warf er seine Bierflasche in den Sand und ging wortlos davon.

»Ich weiß nicht, ob ich das durchhalte«, schniefte Julia.

Bella nahm sie in den Arm. »Versuch es. Irgendwann wird er merken, dass er weder mit Bellmann noch mit den Bierpullen kuscheln oder reden kann. Und dann kommt er zurück.«

»Glaubst du das wirklich?«

»Hm.«

»Das kann ihm niemand abnehmen.« Dennis legte die Bierflasche frei, die er unter Sand begraben hatte, und warf sie in einen Müllbeutel. DJane *La Bomba* machte die Musik wieder an. *Sober* von Pink.

»Er hat recht.« Marielena sprach ganz sanft mit Julia, doch ich nahm sie kaum wahr. Stattdessen starrte ich wie gebannt auf die Flenspulle, die Flinte in den Sand geworfen hatte, wie einen Köder. Ich konnte das *Plopp* hören, das erklang, wenn man den Deckel zur Seite schnippte. Ich konnte die drei Friesen aus der Werbung in ihrer Hollywoodschaukel sehen, wie sie den coolen Surfer ultraeasy abblitzen ließen. Eigentlich ziemlich arrogant, dachte ich, dass sie ihm nicht geholfen hatten, als er nach dem Weg fragte. Saßen einfach da und ließen ihn in drei Sprachen quatschen, ohne ein Wort zu erwidern. Eine kleine hochmütige Trinkergemeinschaft, die andere ausschloss.

Bella hob die Flasche auf und versenkte auch sie in dem Müllsack. Sie lächelte mich an. »Ich sehe was, was du nicht siehst, und das ist gelb.«

Ich sah mich um. »Das Feuer?«

Sie kam auf mich zu. »Nein. Schau mal.« Sie zeigte auf Süffel, der angestrahlt vom lodernden Schein der Flammen auf seiner Decke lag. »Dein gelber Hund.«

24

»So, jetzt wird aber endlich dieses feuerspeiende Ungeheuer geschlachtet.«

Marielena hob den Knüppel auf und reichte ihn einem Mädchen, das neben ihr stand. Adrian bezog wieder Stellung am Seil und die Gäste scharten sich um die Piñata.

Es dauerte noch einige Schläge lang, bis eine jüngere Kopie von Marielena das Schuppenvieh zerlegte. Inzwischen war die Stimmung wieder ausgelassen. Ein Konfetti- und Süßigkeitenregen prasselte auf uns nieder und alle fielen auf die Knie und sammelten ein, was sie ergattern konnten. Nur Julia und ich standen neben dem Gewusel und rührten uns nicht.

Wir waren beide um Flinte gekreist wie Planeten um die Sonne. Und nun fühlte es sich für mich an, als würden wir Neuland betreten. Als wäre noch nicht sichtbar, wo es nun langging und um welches neue Zentrum jeder von uns fortan seine Bahnen drehen würde.

Ich hielt Julia meine Hand hin. »Freunde?«

Sie sah mich an und lächelte. Entschlossen schlug sie ein. »Freunde.«

Dann ließ sie sich neben Dennis und Imara sinken, die im Sand wühlten und sich gegenseitig jubelnd ihre Funde präsentierten. Behutsam siebte Julia eine in rotes Glitzerpapier gehüllte Praline aus dem Sand. Ich war hin- und hergerissen zwischen peinlicher Berührung, weil das alles so albern wirkte, und kindlicher Freude, die sich erstaunlich belebend anfühlte. Ich wollte mehr davon.

Also warf ich mich neben Bella auf die Knie und schnappte nach Bonbons, Smartieschachteln und allem, was ich sonst noch so ergattern konnte. Bella quietschte vergnügt und wir balgten um die kleinen Trophäen, bis wir lachend aufeinanderlagen. Sie auf mir. Ihre Locken hingen mir ins Gesicht und auf ihrer Stirn klebte Konfetti, während sie mir triumphierend eine goldene Rocher-Kugel präsentierte. Ich fühlte mich auf eine ungewohnte Art befreit. Mein Herz quoll über und verdrängte die pomadigen Gedanken. Bella sah wunderschön aus. Durch ihre Haare leuchteten die roten und orangenen Lampions, die über ihr in den Bäumen hingen. *Runaway*, sang Ed Sheeran. Aber ich wollte nicht mehr wegrennen.

Langsam zog ich Bella zu mir herunter, bis unsere Lippen sich berührten und wir uns endlich küssten. Es war, als würde nun alles Sinn ergeben, was zuvor geschehen war. Als hätte sich ein kosmischer Nebel gelichtet, der mir die Sicht erschwert hatte. Bei Bella war ich angekommen. Und mir wurde blitzartig klar, was das bedeutete: Ich war auch mehr bei MIR angekommen. Beim echten Oscar, der es niemals allen rechtmachen würde, der aber liebenswert war und ein guter Ballontänzer.

»Du lieber Himmel!« Mama zog hektisch die Tür wieder zu. »Tut mir leid. Ich wusste ja nicht …« Ihre Schritte entfernten sich, während ein schwarzes, hechelndes Zottelvieh hereingedüst kam.

Es machte mir erstaunlicherweise nichts aus, dass Mama mich so gesehen hatte. Ich hatte nichts mehr zu verstecken.

Bella lag in meinem Arm und kicherte, als Süffel ihr über die Hand schleckte. Ihre Haare kitzelten auf meiner Haut. Sie roch immer noch nach frischer Meeresbrise. Und das nach dieser Partynacht! Es war ein tolles Gefühl, sich an alles zu erinnern, sogar bei den unangenehmen Momenten. Denn so schlimm, wie sie sich im Verlauf ihres Geschehens angefühlt hatten, waren die meisten rückblickend gar nicht. Und wie sollte ich beim nächsten Mal etwas anders machen, wenn ich mich nicht einmal daran erinnerte, was ich getan hatte? Oder was ich beinah getan hätte. An eine Sache würde ich mich jedenfalls mein ganzes Leben lang erinnern wollen … An mein erstes Mal nüchtern und in Farbe.

Eigentlich hatte ich Bella nach Hause bringen wollen. Kurz vor der *Blauen Lagune*, die auf unserem Weg lag, hatte ich sie gebeten, einen Umweg zu machen, um diesen unsäglichen Ort zu meiden. Sie war mehr als einverstanden gewesen. Auf einem schmalen Pfad am Kanal hatten wir noch ein Päuschen eingelegt, um unsere Beute zu sichten und aufzuteilen. Und da war zwischen den Süßigkeiten ein kleines Päckchen aufgetaucht, mit der Aufschrift *Gefühlsecht*. Ich hatte noch darüber nachgedacht, ob das Kondom absichtlich im Bauch des Drachen gelandet war, weil ich es so gar nicht mit Marielenas Feier zusammenbrachte, da hatte Bella es in die Höhe gehalten und die entscheidende Frage gestellt: »Wie wollen wir das jetzt aufteilen?«

War uns dann erstaunlich gut gelungen …

»Deine Mutter war richtig geschockt.«

»Hm. Sie wird sich dran gewöhnen. Außerdem bist du ihre Wunschkandidatin.« Ich küsste Bella auf die Haare. »Sie hofft schon eine Weile, dass wir zusammenkommen.«

»Echt?«

»Jep. Sie mag dich.«

»Ist das … gut oder schlecht? Ich meine, die Wunschkandidatinnen der Mütter decken sich ja eigentlich selten mit denen der Söhne.« Sie verzog das Gesicht, was lustig aussah. Und sehr süß.

»Oh, du hast recht.« Ich setzte mich auf und ließ sie dabei aus meinem Arm rollen. »Dann gehst du jetzt wohl besser.«

»Du Depp.« Sie schubste mich und wir balgten lachend herum.

Da sprang Süffel auf, den ich über Nacht ins Wohnzimmer verfrachtet hatte, weil Sex in seiner Gegenwart unmöglich war. Er hatte neben dem Bett gestanden, uns angesehen und hechelnd seinen Todesatem verbreitet. Jetzt sprang er mit den Vorderläufen auf mein Kopfkissen, als wäre er kerngesund, wedelte wie verrückt mit dem Schwanz, wobei er den Wecker vom Nachttisch fegte, und bellte so laut, dass Bella sich die Ohren zuhielt.

»Platz!«, rief ich. Und sofort setzte er sich hin, stellte die Ohren auf und wartete gespannt wie ein Flitzebogen auf weitere Befehle.

»Ich bin beeindruckt.« Bella nahm die Hände herunter. »Kann er noch was?«

»Ja, mir ist aufgefallen, dass er Alkohol erschnuppert wie ein Drogenhund.«

»Echt?«

»Ja, man muss nur *Such!* sagen und los geht's.«

»Mach doch mal!«

»Hier ist ja nix zu finden.« Ich blickte Süffel an, hob einen Zeigefinger in die Höhe und rief: »Such!«

Sofort senkte Süffel die Schnauze und schnüffelte am

Boden. Dann lief er um das Bett herum, schnüffelte darunter, und zog meine Jeans hervor, die er schüttelte wie eine Beute. Etwas fiel heraus und er schnappte danach.

»Aus!«

Süffel machte vor mir Platz und legte mir seinen Fund auf die Bettkante. Bella und ich musterten das schmierige blaue Kerlchen, von dem Süffels Sabber auf mein Laken tropfte.

»Der Bierschlumpf!« Ich schaute fassungslos zu Bella, die sich lachend auf den Rücken warf.

»Süffel ist mein neuer Held. So cool!« Sie drehte sich zu mir. »Weißt du was? Ich glaube, der spürt, was dir nicht guttut. Und wenn er das eliminiert, dann sorgt er ja auch dafür, dass es ihm selbst gut geht. Glückliches Herrchen, glücklicher Hund.« Sie gab mir einen Kuss. »Und glückliche Bella.«

»Okay.« Ich warf den siffigen Schlumpf auf den Boden. »Da, Süffel, ist jetzt deiner.« Ich wollte ihn eigentlich als letztes Verbindungsglied zu Flinte behalten. Aber nun hatte er ausgedient. Süffel wedelte, schnappte nach dem Zwerg und kaute genüsslich darauf herum. »Das glaubt mir doch keiner.«

Bella nahm ihr Handy und filmte Süffel, obwohl der Schlumpf gar nicht zu erkennen war, nur Süffels Kaubewegungen und der triefende Sabber. Es sah aus, als würde er gerade einen Vortrag halten.

»Hi, ihr Schiffsbrüchigen, Landratten und Wühlmäuse«, versuchte ich, Süffel mit verstellter Stimme Worte ins Maul zu legen. »Hier spricht Sober Süffel, euer neuer bester Freund und Helfer. Ich bin bekennender trockener Alki und gebe euch Tipps für ein promillefreies Leben.«

Bella rastete aus. Sie eskalierte, wie ich es bei ihr noch nie erlebt hatte, tobte hüpfend um mich herum, jauchzte dabei, boxte mich von allen Seiten und schrie immer wieder: »Das ist es, Oscar. Genau so machen wir's. Yess! Das ist genial …«

Noch am selben Tag starteten wir auf Insta den Kanal *@sueffels_sober_skills* und luden das Video hoch. Bei unserem Eröffnungs-Tipp brachte Süffel sehr cool rüber, dass es darauf ankam, das *erste* Schälchen stehenzulassen und nicht nach dem *letzten* aufzuhören. Denn – so wusste Süffel aus eigener Erfahrung – sonst fand man immer wieder Ausreden, um noch ein weiteres Schälchen zu schlabbern. Außerdem berichtete *er* von der *Villa Sonnenschein*, die ihn vor bösen Promille-Exzessen gerettet hätte und es eine gute Tat wäre, wenn man für jedes Schälchen Fusel, das man wider besseres Wissen trinke, doch wenigstens einen Euro an den Hof spendete. Ein bisschen wie *Atmosfair*, nur für ein *alkoholfreies* Klima sozusagen.

Süffel war mein neuer Hero, mein cooles Vorbild in Sachen trocken bleiben und Spaß haben. Man könnte sagen, ich war auf den *glücklichen Hund* gekommen.

25

Bella war längst gegangen, da fiel die Haustür ins Schloss und es kruschtelte an der Garderobe. Als wäre er kerngesund, sprang Süffel auf, spannte den gesamten Körper an und jagte Richtung Tür. Ich hinterher.

Papa schrie auf und ließ den Ärmel seiner Jacke los, die er gerade halb ausgezogen hatte. Sein Handy purzelte heraus. Süffel baute sich vor ihm auf und bellte, als wollte er einen Einbrecher verjagen.

»Was ist denn das für ein Vieh?« Panisch schnappte Papa sich einen Regenschirm, der an der Garderobe hing. »Ein richtiges Ungeheuer.« Er stocherte in der Luft herum wie ein ungelenker Fechter bei seinem ersten Training.

Nun kam auch Mama die Treppe heruntergeeilt und bremste neben mir ab. »Ach Gott!«, rief sie erleichtert. »Ich dachte schon, es ist etwas passiert.«

»Ist es ja auch!«, brüllte Papa, woraufhin Süffel noch lauter bellte.

Mama und ich sahen einander an. Dann mussten wir lachen. Wie Papa da mit hochrotem Kopf und halb ausgezogener Jacke vor Süffel stand und mit dem Regenschirm fuchtelte, der aufsprang und eine Art Schutzschild zwischen ihm und Süffel aufbaute, war ein selten komischer Anblick.

»Süffel, Platz!«, rief ich und der Zottel gehorchte sofort. Mit aufgestellten Ohren schaute er mich an und hechelte, dass die Speichelfäden nur so tropften. Ich tätschelte ihm den Kopf. »Gut gemacht.«

»Was um alles in der Welt ist hier los?« Papa kämpfte mit dem Schirm, der sich nicht schließen ließ.

»Das ist Süffel. Der wohnt jetzt hier.« Ich spürte meinen Worten nach und alles fühlte sich richtig an.

Papas Mund klappte mehrmals auf und wieder zu. Er starrte den triefenden Süffel an, der ihm sitzend bis an die Hüfte reichte, und verzog angewidert das Gesicht. »Nein.« Er hielt einen Zeigefinger vor mir in die Luft. »Ganz sicher nicht.«

Dann wollte er sich nach seinem Handy bücken, aber Süffel hielt die Aktion wohl für ein lustiges Spiel, sprang fröhlich wedelnd auf das Smartphone zu und versuchte, es mit seiner Schnauze zu fassen. Papa zog sofort die Hand ein.

»Aus, Süffel«, sagte ich.

Sofort setzte er sich wieder auf seinen Hintern. Ich nahm das versabberte Handy und wollte es gerade Papa reichen, da gab es einen Laut von sich. Eine Nachricht ploppte auf. Von Sina, Papas Praktikantin. Ein Foto von einer Boxershorts, mit Zwinkersmiley.

Auch Mama sah es und ihr Gesicht fing an zu beben. Wie das Messer einer Guillotine zerteilte eine unsichtbare Wand unsere Familie, trennte Papa ab wie einen bösartigen Tumor, der unsere Leben bedrohte. Sein Gesicht verlor alle Farbe und er stolperte einige Schritte rückwärts.

»Sarah!« Seine Stimme hatte keine Kraft.

Mama atmete tief ein und ich wusste, dass nun Worte folgen würden, die alles für immer veränderten. »ES REICHT!«, sagte sie mit fester Stimme. »Du verlässt auf der Stelle das Haus.«

»Was?! Wie … wie kannst du es …?« Papa fasste sich wieder und schoss Wortsplitter durch Raum und Zeit.

»Wie kann ich was?« Mama war laut. So hatte ich sie noch nie erlebt. Mit einer schnellen Armbewegung fegte sie Papas Schachpokale vom Regal. »Raus! Und vergiss deine Überwachungskamera nicht.« Während Papa auf dem Boden herumkroch und die Pokale zusammenklaubte, hob sie ein kleines Gerät in die Höhe und ließ es auf den Kachelboden fallen. Es schepperte.

»Verdammt, Sarah. Die war für den Garten.«

»Ach ja? Wie schade, dass sie jetzt kaputt ist.«

»Nein, Sarah.« Papas Stimme klang nun dumpf und bedrohlich. Er richtete sich wieder zu voller Größe auf. »DU wirfst mich nicht aus meinem Haus. DU nicht.«

Ich schaute Süffel an. Und ohne ein Wort stob der Riese auf meinen Erzeuger zu und bellte. Dieser stolperte weiter rückwärts, griff nach seinem Autoschlüssel, der neben der Tür auf einer Kommode lag, und stürzte hinaus. Süffel bellte noch ein paarmal, dann kam er wedelnd auf mich zu und setzte sich.

»Gut gemacht.« Ich tätschelte ihm den Kopf.

Was für ein deprimierender Abgang meines sonst so stolzen, erfolgreichen Vaters, der immer versucht hatte, aus seinen Kindern vorzeigbare Klone seiner selbst zu formen – und der damit auf ganzer Linie gescheitert war. Sassi und ich hatten uns schmerzhaft aus seinen Klauen befreien müssen, um herauszupellen, wer wir wirklich waren. Und um zu begreifen, dass auch das, was wir nach und nach dabei freilegten, einen Wert hatte. Wie Goldgräber, die jahrelang Stein für Stein beiseite schafften, um endlich Schätze zu finden.

Eine Weile sahen Mama und ich einander stumm an. Ich

versuchte, aus ihrem starren Blick herauszulesen, ob sie gleich zusammenbrechen würde. Aber sie schien vor Kraft zu strotzen.

»*Und darauf einen Moët*«, sagte sie zornig in Papas Tonfall.

»Was? Mama!«

Doch sie stand unbeirrt auf, ging zur Besenkammer und zog eine Champagnerflasche heraus, die zwischen den Feudeln versteckt war. Sie köpfte die Flasche, woraufhin Süffel hochsprang und hektisch hin- und herhopste. Dabei schaute er immer wieder zu mir, als könnte er die Panik spüren, die allein das Ploppen des Korkens bei mir auslöste.

Mama prostete mit der Flasche in die Luft. »Auf das Ende der Abhängigkeit.«

Und dann schüttete sie den kompletten Inhalt in den Ausguss, als wäre er verdrecktes Wischwasser.

26

Da die Sommerferien begannen, sah ich Flinte gar nicht mehr. Bella und ich verbrachten viel Zeit damit, unseren Instakanal weiter aufzubauen. Süffel wurde auf seine alten Tage noch ein erfolgreicher Petfluencer, denn *@sueffels_sober_skills* hatte inzwischen schon eine Menge Follower. Auch die *Villa Sonnenschein* bekam viele neue Unterstützer, die das Spendenkonto auffüllten und Hanna wollte Bella und mich adoptieren, sollten wir unsere Eltern verlieren. Besonders erfolgreich war ein Post über die *Natural Highs*, also die Möglichkeiten, Glücksgefühle ohne Drogen zu erzielen. Dafür hatten wir Hope gefilmt, eine Hundedame aus der *Villa Sonnenschein*, der Frau Breivogel ihr geballtes Glückswissen in den Mund legte.

»Wenn wir uns sicher, entspannt und verbunden fühlen, etwas Positives leisten oder uns zum Beispiel leidenschaftlich für etwas engagieren, entstehen Glücksgefühle auf natürliche Weise. Ohne dass wir uns irgendwelche Substanzen zuführen müssen.« Hope wandte den Kopf nach links und wir blendeten kurz Süffel ein, was so aussah, als würde er ihr zuhören, wie ein Talkmaster. »Dafür gibt es unendliche Möglichkeiten. Singen, Tanzen, Imkern, Eisbaden, Backen, Parcouring, sich für den Tierschutz einsetzen und, und, und. Es ist für jeden etwas anderes.«

»Also Imkern ist nicht so mein Ding«, entgegnete Süffel. »Ich steh mehr darauf, meinen eigenen Schwanz zu jagen,

Kauknochen zu knabbern, mich von meinem Menschen kraulen zu lassen, Stöcke aus dem Wasser zu fischen und Hausschuhe meines Menschen im Garten zu verbuddeln. Bellwettkämpfe mit Tacker, dem Boxer von nebenan, sind auch nicht schlecht. Cool, wenn die Menschen dann mitbellen. Schreibt doch mal in die Kommentare, was eure *Natural Highs* sind. Hastalavista, ihr Heldinnen und Helden.«

Sobald wir das Video gepostet hatten, war die Kommentarliste rasant gewachsen. *@Ohne_Schmu123* hatte sogar geschrieben, für ihn wären Süffels Posts ein *Natural High*. Das war echt krass.

Für mich war Süffel die größte Hilfe bei Suchtdruck, mein persönliches *Natural High*. Immer, wenn ich unruhig wurde oder mit einer fordernden Leere in mir zu kämpfen hatte und alles in mir nach einem Entspannungsbier verlangte, musste ich ihn nur ansehen, ihm durchs Fell streichen und das Gefühl zulassen, dass dieser Hund mich liebte und sich auf mich verließ. Aber auch die *Villa Sonnenschein* gehörte definitiv zu meinen natürlichen Glücksquellen.

Und wie ich überrascht feststellte, wohl auch zu Keils. Denn an einem sonnigen Tag in den Ferien – nachdem Hanna mich gebeten hatte, ihr bei Reparaturarbeiten zu helfen – fand ich ihn dort, wie er Princess und Rosa ein paar Äpfel zuwarf.

»Hey, Keil.«

Er fuhr zusammen wie ein Einbrecher, der auf frischer Tat ertappt worden war. »Bist du blöde?«, schrie er mich an.

»Sorry … Musst du schon wieder Sozialstunden ableisten?«

»Quatsch.« Er strich die Hände aneinander ab. »War nur grad in der Nähe. Wollte mal gucken, ob die sich hier gut um die Säue kümmern.«

»Aha. Und?«

Er schaute zu Rosa und Princess, die genüsslich grunzten. »Joah.«

»Die kann man nicht so gut mit nach Hause nehmen, nä?«

»Halt's Maul, du Schlaumeier.« Er hielt mir eine eher schlaff geballte Faust vor die Nase. »Kümmer dich mal lieber um deine spießige Saufmuffelgang. Ist heute *Mensch ärgere dich nicht*-Abend?«

»Gute Idee. Machst du mit?«

Keil fiel ein wenig die Kinnlade herunter. Aber dann lachte er spöttisch. »Macht dir richtig Spaß, mich zu verarschen, was?«

»Nein, Keil. Ich meine es ernst. Komm gerne, wenn du magst.«

Seine Wasseraugen wurden riesengroß. Wie ein Fisch öffnete und schloss er den Mund, bis er schließlich seine Stimme wiederfand. »Gwen«, presste er hervor. »Ist sie auch dabei?«

»Bisher nicht.« Ich brachte es nicht übers Herz, ihm zu erzählen, dass sie nun mit Greg abhing. Keil wirkte so verloren. »Aber Julia. Vielleicht bringt sie Gwen ja mal mit.«

Sein Gesicht sortierte sich wieder in den gewohnt abschätzigen Keiler-Ausdruck. »Ah. Julia. Übrigens hat Flinte wieder 'ne Flamme, Jenny. Is' aus der neuen Schule.«

Ich wollte Keil gerne fragen, ob es Flinte gut ging, ob er inzwischen mit dem Freund seiner Mutter klarkam, ob er uns vermisste ... Eigentlich wollte ich fragen, ob er mich vermisste. Flinte war der Stachel in meinem neuen Glück, der verlorene Bruder, der Freund, mit dem ich am längsten schweigen konnte, ohne dass es unangenehm wurde. Und mit dem ich meinen längsten Lachanfall hatte, im Dünensand am Atlantik, als wir uns Namen für unsere Surfschule ausgedacht hatten und er auf *soaking surfer* gekommen war. *Das werden wir dann sein,* hatte er prustend gesagt, *saufende, aufgequollene Surfer.* Er hatte die Backen aufgebläht, sich das Handtuch unters T-Shirt gestopft wie eine dicke Plauze und war so die Düne hinuntergekugelt.

»Du kannst ja auch mal wieder zur Lagune kommen«, sagte Keil grinsend.

»Nein, danke.« Ich klopfte ihm auf die Schulter. »Aber sag dem Rattenkönig einen Gruß.«

»Hä?«

»Er weiß dann schon.«

Ein Stück hinter Keil stand Hanna. Sie stand da einfach, ohne sich zu rühren, und schaute zu uns herüber. Und da wurde mir klar, dass es ihr bei den *Reparaturarbeiten* um etwas ganz anders gegangen war als um irgendwelche Zäune.

27

»Hi Leute, hier ist wieder euer *Sober Süffel.* Ich bin heute hundert Tage trocken. Darauf schlabbern wir ein Wässerchen. Einen großen Dank an alle Rüden und Hundechicas, die mir über die *blaue Phase* hinweggeholfen haben. Und ich habe noch eine Botschaft für einen alten Jagdfreund: *Omne initium difficile est* – Aller Anfang ist schwer. Hasta la vista.«

28

@Rattenkoenig folgt dir jetzt.

Annette Mierswa war bereits für Film, Theater und Zeitung tätig und arbeitet heute als freie Autorin in Hamburg. Ihre Kinder- und Jugendbücher wurden in mehrere Sprachen übersetzt, mit diversen Preisen ausgezeichnet und *Lola auf der Erbse* außerdem verfilmt. Annette Mierswa hat ein Stipendium des deutschen Literaturfonds erhalten und bietet Lesungen und Schreibworkshops an. Sie hat zwei Hamburger Jungs.

Hi, ihr Schiffbrüchigen, Landratten und Wühlmäuse.
Ich bin Sober Süffel, euer neuer bester Freund und Helfer. Ich bin bekennender trockener Alki und gebe euch Tipps für ein promillefreies Leben.
Folgt mir auf
@sueffels_sober_skills

Sechs Soforthilfemaßnahmen bei Suchtdruck[1]

1. Ich erinnere mich daran, warum ich dem Verlangen widerstehen will. Dazu kann ich z. B. eine Notfallkarte nutzen, auf der ich die Gründe sowie Notfall-Kontaktnummern vermerke.

2. Ich lenke mich ab. Ich vermeide dabei alle Verbindungen mit Drogen.

3. Ich führe Achtsamkeits- oder Entspannungsübungen durch, z. B. PMR (progressive Muskelentspannung), autogenes Training, oder ich höre Entspannungsmusik.

4. Ich reagiere mich körperlich ab: Sportliche Aktivitäten helfen gut gegen Suchtdruck. Sie setzen das Glückshormon Dopamin frei.

5. Ich führe positive Selbstgespräche. Dabei ist es wichtig, sich die eigenen Fähigkeiten und positiven Eigenschaften vor Augen zu führen.

6. Ich wende den Gedankenstopp an. Ich male mir vor meinem inneren Auge ein rotes STOPP-Schild aus und sage laut (oder in Gedanken) STOPP! Anschließend wende ich mich einer Aktivität zu, die mich auf andere Gedanken bringt.

[1] Vgl. Florian Bredt: *Harmlos oder brandgefährlich? Suchtmittelkonsum bei Jugendlichen.* Stuttgart: Klett-Cotta Verlag 2021, S. 104f.

Infoseiten & Beratungsangebote

Null Alkohol – Voll Power
www.null-alkohol-voll-power.de
Instagram: @nullalkoholvollpower
Infos, Quiz, Videos & Tutorials für Jugendliche zum Thema Alkohol

Kenn dein Limit
https://www.kenn-dein-limit.de/alkohol-tests/alkohol-selbsttest/
Online-Test, um herauszufinden, ob man zu viel trinkt

EasyQuit
App für Android und Apple, die dabei hilft, mit dem Trinken aufzuhören.
Mit Übersicht darüber, wie lange kein Alkohol mehr getrunken wurde, wie der Körper auf die Alkoholabstinenz reagiert, und Features wie Gedächtnisspielen.

Sucht & Drogen Hotline für Betroffene und Angehörige
Rund um die Uhr (kostenpflichtig)
Telefon: 01805 313031

Telefonseelsorge
Kostenlos und rund um die Uhr
Telefon: 0800 11 0111
Kinder- und Jugendtelefon: 0800 111 03 33
www.kinderundjugendtelefon.de